わたしが・棄てた・女

WATASHIGA · SUTETA · ONNA
by ENDO Shusaku
Copyright (c) 1968 ENDO Junko
All rights reserverd.
Originally published in Japan by KODANSHA LTD.,Tokyo.
Korean translation rights arranged with ENDO Junko, Japan
through THE SAKAI AGENCY and ENTERSKOREA CO., LTD

이 책의 한국어판 저작권은 (주)엔터스코리아를 통한 일본의 KODANSHA LTD
와의 독점계약으로 어문학사가 소유합니다.
신 저작권법에 의하여 한국 내에서 보호를 받는 저작물이므로 무단전재와 무단
복제를 금합니다.

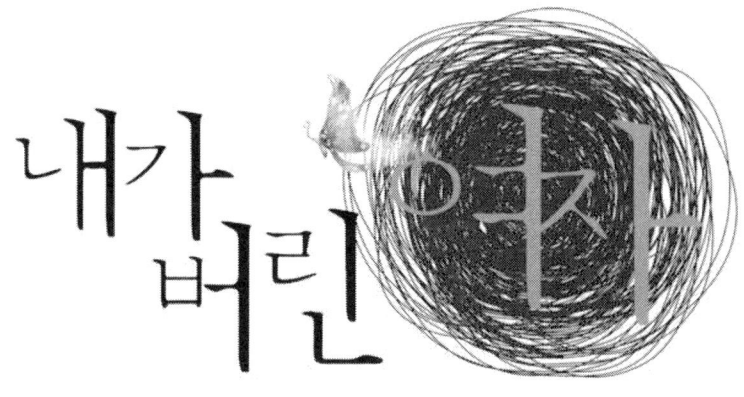

# 내가 버린 여자

엔도 슈사쿠 저 | 이평춘 역

어문학사

# 차례

**차례**
*4*

**나의 수기 1**
*7*

**나의 수기 2**
*31*

**나의 수기 3**
*57*

**손목의 반점 1**
*85*

**나의 수기 4**
*113*

**나의 수기 5**
*137*

나의 수기 6
*161*

손목의 반점 2
*185*

손목의 반점 3
*209*

손목의 반점 4
*233*

손목의 반점 5
*255*

나의 수기 7
*279*

역자후기
*303*

# 나의 수기 1

'홀아비한테는 이가 서 말.'

옛날부터 전해지는 말이지만, 조심성 많은 독자 여러분은 설마 젊은 두 청년이 사는 하숙집을 엿본 적이 없을 것이다. 그들이 얼마나 게으르고 지저분하고 악취가 나는지, 직접 그 냄새를 맡아본 적도 없을 것이다.

그러나 여러분에게 만일 도회지에서 유학 중인 사랑하는 형제나 연인이 있다면, 갑자기 그가 사는 하숙집을 찾아가 볼 것을 권한다. 문을 연 순간, 틀림없이 당신은 깜짝 놀라 얼굴을 붉히며 말을 잃을 것이다.

이 이야기는 전쟁이 끝난 지 3년 후, 두 젊은이가 사는 하숙집에서 시작되는데, 독자 여러분을 다소 난처하게 만드는 부분이 나온다 하더라도 그것은 꼭 나의 잘못만은 아니다. 당시 나가시마 시게오와 나 요시오카 츠토무는 독신의 학생이었다. 두 사람이 함께 생활한 간다의 하숙집은 구더기까지 끓지는 않았지만 여름에는 벼룩이 톡톡 튀었다. 하숙집으로부터 간다 거리의 불탄 자리와 막 복구한 판자로 덧이어 만든 바라크 건물을 내려다볼 수 있었는데, 그 시절에 월세 보증금이 필요 없는 이 세 평짜리 방을 구하느라 꽤나 고생했다.

친구인 나가시마는 이름만으로는 당시의 유명한 야구 선수를 연상케 하지만 그처럼 늠름하고 강인한 멋진 청년이라고 상상하면 곤란하다. 옷을 벗은 그의 얄팍한 가슴에는 늑골이 초라하게 튀어나와 있는데, 그것은 식량난 탓으로 오랫동안 시래기죽과 명태밖에 먹지 못했기 때문이다. 그리고 나의 경우는 더욱 사정이 안 좋았다. 비쩍 마른데다가 어렸을 때 경미한 소아마비를 앓았기 때문에 오른쪽 다리가 약간 부자유스러웠던 것이다.

그러한 우리 두 사람 모두 학교에는 별로 얼굴을 내밀지 않았다. 당시 대부분의 학생들은 전후의 어려운 사정 때문에 부모로부터 학자금 보조를 거의 받을 수 없었다. 따라서 별 수 없이 아르바이트를 하느라 바쁘게 지냈는데 우리도 예외는 아니었다. 약삭빠르고 빈틈이 없는 오늘날의 학생들이 밴드 연주를 한다거나 사업을 하여 2, 3만 엔을 버는 것과는 달리 겨우 시중에 나돌기 시작한 전기 제품과 알루미늄 냄비를 도매상에서 소매상으로 배달하거나 경륜장과 바닷가에서 복권과 얼음과자를 팔거나 하는, 대학생과는 별로 어울리지 않는 아르바이트였다.

'돈이 있었으면 좋겠다, 여자가 생겼으면 좋겠다.'

약간 천한 불평을 털어놓아 죄송하지만, 이것이 당시의 나와 나가시마의 심정이었다. 돈이 없는 것은 물론, 질긴 나일론 양말의 등장과 더불어 가장 먼저 억척스러워진 당시의 젊은 여성들은 빈털터리인 아르바이트 학생 따위는 쳐다보지도 않았다.

"돈이 생겼으면 좋겠어. 여자와 놀고 싶어."

아르바이트가 없는 날은 나도 나가시마도 마스크를 쓰고 솜이 비어져 나온 이부자리에 엎드려 그렇게 신세한탄을 했다. 마스크를 쓰는 것은 감기에 걸려서가 아니라 한 달이나 청소를 하지 않아 조금이라도 움직이면 이불에서 먼지가 연기처럼 피어오르기 때문이었다. 만사가 귀찮은 우리는 마스크를 쓸 필요가 있었다.

맑은 가을날, 틈이 벌어진 창으로 흘러 들어오는 아름다운 햇살만은 풍요로웠던 오후의 일이었다. 멀리 떨어진 어느 집의 라디오에서 가사오키 시즈코가 부르는 빠른 템포의 재즈 음악이 또렷하게 들릴 정도로 공기는 맑았다. 우리 두 사람은 몇 날 며칠 깔려 있는 이부자리 위에 책상다리를 하고 앉아서 전열기로 끓인 감자죽을 소리내어 먹고 있었는데, 이부자리 냄새와 뒤섞인 죽의 단내는 이상하게도 나로 하여금 어머니의 체취를 떠올리게 했다. 하늘을 도려낸 듯한 맑은 가을의 푸른 빛깔과 이 냄새는 사람을 감상적이게 하는 법이다.

"너…… 그거 먹지 않을 거면 나 줄래?"

우동집에서 슬쩍해온 덮밥을 입에 가져간 나가시마는 욕심스런 눈으로 내 얼굴을 쳐다보았다.

"돼지 같은 자식. 아까 두 숟가락이나 덜어가 놓고."

"으음. 계속 이런 생활을 해선 안 되는데. 몸도 마음도 오염되어 가는 듯한 느낌이야."

나가시마는 의외로 감상적인 데가 있었는데 이때도 갑자기 이런 이야기를 꺼냈다.

어렸을 적에 그는 야마나시현에서 살았는데 그 산간 지방에서는 가을이 되면 포도 따기가 시작된다고 했다. 시렁에 열린 포도송이가 햇살을 받아 갈색 보석처럼 반짝반짝 빛나고, 왕골로 만든 삿갓을 쓰고 각반을 신은 처녀들이 손바구니에 포도를 따 담는다고 했다.

"처녀들은 발돋움해서 포도 시렁으로 손을 내뻗지. 그때 난 어린애였지만, 젊은 처녀들이 발돋움을 할 때마다 옷자락과 각반 사이로 드러나는 새하얀 무릎을 보고 예쁘다고 생각하곤

했어. 가을이 되면 왠지 늘 그 새하얀 무릎을 떠올리게 돼."

나가시마는 젓가락질을 하면서 그 당시를 떠올리는 듯했는데, 옷자락과 검은 각반 사이로 새하얀 무릎을 드러내고 가을 햇살 아래서 발돋움을 하며 포도를 따는 생기 넘치는 처녀들의 모습이 내 눈에도 선했다. 그런 젊은 처녀와 한 번이라도 포도를 딸 수 있다면 얼마나 행복할까.

"아, 늦었다. 아르바이트 시간이야."

꿈에서 깬 나가시마는 슬픈 현실로 돌아왔다.

"여자보다 돈이 먼저라는 현실을 잊고 있었어."

허둥거리며 일어서서 그는 기름이 찌든 듯한 방한용 실내복을 벗어버리고, 수납장에 챙겨둔 낡은 고리짝에 손을 집어넣었다.

"지저분하군."

그는 개가 땅을 파헤치듯이 계속해서 꾀죄죄한 셔츠와 팬티를 끄집어 내던졌다.

"어럽쇼, 더 나은 게 하나도 없네. 너, 목욕탕에 가서도 몸을 잘 씻지 않으니까 그렇잖아."

실은 나도 나가시마도 이 낡은 고리짝 속에 더러워진 것을 그대로 쑤셔 넣어둔다. 처음 함께 생활할 때는 각자 자신의 속옷을 입었지만, 어느 사이엔가 내 셔츠가 그의 것이 되기도 했고 그의 팬티가 내 것이 되기도 했다. 게다가 만사가 귀찮은 우리는 세탁하는 번거로움을 줄이기 위해 한 달이나 빨지 않은 속옷 더미에서 눈에 띄게 더럽지 않은 것을 꺼내어 입는 나쁜 습관이 있었다.(독자 여러분, 얼굴을 찌푸리지 않길 바란다. 그래서 나는 앞서 양해를 구했던 것이다. 우리뿐만 아니라 여러분의 형제나 연인도…… 원래 남자란 혼자 살 때는 거의 마찬가지이다.)

엷은 햇살이 비치는 오차노미즈 역 앞의 붐비는 사람들 속에서 나가시마와 헤어졌다. 이제부터 그는 개를 산책시키는 일을 하러 부자 동네의 저택으로 가는 것이다. 개라 하더라도 깔볼 수는 없다. 나가시마의 말에 의하면, 그 집에서 키우는 포인터에게는 버터와 우유가 든 호화판 식사가 제공된다고 한다. 전쟁이 끝났다고 해도 가진 사람은 역시 풍요를 누리고 있었다.

나는 츠루가다이를 내려가 전국 학생 원호협회 사무소를 찾아갔다. 사무소라고 하면 그럴듯하게 들리겠지만, 바라크로 지은 작은 건물에 학생들이 빈번하게 드나드는 곳으로, 이 작은 사무소에서 우리들은 값싼 하숙집이나 새로운 아르바이트 거리를 얻는다.

사무소 앞에는 나와 마찬가지로 볼이 야윈 학생들이 약한 가을 햇살을 받으며 늘어서 있었다. 군복 상의에 어울리지 않는 모자를 쓴 남자, 너덜너덜한 신사복을 걸친 남자, 그들 모두가 학생이었다.

줄을 서서 사무실 벽에 붙어 있는 아르바이트 안내문을 올려다봤다.

황궁 앞과 시바우라의 잔디밭에서 쓰레기 수거

이 일은 임금은 괜찮지만 옛날에 소아마비를 앓은 나에게는 꽤나 힘든 일이었다. 복권판매는 수고에 비해 수입이 적고, 가정교사 자리는 거의 도쿄대나 히토츠바시같은 명문대학 녀석들 차지이다.

무심코 한숨을 내쉴 때, 안내문 오른쪽 끝에 눈에 띄지 않게 붙여진 작은 쪽지가 눈에 들어왔다. 학생이 신청한 종이에는 담당자가 빨갛게 사선을 긋는데, 이 종이쪽지에는 아직 빨간 사선이 그어져 있지 않았다.

치바현 사쿠라쵸에서 광고 전단지 돌리기 및 가벼운 노동.
일당 이백 엔. 교통비 별도.

아마 다른 학생도 이 쪽지를 보았겠지만 치바까지 간다는 점에서 외면당했음에 틀림없다. 쿠페 빵과 감자죽만 먹어 움푹 들어간 배로 먼 치바의 시골 동네까지 아르바이트하러 간다는 것은 정말이지 귀찮은 일이다.

'갈까? 말까?'

나는 호주머니에 들어 있는 작은 주사위를 손아귀 속에서 굴려보았다. 뭔가 결심하기 힘들 때는 늘 이 주사위에 의존한다. 전후의 학생으로서 나에게도 자신의 운명을 자신의 의지가 아니라 우연에 맡기는, 황폐해진 마음과 체념이 있었다. 주사위가 짝수로 나왔기 때문에 사무실 창으로 머리를 디밀었다.

"아, 이거? 이거는……."

중년의 담당자는 낡은 펜을 귀에 꽂고 카드를 집어 들었다.

"스완흥업사, 간다 진보쵸 산쵸메, 이건 그리 확실한 회사가 아닐지도 모르겠는데요."

"예…… 확실한 회사이든, 시시한 회사이든 괜찮습니다."

중년의 담당자는 잠깐 쓴웃음을 짓고는 묵묵히 고용주에게 줄 근무표 서류를 건네주었다.

진보쵸 산쵸메는 도보로 15분도 채 걸리지 않는다. 이 일대는 전쟁의 피해를 덜 입었는지, 극히 일부 구역이지만 오래된 집이 남아 있다. 저녁을 준비하는지 망가진 판자벽 사이로 땔감을 꺾는 소리와 풍로에 불을 지피는 소리가 들려왔고, 그림동화 구연사가 느릿느릿 자전거 페달을 저으며 내 옆을 지나갔다.

"스완흥업사가 어딥니까?"

나는 어린애를 업고 집 앞에 서 있는 아주머니에게 물었다.

"완 홍업사라……."

"완이 아니고 스완입니다. 영어로 백조라는 뜻일 겁니다."

"그런 게 근처에 있었나? 17번지면, 분명 이 뒤쪽일 텐데."

나는 풍로의 연기가 날리고 있는 어두워지기 시작한 길을 다시 지나쳐, 그림동화 구연사의 자전거 뒤를 쫓아갔다. 노인은 옆 동네로 꺾어져 언뜻 보면 부동산 가게처럼 생긴 지저분한 집 앞에서 '삐익' 하고 소리를 내면서 자전거를 멈췄다.

그 집이 스완홍업사였다. 이름이 스완(백조)이라서 하얀 양옥 같은 것을 상상했지만, 백조는커녕 쓰레기 속에서 기어 나온 까마귀 새끼처럼 먼지로 꾀죄죄한 집이었다. 빽빽한 여닫이 유리문을 힘주어 열었다. 입구에는 전화를 올려놓은 책상이 하나 있었고, 단발머리에 안경을 낀 남자가 미군 물자인 듯한 원색 바지를 입은 다리를 책상에 올려놓은 채 이쪽을 쳐다보았다.

"가네다 선생님, 물건은 여기에 놓겠습니다."

그림동화 구연사인 노인은 자전거에 싣고 온 판매용 그림을 봉당에 놓으며 상대방을 가네다 선생님이라고 불렀다. 아무래도 이 단발머리는 전후에 도쿄로 진출한 사람인 듯했다.

"됐어. 내일, 또 올 거지?"

노인은 머리를 끄덕이고는 유리문을 덜커덕거리며 나갔다.

단발머리는 손가락으로 콧구멍을 후비면서 말했다.

"그런데, 넌 뭐야?"

"아르바이트 광고를 보고 찾아왔는데요, 학생입니다. 학생 중 여기 있습니다."

"좋아, 알았어. 학생 조합에서 온 거로군."

"학생 원호협회입니다."

"그래, 좋아. 일거리는 전단지 돌리는 건데, 해보겠나?"

"하겠습니다. 전단지 돌리는 거죠?"

상대방의 말투에 말려들어 내 말투까지 이상해지는 것 같았다.

"전단지는 그거야."

금빛 나는 커다란 반지를 낀 손가락으로 가네다 씨가 가리킨 것은 입구 한쪽 구석에 놓여져 있는 포스터와 광고 전단 다발이었다. 이 포스터와 광고 전단 다발을 내일 치바현의 사쿠라쵸와 그 근처 동네들을 다니며 붙이거나 나누어주거나 하는 것이 나의 일거리인 듯했다. 나는 오늘과 내일의 교통비 백 엔을 받아 주머니에 넣고, 전단지 한 장을 받아 스완흥업사를 나왔다. 어디선가 두부 장수의 나팔소리가 들려왔고, 비참하고 초라한 기분이 들었다. 아침에 나가시마가 시래기죽을 먹으면서 몸도 마음도 오염되어 가는 듯하다고 말했는데, 그 말이 갑자기 가슴속에 되살아났다. 길을 걸으며 전단지를 보니, 등사

잉크로 더럽혀진 종이에 몹시 서툰 필체로 아사쿠사의 인기 가수, 에노켄이 부르는 추억의 명곡. 도쿄의 에노켄, 드디어 사쿠라쵸에 출연이라고 쓰여 있었다.

에노켄이라면 세 살짜리 어린애도 알고 있다. 영화와 연극에서 활약하고 있는 이 희극계의 일인자라면 당연히 6대 도시의 일류 극장에서 출연 계약이 있을 것임에 틀림없다. 아무리 사정이 있더라도 치바현의 촌스러운 동네에서 출장 공연을 한다는 것이 우선은 이해가 되지 않았다.

게다가 이 촌구석에서 실수로 자선 공연을 한다고 해도, 그 공연을 스완흥업사같이 이상한 사무실에 맡길 리는 없을 것이다.

'이건 사기가 틀림없어.'

나는 그 학생 원호협회의, 머리에 벌써 흰머리가 나기 시작한 숭년의 남낭자가 "그다지 확실한 회사가 아닐지도 모르겠는데……"라고 중얼거린 말을 떠올렸다.

그렇지만 확실한 회사이든 시시한 회사이든 지금의 나에게는 마찬가지였다. 사쿠라쵸에서 전단지를 배포하면 이백 엔 외에 별도로 교통비를 받을 수 있다. 내게 있어서는 그것으로 충분하다. 간다의 스즈란 거리에서 그 단발머리 가네다 씨에게서 받은 돈으로 오랜만에 오뎅과 밥을 먹고 하숙집으로 돌아왔다. 나가시마는 어디를 헤매고 있는지 아직 돌아오지 않았다. 체취가 밴 이불 속에 기어들어간 나는 잠들지 못한 채 그가 이야기했던 포도 따는 처녀들을 어렴풋이 떠올린다. 가을 햇살 아래서 포도를 따는 그녀들의 하얀 무릎이 젊은 내 가슴속에 샘물처럼 스며든다.

다음 날 아침 10시 경, 비쩍 마른 튀김통닭처럼 뼈가 튀어나온 몸을 드러낸 채 잠들어 있는 나가시마를 그대로 놔두고, 나는 낡은 우의를 입고 하숙집을 나섰다.

"무슨 일 있어? 기운이 없군. 괜찮겠어?"

단발머리의 가네다 씨는 어제와 마찬가지로 커다란 반지를 낀 손가락으로 전단 다발을 가리키며 말했다.

"그거 배낭에 짊어지고, 이 종이에 적힌 곳을 다니며 뿌려."

사쿠라쵸는 이치가와에서 버스로 1시간 정도 걸릴 듯했다. 사쿠라쵸 주변의 세, 네 곳의 동네를 다니면서 전단지를 뿌리는 것이 내가 할 일이었다. 이것은 상당히 힘이 드는 일이었다. 이백 엔의 일당으로는 수지가 맞지 않는다는 것을 깨달았지만, 이미 때는 늦었다.

"그런데요……."

나는 잠시 망설이다가 말을 꺼냈다.

"이 전단지의 내용은 사실인가요?"

"허어, 거짓말로 보이나?"

가네다 씨는 길고 가는 눈으로 나를 흘끗 쳐다보고는 광대뼈가 튀어나온 볼에 엷은 웃음을 지었다. 그 이상 아무 말도 들을 필요가 없으리라.

"그럼……."

"잠깐 기다려."

나를 구슬릴 생각인지, 아니면 불쌍한 아르바이트생을 보고 불심이 생겼는지, 가네다 씨는 원색의 바지 주머니에서 럭키 스트라이크를 꺼내 건네주었다. 이것도 그가 입고 있는 양복과 마찬가지로 암거래 미군 물자임에 틀림없을 것이다. 별거 아니라고 생각했는데 의외로 등에 짊어진 배낭은 무겁다. 소아마비를 앓은 몸으로 이런 짐을 지는 것은 쉬운 일이 아니다. 오차노미즈에서 치바로 향하는 전철은 이 시각에는 텅텅 비어 있었지만, 배낭을 든 나는 생산지에서 감자를 떼다 파는 보따리 장사꾼으로 보였을 것이다. 그러고 보니, 나와 마찬가지로 보자기 꾸러미나 낡은 배낭을 짊어진 옷 장사꾼 일행 5,6명이 앞 칸에 올라타고 있었다.

이치가와 역에서 버스를 탔다. 버스는 쭉 뻗은 도로를 계속 달렸다. 도로에 커다란 소나무 한 그루가 우뚝 서 있었다. 이치가와의 천연기념물이다. 그 옆으로 영화관 간판이 보였고, 그 간판에는 이케베 료의 얼굴이 페인트로 크게 그려져 있었다. 이윽고 버스는 왼쪽으로 방향을 틀었고, 번화가를 벗어남에 따라 점차 흔들리기 시작했다. 느티나무와 떡갈나무의 숲은 가을 냄새를 잔뜩 내뿜었다. 밤나무는 말라 갈색을 띠고 생기를 잃었지만 큰 나무의 잎들은 햇살을 받아 반짝였고, 그 낙엽은 금화처럼 길과 농가 지붕에 떨어졌다.

밭은 검은 빛이다. 낙엽으로 말미암아 농가의 초가지붕은 붉은빛을 띠고 있다. 그 농가의 마당에 열린 감이 눈에 배어들 만큼 아름다웠다. 지나치게 입술 화장을 짙게 한 차장으로부터 다다음이 사쿠라쵸라는 말을 듣고, 나는 서둘러 버스에서 내렸다.

포스터를 붙이거나 전단지를 뿌리는 일은 작년 선거 아르바이트 때 한 적이 있었다. 나는 대부분의 학생이 그렇듯이 혁신파의 주장에 공감하고 있었지만, 사상과 아르바이트는 별개였다. 내가 돕는 상대는 토건업자 출신의 보수당 후보였는데, 그때는 시부야와 산켄자야를 돌아다니며 그 남자의 사진이 인쇄된 포스터를 전봇대에 붙여도 별로 쑥스럽지 않았다. 그런데 지금 대학생 모자를 쓰고 배낭 입구를 연 채 이 한가로운 농가의 우편함이나 툇마루에 수상스런 전단지를 던져넣고 있자니 떳떳치 못한 느낌이 들었다.

밭일을 나갔는지 어느 농가에도 인기척이 없었다. 나의 발소리에 놀란 닭이 '꼬, 꼬, 꼬' 하고 울고는 툇마루로 뛰어올랐다. 그 마당에는 표지가 갈기갈기 찢어진 낡은 잡지가 떨어져 있었다. 아무 생각 없이 나는 그 잡지를 주워 책장을 넘겨보았다. 인기 영화배우와, 가수의 사진과 기사로 가득한 '밝은 별'이라는 잡지이다. 이렇게 마당에 버려져 비를 맞고 퇴색된 것을 보면 버리는 것이라고 생각해서 부담 없이 우의 주머니에 넣었다. 돌아가는 버스에서 심심풀이로 볼 생각이었다.

학교에서 돌아오는 듯한 꼬마 녀석 둘이 길을 지나간다. 벌레가 붙어 있는 나뭇가지를 손에 들고 있다.

"그건 무슨 벌레냐?"

"이거 몰라요? 자벌레 유충이에요."

"얘들아. 이 광고 읽을 수 있겠니?"

나는 장난삼아 전단지 열 장 정도를 집어주었다. 그러자 아이들이 소리쳤다.

"에·노·케·엔…… 앗! 에노켄이다."

"그래. 알고 있지?"

"오래 전에 아버지를 따라 영화 구경 갔었는데 무시 재미있었어요. 에노켄이 나오는 영화였어요. 그런데 그게 제목이 뭐였더라?"

"그 에노켄이 사쿠라쵸에 온단다."

나는 웃으며 말했다.

"너는 그 콧물 좀 닦아라. 그리고 형의 부탁 좀 들어주지 않을래?"

"뭔데요?"

한 아이가 다른 아이의 얼굴을 쳐다보며 말했다.

"무슨 얘긴지 들어보고요. 그지?"

"실은 말이야. 이 포스터를 학교하고 동사무소 벽에 붙여 주었으면 하는데 말이야."

나의 아이디어는 적중하여, 포스터 세 장과 꽤 되는 전단지를 이 동네에 뿌릴 수 있었다.

다음 동네에서도 나는 똑같은 수법을 썼다. 아이들의 기꺼운 협력으로 나는 고생을 덜 수 있었다. 가장 애를 먹은 것은 사쿠라쵸였지만, 이곳에 올 때는 이미 포스터도 전단지도 얼마 남지 않았다. 묵직했던 배낭도 나의 배와 마찬가지로 쑥 들어갔다.

도쿄로 돌아오니 이미 캄캄한 밤이었다. 배낭을 돌려주러 스완흥업사에 들르자, 단발머리의 가네다 씨는 여전히 차가운 책상 위에 발을 쭉 뻗고 손가락으로 콧구멍을 후비고 있었다.

"그래, 일 다 끝냈나?"

"다 끝냈습니다."

가네다 씨와 이야기를 하고 있으면 내 혀도 잘 돌아가지 않았다.

"수고…… 수고."

수고했다는 말일 것이다. 그는 서랍에서 커다란 가죽지갑을 꺼내어, "하나, 둘, 셋, 넷" 하고 소리를 내며 10엔짜리 20장을 세더니, 내게 건네주었다.

"막 써비리면 안 돼. 그런데 자네, 기운이 없군."

"그래요?"

"응. 기운이 없어 보이는군. 여자한테 퇴짜라도 맞았나?"

"퇴짜 맞은 게 아니라 여자가 없어서 그래요."

어차피 이 단발머리에게 털어놓아 봤자 뾰족한 수가 없겠지만, 나는 왠지 가네다 씨에게 호의를 느끼고 있었다. 하긴, 그와 사귀어두면 앞으로도 아르바이트거리를 얻을 수 있을지도 모르고, 오늘 아침처럼 럭키 스트라이크나 미제 통조림 한두 개를 얻을 수 있을지도 모른다는 속셈도 있었던 것이다.

그러나 가네다 씨는 그러한 아르바이트생의 비열한 속셈을 알아채지 못하고, 광대뼈가 튀어나온 볼에 엷은 웃음을 띠며 말했다.

"뭐라고? 자넨 바보야. 바보. 여자 같은 건 금방 생기는 법이야. 자네 연애하고 싶지?"

"말하자면…… 그렇죠."

가네다 씨는 어둑어둑한 알전구 밑에서 막힘없이 나에게 이야기해댔다. 때때로 침이 튀어와 싫었지만, 들어둘 필요가 전혀 없지는 않았다.

가네다 씨는 짧은 일본어를 구사하면서, 여자에게는 먼저 강한 인상을 심어주는 것이 중요하다고 말했다. 마음이 약하고 적극적이지 못한 사람은 일단 젊은 여자의 마음에 들어야 한다는 생각에 고상한 척을 하거나 거드름을 피우는데, 그래서는 젊은 여자에게 인상을 남기지 못한다며, 전후의 젊은 여자들은 강렬하고 개성있는 남자에게 마음이 끌린다는 것이다.

"어떻게 한 방에 날리느냐, 이거야. 처음 한 방이 중요하거든."

"아까부터 한 방, 한 방이라고 하시는데 어떻게 하면 되죠?"

처음 대하는 여자에게 강렬한 인상을 남겨야 한다는 말은 이해되었지만, 나는 그 구체적인 방법을 몰랐다.

"멍청하군. 멍청해."

그는 말을 이었다.

"얘기를 해. 여자가 잊어버리지 않을 이야기. 똥 이야기든 뭐든 상관없어. 잊어버리지 않을 이야기를 하는 거야."

"똥 이야기라뇨?"

"그래. 똥 말이야."

답답하다는 듯이 가네다 씨는 반지를 낀 손가락으로 원색 바지 차림의 자신의 엉덩이를 가리켰다.

"여기서 나오는 거."

"아, 똥 말이죠? 젊은 여자에게 그런 얘기를…… 난 그런 얘기 못해요."

"뭐라고? 멍청하군, 멍청해."

초면부터 강렬한 인상을 심어주기 위해서는 수단 방법을 가리시 않는다. 수줍음도 부끄럼도 버려야 한다. 가네다 씨의 말은 전후의 암시장이나 마켓에 진출한 자신의 왕성한 생명력과 에너지를 연애에도 적용하라는 것인가?

강렬한 인상을 주었다면 어쨌든 상대 여성은 이쪽을 기억한다. 교두보가 생긴 것이다. 그 다음은 계속 공격하여 함락시키는 것이다. 전화를 걸어 데이트를 신청하고, 데이트를 하면 그날 즉시 좋아한다고 말한다. 퇴짜를 맞더라도 거절당하더라도 상관없다. 그리고 다음으로는 다른 여자와 함께 있는 모습을 그녀에게 보인다. 이 방법은 절대적으로 효과가 있다.

"어느 여자건 질투심이 있지. 질투하면 할수록 그만큼 여자가 지는 거야."

하지만 이야기를 듣고 있는 동안 내 마음은 우울해졌다.

"피곤해서 이만 가보겠습니다. 이야기 들으러 다시 올게요."

"그래, 좋아. 시간 날 때면 언제든지 와."

사무실 바깥은 완전히 어두워졌다. 뻑뻑한 미닫이 유리문을 열려고 하다가 나는 신경 쓰이던 것을 다시 가네다 씨에게 물었다.

"가네다 씨, 정말 에노켄이 사쿠라쵸 무대에 출연합니까?"

가네다 씨는 광대뼈가 튀어나온 볼에 엷은 웃음을 띠고는 비로소 사실을 일러주었다.

"자네, 눈이 잘못된 거 아냐? 에노켄이라는 말이 어디 있어? 에노케소라고 쓰여 있잖아. 에노케소라고."

그의 말을 듣고 어스레한 전등 불빛에서 등사판으로 인쇄한 종이를 보니 과연 에노켄의 'ン(엔)'은 약간 일그러져 'ソ(소)'로 되어 있었다.

"그러네요. 에노케소로군요. 그런데 가네다 씨, 이렇게 사기를 치면 경찰이 가만히 있을까요?"

두꺼운 안경 안쪽에서 가네다 씨는 웃으면서 고개를 저었다. 사쿠라쵸 주민들도 에노켄을 대도시 이외의 다른 지역에서 볼 수 있으리라고는 생각하지 않는다, 이제까지 가사오키 시즈코라든가 야나기야 킨고로 같은 사람이 출연(?)했지만 한 번도 문제가 된 적은 없었다고 한다. 정말로 말하는 것과 행동하는 모든 것이 우리와는 너무도 거리가 멀었다.

그리고…… 이튿날은 비가 내렸다. 비는 잠시도 그치지 않고 하숙집의 함석지붕을 적시고 있다. 낙숫물 소리가 지그재그로 갈라진 창유리에 전해진다. 오후의 거리에서 누군가가 낡은 나팔을 분다. 숨이 차서인지 그 나팔소리는 이내 끊겨 버린다. 그리고는 또다시 끈질기게 반복해서 분다.

나가시마는 오늘도 아르바이트를 하러 나갔다. 나는 광고 전단지 배포로 받은 이백 엔 덕분에 하루 종일 이부자리에 엎드려 있었다. 이런 한가한 날은 학교에 가도 되지만 피로가 잔뜩 쌓여 있어서 그런지 비에 젖으면서까지 외출하고 싶은 생각이 들지 않았다.

천장의 얼룩 자국을 쳐다보고 있다. 나는 그것을 쳐다보는 것을 좋아한다. 어린 시절, 복통을 일으켜 학교를 쉬는 날은, 평상시와는 달리 조용한 집 안에서 천장의 얼룩 자국을 가만히 쳐다보며 하루를 보내곤 했다. 어린 나의 눈에 얼룩 자국은 구름 모양이 되었고, 동물이 되었고, 꿈에 그린 성이 되었다.

그 당시의 일이 절실하게 가슴속에 되살아난다. 깜박 잠이 들었다. 눈을 떴다가 이내 다시 잠에 빠져들었다. 애조를 띤 나팔소리가 낙숫물 소리에 섞여 아직도 계속 들려오고 있다.

벽에 걸린 우의 주머니가 불룩하다. 그렇다. 어제 아무도 없는 농가의 마당에 떨어져 있던 낡은 잡지다. 이발소 같은 곳에 페이지가 찢어진 채 겹겹이 쌓여 있는 책처럼 영화와 유행가로 꾸며진 잡지다.

어느 페이지든 하얀 이와 보조개를 드러낸 배우와 가수가 이쪽을 바라보고 있다. 이 사람들의 실생활은 어떨까? 인간이란 별 차이가 없다. 내가 전단지를 뿌리고 이백 엔을 벌듯이 그들은 억지로 웃는 표정을 지음으로써 자신의 인생의 쓸쓸함을 더해 간다. 외로운 인간에게는 우상이 필요한 것이다.

어디서나 사이좋고 뜻이 맞는 명콤비, 이케베 료 씨와 야마구치 도시코 씨라는 활자가 눈에 확 뜨인다. 그 밑에 신경질적인 듯한 청년과 눈이 큰 여배우가 어깨동무를 하고 웃고 있다. 누렇게 바랜 마지막 페이지는 독자란이다. 사가현과 나가노현에서 보내온 내용으로, 인기 스타의 팬들이 그룹을 만들려고 한다는 내용이 담겨져 있다. 우정은 비 오는 날의 물거품처럼 쉽게 생겼다가 쉽게 사라진다. 사랑도 마찬가지인지 모르겠다.

나는 지루함을 달래기 위해 하품을 참으면서 그 하나하나를 읽어 보았다.

츠시마 게이코 씨의 열렬한 팬입니다. 그녀의 발레 사진을 매일 빠짐없이 보고 있습니다. 그녀 같은 누이동생이 있다면 얼마나 행복할까요? 〈효고현 무코군 요시모토무라 아자나카엔 고바야시 쇼타로〉

영화를 상당히 좋아하는 19살의 평범한 처녀입니다. 와카야마 세츠코 씨 팬으로부터의 편지를 기다리고 있습니다. 〈도쿄 세타가야구 교도쵸 808 신도 씨 댁. 모리타 미츠〉

양손을 깍지 껴 머리를 고인 채, 나는 다시 한 번 천장의 얼룩을 멍하니 쳐다보았다. 그래. 여자가 필요하다면 어떤 여자라도 상관없다. 무언가가 마음속에서 재촉하였다. 그냥 이 낡은 잡지의 누런 페이지에 엽서를 보내는 바보 같은 여자들이라도 괜찮다. 연락을 기다린다고 쓴 그 여자라도 괜찮다.

나는 아르바이트 장소에서 일시적인 공복감을 달래기 위해 담배 끝을 이로 꽉 깨물 듯, 대학 노트에서 찢어낸 종이를 책상 위에 올려놓았다. 미츠라는 여자가 어떤 사람인지는 잘 모르겠지만 이틀 후면 그녀는 이 편지를 받을 것이다. 일이 잘 되면 나는 그녀를 정복할지도 모른다.

이것이 내가 그녀를 알게 된 동기였다. 머지않아 내가 버린 그녀를 만나게 된 최초의 계기이다. 우연히 찾아온 기회라고 생각할 수도 있겠지만, 인생에 있어 우연이 아닌 인연이 있을까? 인생에는 원래부터 우연이라는 것이 작용한다. 앞으로 기나긴 일생을 함께 할 부부도 처음에는 우연히 백화점 식당의 옆자리에서 점심을 먹었다는, 하찮은 사건이 계기가 되어 서로 알게 되었는지도 모른다. 하지만 그것이 하찮은 것이 아니라 인생의 의미를 푸는 실마리였다는 것을 알기 위해, 나는 오늘까지의 기나긴 시간이 걸렸던 것이다.

당시 나는 신 같은 것은 믿지 않았지만, 만일 신이 있다면 그 신은 이러한 하찮고 평범한 일상의 우연에 의해서 자신의 존재를 인간에게 드러내 보였는지도 모른다. 아무도 현대에 이상적인 여자가 있다고는 믿지 않지만 나는 지금 그녀를 성녀라고 생각하고 있다.

# 나의 수기 2

 그날 우리가 처음으로 만났을 때 그 여자가 어떤 모습을 하고 있었는지, 이미 오랜 세월이 지난 지금 기억하기는 힘들다. 정말로 사랑한 여인이었다면 최초의 데이트 때 손가락을 스친 일, 행복해 하는 여자의 웃는 얼굴까지 평생 동안 마음에 새겨져 있겠지만, 그 여자는 내게 있어 우발적인 충동으로 만난 상대에 지나지 않았던 것이다. 불량하게 말하면, '꼬셔서, 범하고⋯⋯.' 그렇다. 그 다음에는 마지막 전철이 지나간 밤의 플랫폼에서 차가운 바람에 나뒹구는 빈 담뱃갑처럼 버린 한 여자였다.
 그러나 그런 희미한 기억 가운데 인상에 남은 것이 전혀 없는 것도 아니다. 그 여자가 정한 데이트 장소는 자신의 하숙집

과 가까운 시모키타자와 역 앞이었는데(미츠는 신주쿠나 시부야 같은 낯선 번화가로 정하면 길을 잃어버리기 때문이라고 적어 보냈다.) 그곳은 더러운 역사의 화장실 바로 옆이라서 암모니아 냄새가 코를 찌르고 있었고, 머리 위의 고가 선로로 전철이 삐걱거리며 통과할 때마다 시커먼 물방울이 내 헌 구두 앞에 떨어졌던 것을 아직 기억하고 있다. 그것들은 아직 전쟁의 상처에서 벗어나지 못한 도쿄의 변두리에서 흔히 볼 수 있는 풍경이었지만, 마음이 황폐한 나의 밀회에 걸맞는 장소였는지도 모르겠다.

나는 지저분한 우의 주머니 속을 더듬어 가진 돈을 확인하고는 다방에서 만나기로 하지 않기를 잘했다고 생각했다. 이런 형편에 30엔이나 하는 멀건 커피 두 잔을 주문해서 쓸데없이 돈을 낭비할 필요는 없었다. 조금 더 가면 싼 데가 있다는 것을 우리 학생들은 잘 알고 있었던 것이다. 그때 매표소의 시계가 약속 시간인 5시 반을 가리키고 있던 것을 지금도 기억하고 있다.

미츠의 편지에는 교도의 공장에서 사무원으로 일하고 있으며 업무가 끝나야 나올 수 있다고 쓰여 있었다. 10장에 5엔 하는 싸구려 갈색 봉투, 그리고 싸구려 편지지—거기에는 초등학교 2학년 정도의 서투른 글씨가 나열되어 있었다.

大 字校에도 와카야마 세츠코 씨의 팬이 있나요? 저는 休日에 와카야마 세츠코 씨의 '푸른 산맥'을 보았어요. 그리고 감격했지요. 그 노래를 외워서 일할 때 부르고 있습니다. 세츠코 씨 외에 신인인 즈루타 코시 씨 같은 사람을 좋아합니다.

'대학교'를 '대 학교'로, 휴일(休日)을 체일(休日)이라고 잘못 쓰고, 특히 나가시마와 나의 실소를 자아낸 것은 '츠루타 코지'를 '즈루타 코지*'라고 쓴 부분이었다.

"잘 해봐…… 이런 얼간이하고."

나가시마도 나를 비웃었다.

"너 거북이하냐?"

거북이한다는 것은 당시 학생들 사이의 은어로, 거북이가 토끼를 뒤쫓듯 여자 꽁무니를 따라다닌다는 말이었다.

"그럼 넌 뭐야?"

나는 뇌받아 말했다.

"얼간이조차 붙잡지 못하는 놈이잖아?"

그러나 역 화장실에서 풍기는 코를 찌를 듯한 냄새를 맡으며 그녀를 기다리는 동안, 나가시마의 그 말이 떠올라서 이렇

---

*역주 – 일어에서 츠루(鶴)는 '학'이고, 즈루이(狡い)는 '교활하다'는 뜻을 갖고 있다. 따라서 츠루타의 고상한 이미지를 맞춤법 오류로 인하여 즈루타란 교활한 이미지로 잘못 표기한 것에 대한 실소이다.

게 하면서까지 여자를 만나려는 자신이 갑자기 싫어졌다.

5시가 훨씬 넘었다. 역 개찰구에서 쏟아져 나오는 사람들은 어깨를 움츠리며 좌우로 흩어져 갔지만, 그 가운데서 미츠 같은 여자는 보이지 않았다. 건널목 맞은편에 광고 차량이 서 있고, 한 남자가 이쪽으로 나팔을 돌리고 닳아빠진 유행가 레코드를 틀어대기 시작했다. 다음 전철까지 기다려 보고도 미츠 같은 사람이 안 나타난다면 집으로 돌아가야겠다는 생각이 점점 들었다.

'여자한테 약해서.'

나는 자신을 비웃었다.

'벌 받는 거야. 학생인 주제에……'

그때 두 여자가 차단기를 건너 주위를 두리번거리면서 광고 차량의 남자에게 뭔가를 묻는 모습이 눈에 들어왔다. 남자가 이쪽을 가리켰을 때 즉시 미츠라는 생각이 들었다. 둘 중에 누가 미츠인지는 알 수 없었지만, 한 처녀가 다른 처녀 뒤에 숨듯 하며 내가 있는 곳으로 다가왔을 때, 두 사람은 곤혹스런 표정으로 서로 손을 잡아당겼다.

"네가 물어봐."

머리카락을 세 갈래로 따서 어깨에 늘어뜨린, 작은 키에 약간 뚱뚱한 여자가 다른 여자에게 작은 소리로 말했다.

"싫어…… 네가 물어봐."

그동안 나는 두 사람의 옷차림과 구두를 살펴보았다. 두 사람 모두 변두리 역 앞의 가게에서 파는 감색 스웨터에 검은 스커트를 입고 있었다. 스커트 아래로 단정치 못하게 양말에 옆주름이 생긴 것은 무릎 위를 고무 밴드로 묶고 있기 때문임에 틀림없었다. 그들은 도쿄 변두리 어디서나 볼 수 있는 흔한 얼굴이었다. 당구장이나 빠칭코 가게를 지키는 여자, 휴일에는 조조할인 영화를 보러 가고, 잉크 냄새나는 영화 전단지를 소중한 듯 손에 들고 돌아가는 여자.

'나도 꽤나 한심하군.'

나는 속으로 중얼거렸다.

'못났어.'

이렇게 되면 오늘 더 이상 손해를 봐서는 안 되겠다 싶어서, 둘 중에 얼굴이 반반한 쪽을 선택해야겠다고 생각했다.

"당신이 미츠?"

처녀들은 겁먹은 표정으로 고개를 끄덕였다. 머리카락을 세 갈래로 딴 여자보다 다른 처녀 쪽이 이목구비가 약간 더 나아 보였다.

"미츠는 어느 쪽이지? 너야?"

재수가 없었다. 시골 처녀인지, 머리를 세 갈래로 딴 초등학생처럼 보이는 쪽이 미츠였던 것이다.

"어째서 둘이 나왔지?"

"얘가 함께 가자고 한 걸요. 그래서 내가 그랬잖아?"

미츠가 아닌 쪽이 화난 듯 작은 소리로 말했다.

"오기 싫다고."

어차피 나가시마가 비웃었듯이 얼간이와의 밀회라는 것은 처음부터 각오하고 있었지만, 막상 미츠를 만나자 나는 갑자기 한심한 기분에 사로잡혔다. 그것은 불합격이라고 생각하면서도 막상 합격자 발표 용지에 자신의 이름이 보이지 않았을 때 느끼는 환멸과 따분함이 뒤섞인 기분과 비슷했다.

"미츠야. 나 이제 돌아가도 되지?"

미츠와 함께 온 여자는 약간 경의에 찬 눈으로 나를 쳐다보고는 작별을 고했다.

"그럼…… 난 어떻게 하라고?"

미츠는 정말 곤혹스럽다는 듯이 친구의 팔을 붙들었지만 상대는 그 손을 뿌리치고 역 계단을 뛰어 올라갔다. 머리 위의 고가 선로를 삐걱거리며 전철이 지나갔고, 달리는 전철에 날린 휴지조각이 미츠의 스커트 밑으로 나온 짧은 다리에 달라붙었다. 나는 옆주름이 잡힌 그녀의 갈색 양말을 쳐다보며 따분함에 휘말렸다.

"요시코가 돌아갔으니…… 이제 어쩌지?"

그녀는 구두 끝으로 땅바닥을 툭툭 치면서 중얼거리고 있었다.

"뭘 어떡해. 남자하고 데이트한 적 없어?"

"그런 적 없어요…… 게다가…… 저 같은 게."

"휴일엔 혼자 영화 보러 가고 그래?"

"아니에요. 요시코하고……."

미츠는 처음으로 웃었는데, 그 웃는 얼굴에는 우둔함과 선량함이 알맞게 섞여 있었다.

"휴일은 요시코와 함께 보내요."

화장실 냄새가 나는 이곳에 마냥 있을 수는 없어 나는 걷기 시작했다. 미츠는 강아지처럼 졸졸 뒤따라오며 물었다.

"어디 가는 거예요?"

"한 방에 네가 놀랄 만한 곳이야."

이런 식으로 말한 것은 갑자기, 그날 밤 가네다 씨가 "멍청하군. 멍청해. 똥 얘기든 뭐든 이야기해."라고 한 말이 생각났기 때문이다. 나는 갑자기 이 우둔한 표정을 한 여자를 고대했던 자신이 불쌍하게 느껴졌다. 그러나 떨쳐버릴 수도 없었다.

우리 두 사람이 시부야 역에 내렸을 때는 이미 밤이었다. 하루의 일을 마치고 귀가를 서두르는 사람들이 알 수 없는 표정을 하고 어깨나 몸을 서로 부딪치며 플랫폼에서 계단으로 밀려갔다. 그 혼잡한 사람들 속에서 미츠는 나를 놓칠세라 열심히 뒤쫓아왔다. 키가 작고 약간 뚱뚱한 그녀는 성큼성큼 걷는 나와 보조를 맞추기 위해 종종걸음으로 바쁘게 다리를 움직였다.

"코끝에…… 땀이 났군."

늦가을 밤의 하치코* 광장 앞은 날씨가 꽤 서늘했지만, 미츠의 둥근 코에는 땀방울이 맺혀 있었다. 그 하치코 광장에는 남녀들이 제자리걸음을 하면서 떼지어 모여 있었다.

"이렇게 사람 많은 곳은 별로 와본 적이 없어요. 당신은요?"

"나야 꽤 왔었지. 여기서 복권판매 일을 했었어. 아르바이트를 해야 학교에 갈 수 있거든."

내가 말을 막하게 된 것은 그녀는 귀한 집 따님이 아닐 테고, 또 그런 계집애의 마음을 사로잡을 필요가 전혀 없었기 때문이다.

"그럼……."

갑자기 미츠는 친숙한 목소리로 물었다.

"일하고 있어요?"

"그래. 그렇게 해도 생활비와 학비 대기가 힘들어."

지금도 기억하고 있지만, 미츠는 갑자기 멈춰 서서 슬픈 눈으로 나를 가만히 바라보았다. 그리고는 망설이듯이 싸구려 스웨터 주머니에 작은 손을 집어넣었다.

"뭐 하는 거야?"

---

*역주 – 주인이 죽은 줄도 모르고 매일 역에 나와 주인의 귀가를 기다린 충견을 기념하기 위해 시부야 역에 세워진 동상이며, 개의 이름을 따 '하치코'라 이름 붙여졌다. 오늘날 많은 사람들이 약속장소로 삼고 있기도 하다.

"아까 내 전철 요금 냈잖아요. 내 몫은 낼게요."

"바보 같은 소리 하지 마."

"그렇지만 막 써버리면…… 힘들잖아요?"

도겐자카의 횡단보도의 빨간 불이 파란 불로 바뀌자 사람들은 우리를 밀치면서 영화관이 늘어서 있는 거리로 밀려갔다. 그들에게 밀리는 바람에 우리 두 사람은 약간 사이가 벌어졌지만, 이윽고 다시 어깨를 나란히 하고 걸었다. 그녀는 사람들을 아랑곳하지 않고 큰 소리로 외쳤다.

"막 써버리면 안 돼요. 내 몫은 내가 낼게요. 요시코와 함께 다닐 때도 늘 그렇게 한 걸요."

"지금 얼마나 있는데?"

"사백 엔……."

사백 엔? 나보다 두 배나 많군. 나는 우의 주머니에 차가워진 손을 넣고 비참한 기분으로 꼬깃꼬깃한 십 엔짜리 지폐를 민지적거렸다. 그것은 나가시마에게서 백 엔을 빌리고, 내 용돈에서 백 엔을 보탠 소중한 돈이었다. 이 돈을 오늘 다 써버리기에는 가슴이 쓰렸다.

"그래? ……여자가 의외로 많은 돈을 가지고 있군."

나는 갑자기 아첨하듯 말했다.

"월급이 얼만데?"

미츠는 내게 자랑을 늘어놓기 시작했다. 교도의 제약공장에서 사무일을 해서 받는 급료는 삼천 엔이지만, 동네에 위치한 공장이기 때문에 일손이 부족할 때 포장일 같은 것을 도우면 별도로 수당을 받을 수 있다는 것, 그리고 요시코와 함께 하숙생활을 하고 있다는 것을 나는 그때 비로소 알았다.

"고향은 어딘데?"

"가와고에인데요. 알아요?"

"모르겠는데. 이따금 고향에 가니?"

미츠는 얼굴을 찡그리며 고개를 저었다. 뭔가 복잡한 집안 사정이 있는 듯했다.

지금은 사양길에 접어들었지만, 그즈음 우리 학생들이 자주 가는 단란주점이라는 곳이 있었다. 낮에 보면 창고처럼 초라한 집이지만, 해가 저물면 산 속의 오두막 같은 느낌이 든다. 겉에 드러난 기둥에는 인공 넝쿨 같은 것을 휘감았으며, 맨 천정에 램프가 늘어져 있고, 촛불은 모여 있는 젊은 남녀의 그림자를 벽에 만든다. 술과 컵을 기다리는 동안 이상한 러시아풍 옷차림의 남자가 무릎 위에 아코디언을 올려놓고 러시아 민요를 연주한다. 신주쿠의 '돈테이'라는 가게와 시부야의 '지하생활'이라는 가게가 젊은이들이 모이는 곳이었다.

미츠는 이런 곳이 처음인 듯 궁전에 처음 온 신데렐라처럼 꽁무니를 빼면서 나의 우의를 잡아당겼다.

"이런 데 비싸지 않아요?"

"당연히 비싸지."

나는 그녀를 놀렸다.

"하지만 너 사백 엔 있잖아?"

"그거로 되겠어요? 하지만 돌아갈 차비는 남겨야 돼요."

충분할 뿐 아니라 백 엔을 내면 거스름돈이 잔뜩이다. 하지만 나는 가만히 있었다.

"이 사람들 모두 대학교의 학생분들이에요?"

그녀는 가게 안을 왔다 갔다 하는 검은 스웨터 차림의 청년과 베레모를 쓰고 담배를 물고 있는 처녀들을 겁먹은 듯 바라보았다. 이 녀석들은 내가 가장 싫어하는 문학청년과 연극소녀들이다. 입으로는 실존주의라느니 허무라느니 고상한 말을 해도 지저분한 속옷과 고린내 나는 양말을 신고 있는 패거리이다.

"이 사람들 당신과 마찬가지로 학생분들이겠지요?"

"얼간이들이야."

어딘가 건방져 보이는 녀석이 2층으로 올라가는 나무 계단에 앉아 아코디언을 연주하기 시작한다. 보랏빛 연기가 자욱한 이곳저곳의 좌석에서 청년들과 소녀들은 아코디언에 맞춰 노래를 시작한다. 그들의 얼굴은 마치 합창하는 것이 청춘의 특권이자 고상한 생활인 듯한 표정이다. 그 공허한 얼굴 어딘가에 차가운 바람이 뚫고 지나가는 듯했다.

"너 몰라? 이 노래는 트로이카라는 거야."

"난 모르겠어요."

미츠는 슬픈 듯이 고개를 저으며 말했다.

"난 중학교밖에 못 나온 걸요."

"그럼, 저 아코디언을 연주하는 너석한테 네가 좋아하는 '푸른 산맥'을 부탁해보지 그래."

짓궂은 나의 말에 미츠는 고개를 숙였다. 그리고 난처한 표정을 지으며 허리를 움직이기 시작했다.

"왜 그래?"

"변소, 어디에요?"

"변소? 화장실 말이야?"

"네……."

미츠는 깊은 한숨을 내쉬더니 이미 스웨터의 주머니에서 휴지 다발을 꺼내고 있었다. 약속 장소도 화장실 냄새가 났었는데, 이번에는 자리에 앉자마자 화장실에 가고 싶다는 것이다.

'우린 냄새하고 인연이 많군.'

미츠가 일어나 화장실에 간 후 담배를 피우고 있는데 누군가가 어깨를 두드렸다. 돌아보니 바셀린과 포마드로 학생 모자를 광택 낸 남자가 서 있었다.

나와 같은 대학의 이토가와라는 학생이었다. 하얀색의 테 없는 안경을 쓴, 항상 손가락을 탁탁 튕기며 거리를 돌아다니는 타입이다.

"딱 어울리시는데."

"뭐가?"

이토가와는 새끼손가락을 똑바로 세우고 말했다.

"이거야?"

"농담하지 마. 홍, 누가 저런 계집애하고."

나는 어깨를 으쓱거렸다.

"그래도 어차피 해치울 거잖아?"

이토가와는 콧소리를 내며 말했다.

"그렇다면 여기 칵테일을 마시게 해. 손쉽게 해치우기에는 그게 제일이니까 말야."

이 가게에서는 작은 사이다병에 칵테일이라는 것을 담아 80엔에 팔았다. 칵테일이라면 그럴듯하게 들리지만 실은 소주에 사이다를 섞은 것이었다. 의외로 입에 딱 맞기 때문에 아무것도 모른 채 여자도 단숨에 마셔버린다. 취기로 몸이 마비되고 자제력을 잃게 되기를 남자들은 가만히 기다리는 것이다.

"내가 부탁해 놓을게."

이토가와는 한쪽 눈을 찡긋하더니 손가락을 튕겨 웨이터를 불렀다.

미츠가 화장실에서 돌아왔을 때, 웨이터는 두 개의 싸구려 잔에 투명한 액체를 담아 가지고 왔다. 지금 생각해 보면, 그때 그녀에게 마시지 말라고 한 마디 했더라면 좋았을 것이다. 하지만 나는 맞은편 구석에서 이쪽을 바라보고 있는 이토가와의 시선을 뼈아프게 의식하고 있었다. 아무 일도 없이 끝나버리면 이토가와는 나를 얼간이조차 해치우지 못하는 놈이라고 친구들에게 떠들어댈 것이다. 그리고 내 마음 속 어딘가에서도 어떤 소리가 속삭였던 것이다.

'어차피 연애 상대가 아니잖아. 해치워. 해치우라고.'

"이게 뭐에요?"

미츠가 선량해 보이는 웃음을 둥근 코 주위에 띠며, 차를 마시듯이 그 액체를 남김없이 마시는 것을 나는 가만히 지켜보았다.

"이런 외국 술 같은 건 처음 마셔봐요. 비싸죠?"

나는 피곤한 듯이 대답했다.

"그럼 비싸지. 비싸고말고. 하지만…… 걱정 마."

이윽고 그녀의 얼굴이 보기 흉하게 붉어졌고, 두터운 입술이 칠칠치 못하게 벌어졌다.

"즐거워요. 요시코도 데리고 왔으면 좋았을 텐데. 요시코도 분명히 놀랐을 거예요."

미츠의 말은 서서히 허물없는 말투로 바뀌어 갔다. 구석의 좌석에서 이토가와가 나에게 한쪽 눈을 찔끔하며 신호를 보냈다. 건방져 보이는 남자가 다시 아코디언을 연주하기 시작한다. 베레모를 쓰고 드문드문 턱수염을 기른 노인이 등을 구부린 채 이쪽저쪽 테이블을 기웃거리고 있었다.

"정말 저 사람, '푸른 산맥'을 연주해 줄까요?"

그때 그 노인이 우리 탁자로 다가와서 미츠의 귀에 뭐라고 속삭였다.

"그만둬."

나는 화를 냈다.

"손금 같은 거 보지 마."

"괜찮아요. 할아버지, 봐주세요. 돈은 제가 내는 걸요."

시부야의 술집과 단란주점을 돌아다니는 이 손금 보는 노인이 그날 밤 미츠의 운세를 점치며 한 말은 어차피 입에서 나오는 대로 지껄인 것임에 틀림없었겠지만, 그 가운데 우연히 맞힌 것이 있었다. 하나는 미츠가 정이 지나치게 많아 신세를 망친다는 말이었다.

"이 아가씨는 사람을 좋아하는군. 주의하시지 않으면 안 되겠어. 그렇지 않으면 남자에게 이용당할 뿐이야."

어처구니가 없어 나는 비웃었고, 미츠는 그녀대로 소리내어 웃었다. 그리고 또 한 가지, 그 노인은 이런 말도 했다.

"아가씨, 몇 년 후에 생각지도 못한 일을 당할 거야."

노인은 그 생각지도 못한 일이 도대체 무엇인지를 말하지도 않고, 미츠의 붉은 돈지갑에서 20엔을 낚아채고는 교활하게 웃으며 사라졌다.

의자에서 일어설 때 취한 미츠의 다리는 칠칠치 못하게 휘청거렸다. 그녀는 입을 헤 벌린 채 내 팔을 붙잡고, 한발 한발 천천히 계단을 내려갔다. 그 계단에서 나는 이토가와와 엇갈려 지나쳤다.

"굿 럭."

"장난치지 마."

그러나 나는 이미 미츠를 어디로 데리고 갈지 정하고 있었다. 도겐자카에서 왼쪽으로 꺾어져 지하철 차량기지를 끼고 올라가다 보면, 어두운 언덕길 끝 지점에 백 엔으로 두 분 휴식이라고 쓰인 여관이 있는 것을 아르바이트할 때 본 적이 있었던 것이다.

서서히 도겐자카의 상점들이 문 닫을 시간이었다. 머리에 잔뜩 포마드를 바른 점원이 양손으로 듀랄루민으로 만든 덧문을 끌어안고 보도에서 휘파람을 불고 있었다. 그 보도의 어스름한 구석에서 앞치마 차림의 아줌마가 서점에서 흘러나온 덤핑 책과 잡지를 신문지 위에 늘어놓고 팔고 있었다. 잡지의 표지에는 나체의 젊은 여자가 팔을 구부려 머리에 손을 얹고 있는 모습이 담겨져 있었다. 3, 4명의 남자가 눈을 번뜩이며 페이지를 넘기고 있었다. 아베크 찻집 광고판을 맨 샌드위치맨이 나와 미츠를 보더니 엷은 웃음을 띠면서 뭔가 비웃는 듯한 말을 중얼거렸다. 그리고 우리가 모퉁이에서 왼쪽 길로 들어서는데 마주 오던 군고구마 장사 차가 삐걱거리는 소리를 내면서 도겐자카 쪽으로 꺾어져 갔다.

'에노케소인가……'

영문은 모르겠지만, 나는 갑자기 가네다 씨의 아르바이트 때 배포한 전단지를 쓸쓸히 떠올렸다. '에노켄'을 교묘하게 '에노케소'로 바꿔 쓴, 잉크가 지저분하게 묻은 광고 전단지. 나는 그것을 보고 웃었지만, 생각해 보면 그 전단지를 가을의 농촌에 뿌린 것은 나 자신이었다. 진짜 '에노켄'과 가짜 '에노케소'를 교묘하게 뒤바꾸어 광고했듯이 이제부터 나는 자못 연인인 듯한 말로 이 여자를 속일 것이다. 그때, 지하철 차량기지와 진입 선로에 인접한 오와다쵸의 한 모퉁이로 올라가는 비탈길에서는 그 시부야의 쓸쓸한 등빛이 보였는데, 그 당시에 사람들은 진짜 가짜를 구별할 필요 없이 매일 매일을 살아가고 있었다.

"네가 좋아졌어."

나는 비탈길 위 어두운 등불 하나를 주목하면서 방정식이라도 외우는 듯한 말투로 말했다. 싸구려 대나무 울타리에 둘러싸인 작은 창이 여러 개 달린 여관은 바로 지척이었다.

"여기가 어디에요? 이쪽이 역 방향이에요?"

내 말을 못 들은 듯 미츠는 걱정스러운 표정으로 어두운 비탈길 도중에 멈춰 서서 하얀 숨을 내뿜었다.

"이쪽이 시부야 역이에요?"

"아냐. 한 군데 들렀다가 갈 거야."

"이제 돌아가야 해요. 늦으면 아주머니한테 야단맞아요."

"괜찮아. 아직 일러."

"저어, 말이죠. 아까 거기서 돈을 냈지요? 반은 내가 낼게요. 그래도……"

"그래도 라니?"

"돈을 많이 쓰면 곤란하잖아요?"

그녀는 스웨터 주머니에 손을 넣어 어두움 속에서 지갑을 꺼내고 있는 듯했다. 그리고 더러워진 백 엔짜리 지폐를 아무 말 없이 내게 내밀었다.

"그만둬."

"괜찮아요. 아직 돈이 남아 있는 걸요. 야근을 하면 되요. 약 포장하는 걸 닷새간 도우면, 오백 엔 정도는 받을 수 있으니까요."

왠지 그녀의 말투는 내게 어머니를 생각나게 한다. 그렇다. 어머니의 말투와 닮았다. 중학교 시절, 당시는 전쟁 중이어서 식량 사정이 나빴는데, 어머니는 자신이 먹을 반찬을 덜어 우리의 도시락에 넣어주었다. 그것을 내가 거절할 때마다 내 기분을 맞추기 위해 미츠처럼 그렇게 말하곤 했다. 어머니는 그 때문에 우리가 도리어 당신을 싫어한다는 것을 끝까지 알아차리지 못했다.

그럼에도 불구하고 나는 미츠의 꼬깃꼬깃한 백 엔짜리를 아무 말 없이 받아 우의 주머니에 넣었다.

'이걸로.'

자신의 심적 고통을 잊기 위해 나는 중얼거렸다.

'손해도 이득도 없는 것으로 하는 거야.'

푸른 램프를 손에 든 역 직원이 선로를 가로질러 어둠 속으로 사라졌다. 비탈길 아래쪽 술집에서 술주정뱅이가 고함치는 소리가 바람결에 들려왔다.

"내일 같은 걸 생각하며 살아갈 수 있어?"

오와다쵸의 여관가는 쥐죽은 듯 조용했다. 이곳은 대개 도겐자카에서 술에 취한 손님이 여자를 데리고 틀어박히는 곳인데, 아직 시각이 일러서인지 인기척은 전혀 없었다. 나는 방금 미츠에게서 받은 백 엔짜리 지폐를 손아귀에 말아 쥐며, 두 시간에 백 엔 하는 여관비로 충당하려고 마음먹었다.

"들어가자."

작은 문과 현관 사이에는 모양새를 내기 위해 작은 대나무들이 심어져 있었고 돌이 진열되어 있었다. 유리문이 약간 열려 있었고 그 안에는 남자 구두와 하이힐이 각각 나뒹굴고 있었다.

"어머!"

미츠는 놀란 듯이 나를 올려다보더니 한두 걸음 뒤로 물러섰다.

"괜찮지?"

나는 그녀의 팔을 잡고 끌어당겼다.

"널 좋아해."

"싫어. 무서워. 무서워요."

"널 좋아해. 좋아한다고. 그래서 아까 술집에도 함께 갔잖아? 네가 좋아졌기 때문에 같이 다니는 거라고."

"싫어. 무서워."

나는 미츠의 작은 몸을 끌어안으려 했다. 의외로 강하게 미츠는 저항했다. 그녀의 머리카락이 내 얼굴을 스쳤고, 통통한 몸은 내 품에서 팔짝팔짝 뛰었다.

내 입에서는 생각지도 않은 말이 계속 튀어나왔다. 그것은 나의 말이라기보다는 모든 남자가 메탄가스처럼 검은 거품을 일으키는 자신의 정욕으로 만들어내는 말이었다. ― 괜찮아. 좋아하는 사람끼리 함께 밤을 지내는 게 뭐가 잘못이야? 좋아하기 때문에 네 몸을 소유하고 싶은 거야. 무섭지 않아. 무서울 거 하나도 없어. 나를 믿지 못하니? 그럼 뭣 때문에 오늘 나온 거야? 너는 내가 그렇게도 싫어? 내게 안기는 것이 그렇게도 싫어? ─ 이것은 모든 남자가 사랑하지도 않는 여자의 육체를 취하려 할 때 쓰는 말투였다.

"넌 나 안 좋아해?"

"좋아해요. 당신을 좋아해요."

"그럼 좋아한다는 증거를 대 봐. 입으로만 좋아한다고 말해서는 우리 대학생들에게는 통하지 않아. 상대방에게 모든 것을 주지 않는 사랑은 에고이즘이라고 마르크스도 말하고 있어."

물론 그것은 엉터리였다. 마르크스가 들었으면 통곡했을 것이다.

"처녀라서 안 된다는 것은 반동적인 낡은 사고방식이야. 여자 대학생 같은 애들이 자진해서 순결을 버리는 걸 봐. 그런 쓸데없는 관습에 구애되기 때문에 일본 여자는 늘 진보하지 못하는 거야. 너는 중학교에서 이런 것을 못 배웠니?"

"우린 배우지 않있이요. 그런 이려운 거."

"그렇겠지. 중학교에서는 그런 고상한 것을 가르치지 않을 테니까. 그러나 대학에서는 말이지 남녀가 평등하기 위해서 애정만 있으면 고리타분한 순결관 같은 건 버리라고 가르치고 있어. 알겠어?"

미츠는 멍한 표정으로 고개를 저었다. 결국 이 여자는 나의 연설 가운데 한 구절도 이해하지 못하는 듯했다.

"그러니까 이런 데서 너처럼 소란을 피우지 말라는 얘기지. 함께 즐거운 마음으로 이 집에 들어가자는 거야. 처음엔 잠깐 무섭겠지만…… 그렇지만 말야, 새로운 진보에는 두려움이 따른다고 헤겔도 말하고 있다고."

마르크스도 헤겔도 다 엉터리 얘기다. 그러나 우리가 콩나물시루 같은 강의실에서 별로 열의도 없는 교수로부터 배운 학문(?)이지만, 이 정도에도 도움이 되지 않는다면 아르바이트해서 지불하는 비싼 수업료가 아깝지 않은가.

나는 이런 시시덕거리는 엉터리 설득이라도, 마르크스나 헤겔의 위협적인 말에 동네 공장에서 일하는 이 계집애가 틀림없이 압도되었으리라고 생각했던 것이다.

"어서 들어가자."

나는 미츠의 손을 잡았다. 그러나 미츠는 아이처럼 그 손을 뒤로 빼면서 말했다.

"돌아가요, 네? 돌아가요."

"돌아간다고?"

정말이지 나는 이 여자에게 분노를 느꼈다. 이게 뭐야. 이렇게까지 만나주고, 이만큼 타일러도 당나귀처럼 알아듣지 못하고 고집만 부리는 것이다.

"좋아. 알았어. 나 혼자 돌아가겠어."

나는 어두운 비탈길을 성큼성큼 걸어 내려가기 시작했다.

손해를 봤다는 감정과 이런 계집애 하나를 손에 넣지 못했다는 한심함이 뒤섞여서 정말로 미츠에 대해 화가 났다. 미츠뿐만 아니라 자신이 한 일에 대해서도, 아무 도움도 되지 않은 마르크스와 헤겔에 대해 떠벌린 것에 대해서도 화가 났다.

그때, 오른쪽 어깨와 등에 송곳에 찔린 듯한 통증이 스쳐 지나갔다. 소아마비 증세로 말미암아 가벼운 늑골 신경통을 일으킨 듯했다. 오늘처럼 피로할 때 팔에 힘을 준 듯하면 때때로 어깨에서 등에 이르기까지 이러한 통증을 느끼는 것이다.

"윽!"

나는 신음소리를 내고는 통증을 참으며 다시 비탈길을 걸어 내려가기 시작했다. 미츠가 뒤에서 쫓아오는 것을 느끼면서도 돌아보지 않고 발을 옮겼다.

그녀는 가쁜 숨을 내쉬면서 나와 어깨를 나란히 하고, 거위처럼 타박타박 소리를 내어 걸으며 말했다.

"화났어요?"

"당연하잖아."

"이제 안 만나 줄 거예요?"

미츠는 슬픈 듯이 말했다.

"다신?……"

"어쩔 수 없지. 네가 나를 좋아하지 않는다는 것은 방금 입증되었으니까."

"입증?"

"입증이야. 그런 말도 몰라? 네가 나를 싫어하는 이상, 앞으로 만날 필요가 전혀 없지."

"당신을 좋아해요. 좋아하지만, 저런 데 가는 건 싫어요."

"흠, 그렇다면 굿바이야."

비탈길이 끝나고, 거기에서 도겐자카와 역 쪽으로 가는 길목에 늘어선 술집 일대의 불빛이 보였다. 라면을 파는 포장마차 안에서는 술이 취해 얼굴이 벌건 두 남자가 사발을 감싸 쥐고 열심히 젓가락질을 하고 있었다.

"이젠 안 만나줄 거예요?"

"안 만나."

그렇게 말했을 때, 조금 전의 그 예리한 통증이 다시 등과 어깨를 스쳐 지나갔다. 이번에는 더 강렬했다. 나는 무심코 소리를 지르며 왼손으로 오른쪽 어깨를 움켜쥐었다.

"왜 그래요?!"

놀란 듯이 미츠는 내 얼굴을 쳐다보았다.

"몸이 안 좋아. 옛날에 앓은 소아마비 때문이야. 내 오른쪽 어깨는 비뚤어져 있고, 다리도 약간 안 좋아. 그래서 여자도 상대해주지 않는다고. 지금까지 한 번도 여자가 날 좋아한 적이 없었어. ……흥. 결국 너한테도 퇴짜를 맞았잖아."

"그게 정말이에요?"

그때 포장마차 램프 빛에 미츠의 얼굴이 어둠 속에서 떠올랐는데, 미츠는 슬픈 눈으로 나를 바라보고 있었다. 그녀는 과장된 내 말을 진심으로 믿었던 것이다.

"그래. 다리가 안 좋아. 그래서 여자한테 인기가 없어."

"그랬군요."

갑자기 그녀는 누이처럼 자신의 두 손으로 내 손을 감쌌다.

"안됐어요."

"동정해 주지 않아도 괜찮아."

"저런 곳에 많이 갔어요?"

"갈 리가 없잖아? 그런데 오늘은 네가 나를 좋아한다고 생각해서…… 처음으로…… 괜찮다고…… 생각했는데……."

싸구려 영화에서 하찮은 불량배가 하는 대사를 나는 태연하게 지껄였다. 아무 생각 없이 단지 나쁜 놈처럼 보이고 싶은 생각에 내뱉은 말에 지나지 않았다. 그러나 이 거짓말이 비로소 미츠의 마음을 움직였다.

"그랬군요……. 그렇다면…… 그렇다면 가요. ……아까 거기로."

# 나의 수기 3

"그랬군요. 그렇다면…… 가요."

멀리 비탈길에서 지하철 차량이 삐걱거리며 차량기지로 진입하는 무딘 소리가 들려왔다. 길가 포장마차에서 라면 사발을 감싸 쥔 남자들이 의아스러운 표정으로 이쪽을 돌아보았다.

나는 그때의 미즈의 표정을 떠올릴 수 있다. 숨이 차 헐떡거리면서 한 마디 한 마디 끊어서 말하던 모습, 나의 얼굴을 애처로운 듯이 가만히 쳐다보던 얼굴, 주사를 맞기 전 아이의 겁먹은 모습. 그렇다. 그것이 그때 그녀의 표정이었다.

이상하게도 이미 욕망은 사라져 있었다. 이유는 알 수 없지만 이 여자의 애쓰는 모습을 보며 나답지 않게 연민과 후회같은 감정이 솟구쳤다. 나는 아주 못된 놈이 될 거야. 만약 지금

이 여자의 호의를 자신의 욕망을 채우기 위해 이용한다면 아주 나쁜 놈이 될 거야.

"흥, 그런 얘기한다고 이제 와서 갈 것 같아?"

그러나 나는 아직 허세를 부렸다.

"아직도 화가 풀리지 않았어요? 미안해요."

"화난 게 아냐. 귀찮아. 이젠 가고 싶지 않아."

시부야 역으로 가는 길에는 술집들이 모여 있었는데, 그 비좁은 통로를 나는 성큼성큼 걷기 시작했다.

"야 임마, 정신을 어디에 두고 다니는 거야."

지나가던 취객이 강아지처럼 내 뒤를 졸졸 쫓아오는 미츠와 부딪혀 호통을 쳤다.

"휴, 힘들어."

"무슨 일이야?"

"아무리 그래도 군인 아저씨처럼 그렇게 빨리 걸으면 어떻게 해요."

역 앞의 큰길에 이르렀을 때는 거칠었던 나의 기분도 점차 가라앉았다. 뒤를 돌아보니 미츠는 둥근 코에 땀을 흘리고 숨을 헐떡이며 창백한 표정을 하고 있었다.

"심장이 나쁜 거 아냐?"

"땀이 많이 나는 체질이에요. 걱정하지 마세요."

"흠."

"미안해요. 기분을 풀어주지 못해서…… 정말 미안해요."

거무스름한 밤바람이 도겐자카의 문 닫은 가게들 사이로 빠져나간다. 그 비탈길 위쪽에서 역 방향으로 한 무리, 두 무리, 술집 여자들이 기모노 자락을 여미면서 잰걸음으로 달려간다. 그 뒤에서 휴지 조각이 나뒹군다. 그때 그들이 왜 귀가길에서 종종걸음으로 역을 향해 달려가는지 생각할 정도의 마음이 있었다면, 나는 내 앞에서 풀이 죽어 서 있는 미츠도 이해할 수 있었을 것이다. 시부야의 그 여자들에게도 가족이 있고 사랑이 있기 때문에 검은 바람 속에서도 기모노 자락을 여미면서 달려간다는 것을 나는 아직 알지 못했던 것이다. 그래서 미츠는…….

"나 어쩌면 좋아요?"

11시가 가까워진 역 앞에는 아직 노점 두세 곳이 어두운 램프를 켠 채 문을 열고 있었고 그 노점 옆에 지저분한 감색 제복 차림의 구세군 노인이 의연금 상자를 양손에 든 채 풀이 죽은 모습으로 서 있었다.

"그만둬. 물건을 파는 게 아니야. 기부를 강요하는 거야. 기부라고 하지만 실은 돈을 갈취하는 거지."

갑자기 미츠는 빨간 돈지갑을 꺼내어 10엔짜리 지폐를 상자 속에 밀어넣었다. 무표정한 얼굴의 노인은 제복 바지에서 엄지 손가락만한 검은 물건을 꺼내어 미츠에게 건네주었다.

"어머, 이런 걸 주네."

내 비위를 맞추기 위해서인지 미츠는 그렇게 말하며 뒤돌아보았다. 그녀의 손 안에는 주석을 녹여 만든, 얇고 작은 십자가가 놓여 있었다. 십자가라고 하지만 10엔 가치도 안 되는 형편없는 물건이었다.

"세 개 더 줄래요?"

그녀가 다시 10엔짜리 세 장을 상자 속에 넣자 노인은 인형처럼 표정 없는 얼굴을 한 채로 호주머니에서 똑같은 물건을 꺼냈다.

"그런 쓸데없는 걸 왜 사? 예수쟁이들이나 갖는 거야."

"그렇긴 하지만 저…… 여태까지 절에서 산 부적을 지니고 있었는데 잃어버렸거든요……. 이거 하나 줄게요."

"필요 없어."

"그래도 가지고 다녀요. 그럼 분명 좋은 일이 생길 거예요."

미츠는 캐러멜 경품처럼 생긴 금속을 억지로 내 손에 쥐어 주더니, 입을 크게 벌리고 바보처럼 웃었다.

"이제 집으로 가."

"정말 화 안 났어요? 또 만나줄 거죠? 쉬는 날 하숙집에 놀러 가도 괜찮죠?"

나는 절대로 안 된다며 화난 표정을 지었다. 이런 여자가 어슬렁거리며 하숙집을 찾아온다면 나가시마와 거기에 있는 학생들에게 얼마나 웃음거리가 될지 모른다. 만날 때는 이쪽에서 연락하겠다며, 나는 이제는 짐스러워진 그녀를 역 쪽으로 밀어붙였다.

어린애처럼 거듭 뒤를 돌아보며 미츠가 데이토센의 계단을 올라간 후, 나는 갑자기 피로를 느꼈다. 소아마비 때문에 저린 팔을 쓰다듬고 담배를 꺼내려고 주머니에 손을 넣자, 작고 단단한 것이 손에 닿았다. 미츠가 방금 전에 준 그 형편없는 물건이다. 나는 혀를 차며 그것을 보도의 하수구에 버렸다. 지푸라기와 빈 담뱃갑 같은 것이 꽉 차 있는 오수 속으로 그 주석 빛깔의 십자가는 떨어졌다.

나는 지친 몸으로 오차노미즈의 하숙집에 돌아왔다. 나가시마는 마스크를 쓴 채 이불 위에 칠칠치 못하게 엎드려 있었다.

"어땠어?"

"뭐가?"

윗도리와 바지를 벗고 나는 체취가 밴 얇은 이불 속으로 기어 들어갔다. 나가시마는 아직 뭔가를 물어보고 싶은 듯했지만, 나는 햇볕을 쏘인 적이 없는 썰렁한 이불에 얼굴을 파묻고 눈을 감았다.

이것이 나와 그녀의 첫 번째 밀회였다. 아무 일도 없었던 하찮은 밀회였다. 그리고 내가 그녀의 몸을 범한 것은 그 다음 일요일이었다.

 이틀 후, 오후에 나는 다시 스완흥업사의 가네다 씨에게 일거리를 얻으러 갔다. 지난번의 아르바이트로 나를 신용하고 호의를 보여준 것같이 생각되었기 때문이다.
 오후의 약한 해가 빽빽한 여닫이 유리문을 통해 비쳐 들어오고 있었고, 먼지투성이 책상 위에 아무렇게나 다리를 올려 놓은 가네다 씨는 여전히 콧구멍을 손가락으로 후비고 있었다.
 "아, 자넨가?"
 약간 교활한 웃음을 띠며 가네다 씨는 나를 살폈다.
 "오늘도 기운이 없구만. 여자한테 퇴짜 맞았나?"
 나는 미츠의 일을 떠올리며 쓴웃음을 지었다.
 "일거리가 필요해서요. 여자 같은 건 포기했어요."
 "일거리. 일거리. 일거리라?……"
 그는 껌을 하나 꺼내어 은박지를 벗기고는 널름 입에 넣으며 말했다.
 "없지는 않지."
 "무슨 일이든 하겠습니다. 운전도 할 수 있어요."
 "좀 색다른 일인데, 그러나 돈을 듬뿍 줄게."
 아무 거리낌도 없이 속임수를 써서 사쿠라쵸에서 흥행시키는 가네다 씨였기 때문에 아무래도 착실한 일거리는 아닐 거라고 애초부터 생각했지만, 그 자신의 입에서 색다른 일이라는 말을 들은 이상, 이쪽으로서도 다소 각오가 필요하겠다고 생각했다. 최근 신문에 외국인이 밀수품을 홍콩에서 몰래 들여온다는 기사가 있었는데, 나는 그것을 떠올렸던 것이다.

"자네, '모테사세야*' 한번 해볼래?"

"'모테사세야'? 뭘 운반하는 겁니까? 도둑질이나 암거래 같은 건 못해요."

"멍청하군. 멍청해."

가네다 씨는 웃으면서 하얀 먼지가 쌓인 책상을 '후' 하고 불더니, 전화기를 들어 다이얼을 돌리고, 뭔가를 이야기하기 시작했다. 나로서는 알아듣기 힘든 가네다 씨의 고향 말인 듯했다.

"음. 괜찮아."

수화기를 내려놓고 그는 침과 껌을 일직선으로 바닥에 내뱉고는 말했다.

"자, 갈까? 학생."

오후의 가을 햇살이 구단의 비탈길에 젖은 듯 빛났고, 도랑 옆의 은행잎이 금화처럼 길에 날렸다. 책가방을 양손에 든 스

---

*역주 – 높은 신분이 아닌 사람이 남에게 높은 신분인 것처럼 보이기 위해, 들러리를 세워 그 들러리로 하여금 떠받들게 시키는 역할.

커트 차림의 여자 중학생들이 떠들며 그 비탈길을 내려오다가 단발머리에 원색 바지를 입은 가네다 씨를 보자, 갑자기 목소리를 죽이고 이쪽을 주목했다.

"'모테사세야'가 싫다면, 다른 일거리도 있어."

"그게 뭔데요?"

"이 일은 체력이 필요해."

갑자기 멈춰선 가네다 씨는 나를 머리끝부터 발끝까지 훑어보았다.

"안 되겠어. 자네한테 그 일은 안 되겠어."

"육체노동입니까?"

"그래. 상대는 미국 여자야. 미국 여자들에게는 색골이 필요하니까."

가네다 씨가 갑자기 소리 낮춰 속삭이기 시작한 이야기를 나는 여기에 도저히 쓸 수 없다. 그러니까 '모테사세야'가 아닌 그 일거리는 이 간다의 호텔에 사는 미군 백인 간호사와 백인 여성을 상대하는 것이다. 그것은 내가 그저께 미츠에게 요구했던 것과 같은 것이었다.

"그 여자들에게는 색골이 필요하니까. 색골 말이야."

색골이라는 말을 거듭 내뱉으며 가네다 씨는 값을 매기듯 명태와 시래기죽으로 생활하고 있는 빈약한 나의 체격을 살펴보고는, 약간 애처로운 표정을 지으며 말했다.

"역시 안 되겠어. 자네는 '모테사세야' 일을 하는 게 나아."

한심한 것은 가네다 씨보다 몸값이 매겨지고 있는 나였다. 아무리 형편없는 아르바이트생이라 하더라도 그런 일거리를 주다니 너무했다. (그러나 결국 그의 눈에는 내가 그런 인간으로 보였는지도 모르겠다.)

가네다 씨의 설명에 의하면, '모테사세야'도 품위 있는 일거리라고 할 수는 없었다. 세상에는 혼자서 여자를 설득할 만한 용기도 없는 마음 약한 색골(이것은 가네다 씨의 말을 그대로 빌린 것이다.)이 많다고 한다. 그 나약한 색골을 도와서 술집에서 여자를 붙여주고 돈을 받는다. 이것이 '모테사세야'가 하는 일이었다. 오늘날의 우리로서는 도무지 믿을 수 없고 어처구니없는 이야기이지만, 전후의 도쿄에는 상식을 초월한 상행위가 얼마든지 나돌고 있었던 것이다. 우에노공원에는 밤이 되면 여자 옷차림의 괴상한 남자가 어슬렁거리고 있었고, 그 사이를 돌아다니며 '가키야'라는 사람이 손님을 찾고 있었다. '가키야'란……. 이 또한 도저히 쓸 수 없는 이야기이기 때문에 그 당시의 사람에게 물어보시든가 상상하시길 바라는데, 오늘날의 우리로서는 웃어넘겨 버리고 싶은, 추잡스런 장사였다. 그러나 내가 현실에서 이 장사가 꾸며낸 얘기가 아니라는 것을 알았던 것은 가네다 씨와 함께 구단의 도랑 옆으로 해서 옛 연병장으로 올라가고 있을 때였다.

전쟁이 끝날 때까지 이곳에는 근위사단의 군인 막사가 있었다. 하지만 지금은 손질하지 않은 도랑에는 새까만 물이 고여 쓰레기와 나무 조각이 잔뜩 떠 있었고, 연병장에는 바람이 검은 흙을 말아 올리며 작은 회오리바람을 만들고 있었다. 도쿄는 아직 이런 황폐한 상처를 군데군데 남기고 있었고, '가키야' 라느니 '모테사세야' 라느니 하는 이상한 장사가 생겨났고, 그리고 사람들의 가슴 속에도 바람이 뚫고 지나가는 일상이 이어지고 있었다.

"어딜 가는 겁니까?"

"저기야. 저 사람."

연병장 주위에 남아 있는 마구간처럼 생긴 목조 군인 막사를 가리키며 가네다 씨는 머리를 끄덕였다. 그가 가리키는 저쪽에는 검은 가죽 잠바 차림의 남자가 낡은 닷산 자동차를 세워놓고, 낙담한 표정으로 서 있었다.

"아르바이트 학생이야. 전에도 일을 시켰는데 믿을만 해."

아첨이라도 하듯 가네다 씨는 남자의 어깨를 두드렸다.

볼에 상처 자국이 있는 이 잠바 차림의 남자는 날카로운 눈으로 나를 쳐다보며 말했다.

"자네, 자동차 운전할 수 있나?"

"할 수 있습니다."

"좋아."

다행스럽게도 나는 마치다의 미군 캠프에서 트럭 운전을 배웠다.

"그럼 이 차 운전할 수 있겠지?"

"할 수 있습니다."

"좋아. 그럼 이 학생을 믿고……."

오늘 밤까지 이 차를 이곳에 세워둔다. 차 안에 양복을 넣어둘 테니까 그것으로 갈아입고 신주쿠의 도토자라는 스트립쇼 극장 앞에 내일 밤 10시까지 차를 대주길 바란다. 콧수염을 기른 오십 넘은 사람이 서 있을 텐데 그가 자네의 손님인 가메다 씨이다. 그는 어떤 회사의 만년 계장인데 지금 도토자의 댄서에게 홀려 있다. 자네가 댄서 앞에서 그가 대기업의 중역인 것처럼 연극했으면 한다. ─이상이 잠바 차림을 한 남자의 설명이었다.

"그렇다면, 제 역할은 뭡니까?"

"잘 알고 있겠지만, '모테사세야'야. 손님을 중역으로 보이게 하는 거니까, 자네는 중역의 운전수 역할을 하면 돼. 실수하지 마."

"예."

"일이 끝나면 내일 아침 차와 양복을 돌려주러 여기로 와. 이번엔 삼백 엔이지만 앞으로는 더 얹어줄 테니까."

가네다 씨와 잠바 차림의 남자와 헤어져 구단의 도랑 옆길을 따라 내려오면서 나는 새까만 물 속에 침을 내뱉었다.

'돈이 있었으면 좋겠다, 여자가 생겼으면 좋겠다.'

나가시마와 나는 늘 천장을 쳐다보며 그런 말을 중얼거렸는데, 그러나 그것은 우리 빈곤한 학생의 경우만은 아니었다. 나도 50세가 지나면 한심하게 '모테사세야'를 써가며 젊은 댄서를 사모할 것이다. 그런 인간이 될지도 모른다. 하지만 아르바이트거리가 된다면, 신세한탄을 하거나 혀를 차고 있을 수만은 없었다.

밤 10시 가까이가 되자, 낡아빠진 닷산 자동차를 지시한 대로 연병장에서 끌어내어 이세단 안쪽에 세우고 도토자까지 걸었다. 이곳은 전쟁 직후에 처음으로 누드쇼를 한 극장이었다.

콧수염을 기른 오십 넘은 남자는 약속 장소에서 초초한 듯 제자리걸음을 하면서 기다리고 있었다. 신문을 읽는 척하며 주위를 살피고 있는 모습이 서글플 정도로 초라했다.

"가메다 씨세요?"

"아."

콧수염은 코를 손으로 닦으면서 말했다.

"'모테사세야' 하는 분이시군."

"그렇습니다."

"아무쪼록 잘 부탁하네."

그는 부끄러운 듯이 작은 소리로 속삭였다.

그는 호주머니에서 손수건을 꺼내어 코를 풀었다. 이 성실하고 겁이 많게 생긴 남자는 만년 계장으로서 교외의 집에서 회사로 성실하게 출근하고 있음에 틀림없다. 일요일에는 드러누워 라디오에서 흘러나오는 '노래자랑'을 듣고, 아이를 꾸짖고, 밤에는 싼 술 한 병을 마신다. 그런 생활을 하는 그의 모습이 학생인 내 눈에도 선했다. 그 성실하고 겁 많은 남자가 어느 날 젊은 사원에게 장난삼아 이끌려 간 스트립쇼 극장의 여자에게 연정을 품은 것이다.

댄서도 아내와 아이가 있는 오십 넘은 남자 따위는 상대하지 않는다. 그런 그는 만일 자신이 사장이나 전무였다면, 하고 공상했음에 틀림없다. 그래서 매일 회사에 출근할 때마다 자신과 같은 나이의, 중후한 중역의 뒷모습을 부러운 듯이 쳐다보았을 것이다.

나는 갑자기 내 장래의 운명도 이렇게 되는 게 아닐까, 라는 불안에 사로잡혔다. 왠지 이대로 살아가는 것이 막막해서 싫었고, 견딜 수 없게 되었다.

"불러낼까요?"

"그래…… 부탁해."

"댄서 이름은 뭡니까?"

"아…… 그레이프 이나다야."

도토자의 계단에는 아무도 없었는데, 그 계단 위에서 나팔소리가 들려왔다. '출입금지' 라는 쪽지가 붙어 있는 문 앞에서 노란 스웨터를 입은 청년이 악보를 보고 있었다.

"그레이프 씨를 만나고 싶은데요."

"무슨 용건인지는 모르겠지만 지금은 안 돼."

하지만 가네다 씨한테서 받은 럭키 스트라이크 다섯 개피가 이 까나리 같은 청년에게 즉시 교활한 웃음을 띠게 했다.

"그레이프. 손님이야."

문 저쪽에서 하얗고 포동포동한 나체 여럿이 움직이고 있었다. 탁자 옆에 서서 라면을 먹고 있는 여자도 있었다. 빨간색의 야한 가운 차림으로 담배를 피우는 댄서도 있었다. 그 가운데서 한 아가씨가 하얀 엉덩이를 득득 긁으며 문 쪽으로 걸어왔다.

"무슨 일이에요?"

"중역님이……."

"중역님?"

"네. 가메다 상무님이 밑에서 기다리고 계십니다. 당신에게 대접하고 싶다고 하십니다."

"어머!"

엉덩이를 긁던 손을 멈추고, 여자는 속눈썹을 붙인 화장한 눈을 크게 떴다.

"그 아저씨, 상무님이야?"

그 돼지같이 우둔하게 생긴 얼굴은 갑자기 내게 미츠의 웃는 얼굴을 떠올리게 했다. 미츠도 이 여자도 분명히 비슷한 집안에서 태어나, 비슷한 환경에서 자랐음에 틀림없다.

"밑에서 기다려요. 어머, 그 아저씨가 상무님이야?"

"내 상사에요."

나는 한쪽 눈을 찡긋하며 웃고는 계단을 뛰어 내려갔다. 가메다 씨는 추운 듯 극장 벽에 기대어 발을 구르고 있었다.

"어때, 잘 됐나?"

"기운 내세요. 당신은 이제 상무님이니까요."

이세단 안쪽에서 차를 빼내서 아직 겁먹은 표정을 하고 있는 콧수염을 좌석에 태웠을 때, 하얀 엉덩이를 가진 여자가 헐렁한 녹색 코트를 걸쳐 입고 나타났다. 코트라기보다는 마치 당구대에 씌우는 천 같은 것이었다.

츄잉껌을 씹으면서 그녀는 알 수 없는 노래를 코끝으로 흥얼거렸다.

"배가 쑥 꺼져버렸네."

"상무님, 어디로 가시겠습니까?"

핸들을 돌리면서 나는 물었다.

"으—음."

가메다 씨는 화장실에서 변비에 걸려 힘을 주는 듯한 비통한 소리를 낼 뿐이었다. 그렇다면 내가 모두 알아서 하지 않으면 안 된다.

"신바시나 츠키지의 요정 같은 데는 다른 사람의 눈이 있어서요. 게다가 상무님, 모처럼 몰래 행차하시는데 그런 곳은 운치가 없다고 생각합니다."

"으-음."

"차라리 신주쿠에서 아가씨와 산뜻하게 지내시는 것이 어떻겠습니까?"

이어서 나는 어리둥절해 하는 여자를 향해 말했다.

"상무님 정도가 되면 요정에만 다니시기 때문에 신주쿠 같은 데는 별로 못 오세요."

"이분이 상무님이신 줄 몰랐어요."

"그럴 겁니다. 상무님은 늘 우리 사원들에게 검소하라고 가르치십니다. 상무님 자신도 실천하고 계시니까요."

"당신은 가메다 씨의 기사님인가요?"

"네, 비서도 겸하고 있습니다."

핸들을 틀면서 입에서 나오는 대로 연극을 하고 있자, 이상하게도 연기하고 있는 자신이 정말 그럴 듯한 느낌이 들었다. 곁눈으로 백미러를 살펴보니, 마음 약한 가메다 씨는 손가락을 지저분한 옷깃에 찔러넣고, 바늘방석에 앉아 있는 듯한 표정을 하고 있었다. 그에게 용기를 불어넣기 위해서는 알코올의 힘을 빌리지 않으면 안 될 것 같았다.

무사시노칸 앞에서 차를 세웠다. 이곳부터 역까지는 성냥갑처럼 생긴 선술집이 빼곡히 들어서 있었다. 기름 냄새, 꼬치에 새고기를 끼워 굽는 냄새, 조개와 소라를 굽는 냄새가 도로에 흘러넘쳤고, 여자들이 큰 소리로 손님을 불렀다.

"상무님, 이런 곳도 유쾌하고 서민적입니다. 아가씨와 잠깐 산책하시는 것은 어떻습니까?"

차에서 내린 가메다 씨의 어깨를 살짝 찌르자 그는 비틀거렸다.

'아저씨, 정신 차려요. 아니면 나잇값도 못하고 젊은 여자에게 홀리질 말든가.'

나는 마음속으로 중얼거렸는데, 그는 불안한 듯 말했다.

"여기 비싼 곳 같은데 괜찮을까?"

"뭐, 오백 엔이면 충분할 겁니다."

그들을 기다리고 있는 동안 나는 포장마차에 고개를 디밀고 철판에 구운 고래 베이컨을 먹었다. 차에서 하품을 하며 기다리고 있는데 스트립 댄서가 코트를 펄럭이며 달려왔다.

"안 되겠어요. 상무님, 취했어요."

"난처하게 됐군."

그러나 '모테사세야'로서 이야기를 마무리하기에는 절호의 기회였다.

"저 말이죠. 아가씨. 할 얘기가 있는데요. 우리 상무님은 당신을 좋아해요. 오늘 밤, 어떻게 다정하게 해주지 않으시겠어요?"

"다정하게라니? 뭘 말이에요?"

"다정하게 말입니다. 그런거 있잖아요. ……모르겠어요?"

갑자기 속눈썹을 붙인 스트립 댄서는 미친듯이 소리내어 웃기 시작했다.

"당신이야말로 아직 아무 것도 모르고 있군요."

"뭐가요?"

"당신 바보예요? 가네다 씨가 아무 말도 안 했어요?"

가네다 씨? 가네다 씨가 뭘 어쨌다는 말인가? 여자가 붉은 입술을 천하게 벌리고 웃으며 나에게 들려준 이야기는 전혀 예상 밖이었다.

이 여자도 가네다 씨와 그 잠바 차림의 남자와 한 패거리였던 것이다. 아무 것도 모르는 가메다 씨 같은 손님은 '모테사세야'의 힘을 빌려 자신이 정말로 여자에게 인기가 있다고 생각한다. 그쪽이 여자 입장에서도 좋고, 돈도 뜯어내기 쉽다. 여자에게 약한 손님은 그 결과로 여자에게도 '모테사세야'에게도 각각 돈을 지불한다. 여자도 뜯어낼 수 있고, 가네다 씨와 잠바 차림의 남자도 별도의 수수료를 뜯어낼 수 있다. 이런 방법은 단순히 여자에게 손님을 연결시켜주는 삐끼 수법보다 이중으로 이득이라는 것이다.

"그렇군요."

나도 쓴웃음을 지었다.

"그런 계략이 있었군."

가네다 씨라면 분명히 '에노게소' 같은 일을 얼마든지 꾸며낼 수 있다. 역시 하는 일 모두가 빈틈이 없다. 그 속은 알 수가 없다.

가메다 씨는 콧수염에 술과 침을 묻힌 채 기분이 좋아져서 차로 돌아왔다. 그는 요지를 입에 문 채 말했다.

"아가씨, 나 당신이 정말 좋아. 정말이라고."

댄서는 내게 곁눈질하면서 교활한 웃음을 띠며 말했다.

"어디라도 들어가서 상무님이 술을 빨리 깰 수 있게 하는 게 좋지 않겠어요?"

그렇다. 그렇게 하는 편이 수월하다.

"그렇게 할까요?"

"좋아."

가메다 씨는 조금 전과는 달리 활기를 되찾았다.

"기사, 거기로 가. 빨리 가지 않으면 해고야."

나는 클러치를 밟으면서 조금 전에 상상해본 가메다 씨의 일상생활을 다시 떠올렸다. 일주일 동안 회사에서 일하고 돌아오는 교외의 자그마한 집. 툇마루에서는 세탁한 아이의 팬티와 셔츠가 마르고 있다. 일요일, 가메다 씨는 정원에 쭈그리고 앉아, 무릎까지 내려오는 잠방이 차림으로 마누라에게 부탁받은 쓰레받기를 만든다. 그리고 드르누워 낡아빠진 라디오로 '노래자랑'을 들을 것이다. 그리고 다음 날부터 다시 바쁘게 회사에 다닐 것이다.

센다가야의 여관가는 쥐죽은 듯 조용했다. 우리의 낡아빠진 닷산 자동차의 헤드라이트가 잿빛의 벽과 쓰레기통 뒤에서 달음질하는 쥐를 비추었다. 댄서는 이미 일이 다 끝났다는 듯이 창에 얼굴을 대고 노래를 불렀다.

그날 버린 그 여자
지금쯤 어디에 살고 있을까?
지금쯤 무엇을 하고 있을까?
내가 알 바는 아니지만
이따금 가슴이 아파오네
그날 버린 그 여자

"무슨 노래지?"
"이 노래 몰라요? 디크 미네가 부른 노래에요."
"그래?……."
뒷좌석에서 가메다 씨와 여자는 그런 이야기를 주고받았다. 그리고 십 분 후, 두 사람은 여관 입구에 달린 어둡고 쓸쓸한 등 아래를 지나서 안으로…….

 여관 입구에 달린 어둡고 쓸쓸한 등 아래를 지나, 나와 미츠는 살며시 유리문을 열었다. 현관의 시멘트 바닥에는 기름에 찌든 검은 남자 구두와 뒤꿈치가 낡은 하이힐이 가지런히 놓여 있었다. 그리고 굳은 표정의 여종업원이 복도에서 나타나 잠깐 쉴 것인지 숙박할 것인지를 물었다.

 그 여종업원을 쫓아서, 우리 두 사람은 서로 눈길을 돌린 채 화장실 냄새가 떠도는 2층 계단을 올라갔다. 2층 안쪽에서 화장실 문이 삐걱이는 소리가 들린다.

 여종업원이 사라진 후, 나와 미츠는 썰렁한 차와 작은 접시를 앞에 두고 앉았다. 미츠는 양손을 무릎 위에 올려놓고 몸을 경직시킨 채 고개를 숙이고 있었고, 나는 거북함과 쑥스러움을 달래기 위해 하품을 크게 하며 접시 위의 모나카 포장지에 쓰인 글씨를 읽었다. 둘이서 먹는 모나카의 맛은 어떻습니까?

 방 벽에는 모기를 짓뭉갠 검은 핏자국과 손가락 흔적이 남아 있었다. 작은 창은 바깥에서 들여다보지 못하도록 널빤지가 둘러쳐져 있었다. 그리고 방구석에는 얇은 이불과 손가락 자국이 남은 하얀 물병이 놓여 있었다.

 밖에는 이슬비가 내리고 있었다. 널빤지 사이로 바깥을 내다보니, 일주일 전에 나와 미츠가 옥신각신하면서 걸어 내려간 비탈길을 우산을 쓴 어떤 여자가 지친 듯한 모습으로 올라오고 있다. 차량기지로 진입하는 선로가 비에 젖어 있고, 지하철 차량 한 대가 우의 차림을 한 남자의 신호를 받으며 기지 안으로 들어간다.

"자…… 누울까?"

일부러 나는 목소리에 힘을 주어 말했지만, 자신의 목소리가 잠겼고 흥분해 있다는 것을 알아차렸다.

"어서 이쪽으로 와."

미츠는 벽을 향한 채 여전히 몸을 경직시킨 상태였다.

"이리 와. 나 외로워."

정말 외로웠는가? 아니. 그렇지 않다. 나는 이미 미츠가 어떤 때 마음이 약해지는지를 잘 알고 있었던 것이다. 시부야의 술집에서 그 사기꾼 점쟁이가 말한 것은 딱 한 가지가 맞았다.

"미련스러울 정도로 사람을 좋아하는구만."

사람을 좋아한다기보다, 이 여자는 불쌍한 사람을 보거나 누군가가 괴로워하는 것을 보면 이내 동정해버리는 버릇이 있는 것이다. 동정할 뿐 아니라 자신의 일은 완전히 잊고 그 불쌍한 상대를 열심히 위로하려 한다. 건딜 수 없을 만큼 역겹고 감상적인 그녀의 버릇은 아마도 쉬는 날 관람하는 눈물 짜는 영화와 '밝은 별' 같은 오락 잡지의 영향 때문일 것이다.

나에 대해서도 그러했다. 그렇게도 이 여관에 들어오기를 거부했음에도 불구하고, 내가 이 소아마비의 몸을 약간 과장하여 말한 것만으로 미츠의 마음은 마치 얼은 눈이 녹듯 풀렸다. 하찮은 연민과 동정에 사로잡혀, 이 여자는 자신의 두 손으로 나의 손바닥을 감싸며 작은 소리로 뭔가 중얼거렸던 것이다. 때문에 두 번째의 밀회에서 나는 그녀의 약점을 이용하여 이번에는 저항도 받지 않고 이곳에 데리고 들어올 수 있었던 것이다.

"외로워. 위로해 줘."

나는 베개에 얼굴을 묻고 상대에게 들리지 않게끔 소리를 낮추어 웃었다.

'그거 봐. 의외로 잘 됐잖아? 그러나 너도 참 나쁜 놈이야. 나쁜 놈이지. 정말 악당이야. 하지만 남을 꾀어 이용하는 것은 나만이 아니야. 가네다 씨도 잠바 차림의 남자도 그렇잖아? 아니, 콧수염의 가메다 씨도 마찬가지잖아? 지금은 모두가 그렇게 하고 있어. 그렇게 하지 않는 놈은 이 세상에선 손해 보기 마련이야.'

나는 미츠의 팔을 끌어당겨 침대 위에 넘어뜨렸다. 감색의 싸구려 스웨터를 벗기려고 하자 미츠는 두 팔로 자신의 얼굴을 가렸다. 그런 그녀의 팔목 근처에 동전만한 검붉은 반점이 있다는 것을 알아차렸다. 부스럼처럼 약간 부은 반점이었다. 미츠의 하얀 팔에서 그것은 기분 나쁜 빛깔을 띠고 있었다.

"이건 뭐지?"

"아무 것도 아니에요. 반년 전쯤부터 생겼어요."

"의사한테 보였어?"

"아니요, 통증도 없고 가렵지도 않은 걸요."

너무 많이 빨아 색이 바랜 셔츠. 남자용인 듯한 메리야스. 그 밑으로 시골 처녀다운 볼품없는 유방과 어린애 젖꼭지처럼 초라한 유두가 있었다. 유두에는 두 가닥의 털이 나 있고……

"보지 말아요. 부끄러워요."

"뭐가 부끄러워? 그런데 이런 걸 아직도 지니고 있어?"

그것은 지난번 그녀가 산 십자가였다. 줄이 없기 때문에 구두끈처럼 생긴 것을 달아 주석으로 만든 십자가를 걸고 있었다.

"쳇! 떼어버려."

나는 그 끈을 거칠게 잡아당겨 다다미 위에 내던졌다.

일이 시작되자 미츠는 양미간을 찡그리며 강렬한 고통을 하소연했다.

"아파. 아파요."

"금방 괜찮아져. 바보로군. 그렇게 몸을 긴장시키니까 아프잖아. 힘을 빼. 힘을."

갑자기 모든 것이 싱겁게 끝나버렸다. 정말 싱거웠다. 지금까지 신경 쓰이지 않았던 햇볕에 바랜 적갈색 다다미도, 모기를 짓뭉갠 핏자국과 손가락 흔적이 남아 있는 벽도, 이불도, 물병도, 모든 것들이 갑자기 불결하게 느껴져 토할 것 같았다. 그리고 아직 침대 위에서 죽은 듯 얼굴을 위로 향하고 누워 있는 미츠마저 칠칠치 못하고 불쾌하게 느껴졌다. 땀이 밴 이마, 그 이마에 두세 올의 머리카락이 찰싹 달라붙어 있다. 꼴불건의 둥근 코. 감색의 스웨터. 손목 근처의 검붉은 반점. 남자 셔츠. 나는 이런 지저분한 여자와 잤던 것이다. 이런 지저분한 여자의 가슴에 입술을 대었던 것이다.

담배는 맛이 없고 독했다. 이슬비는 아직 창을 가린 널빤지를 적시고 있다. 하늘은 온통 낡은 솜 색깔을 띠고 있다. 그리고 그 아래로 누런 빛깔의 시부야 거리가 애처롭게 펼쳐져 있다. 오늘도 가네다 씨는 그 사무실에서 책상 위에 다리를 아무렇게나 내뻗고 있을 것이다. 가메다 씨는 우산을 쓰고 회사로 가는 진흙탕 길을 걸을 것이다. 싫다. 싫다. 이렇게 사는 것은 싫다.

"저기."

"뭐?"

"이런 일 처음이에요?"

"시끄러워."

"이젠 외롭지 않아요?"

나는 다다미 위에 앉아서 축축한 양말을 신고 상의를 입었다. 미츠와 말하는 것도 귀찮았다. 가능하다면 이대로 혼자서 여관을 나가 비를 맞고 신선한 공기를 실컷 마시고 싶었다.

'다신 이런 여자와는 자고 싶지 않아. 한 번으로 됐어.'

30분 후에 시부야 역에서 미츠와 헤어졌다. 잠자코 있는 나를 달래기 위해서인지 그녀는 강아지처럼 요요기 역에서 전철을 갈아타는 내 뒤를 쫓아 홈까지 왔지만, 나는 한 마디도 하지 않았다. 특별히 이 여자를 미워할 이유는 없었지만, 욕망이 사라진 후 이런 얼간이 같은 여자하고 일초라도 함께 있는 것이 귀찮았고, 참을 수 없었던 것이다.

역 직원이 확성기로 전철을 기다리는 승객들에게 흰 줄 바깥으로 물러나라고 알리자, 만원 전철이 천천히 미끄러져 들어왔다. 나는 정확히 출입문 위치에 서 있었다.

작별인사도 없이 미츠 쪽을 돌아보지도 않은 채, 나는 사람들 등 뒤로 발을 디밀었다.

"저!"

뭐라고 소리치는 미츠의 목소리가 등 뒤에서 들려왔다.

"다음 번엔 언제 만나……."

그러나 그 목소리가 채 끝나기도 전에 전철 문이 닫혔다.

'너 같은 거하고 누가 다시 만난대? 이젠 남남이야. 이 전철에서 우연히 어깨를 부딪고 발을 밟는 패거리와 마찬가지로 이젠 남이야.'

전철이 천천히 홈을 미끄러지기 시작했을 때 나는 잔혹한 쾌감을 맛보면서 문 쪽으로 고개를 돌렸다. 미츠는 놀란 듯이 입을 벌리고 한쪽 손을 약간 쳐들면서 종종걸음으로 홈을 뛰고 있었다. 나를 시선에서 놓치지 않으려고 전철을 쫓아오고 있었다.

하지만 이윽고 그녀의 세 갈래로 딴 머리카락이 얼굴에 휘감기더니 그 둥근 코가 작아지며, 절망스러운 눈빛으로 나를 배웅하던 얼굴도 모습도 멀리 사라져 갔다.

전철은 덜거덕덜거덕 흔들리고 있었다. 그 소리를 듣자 나는 갑자기 지난번에 댄서가 자동차 유리창에 얼굴을 대고 부르던 노래를 떠올렸다.

그날 버린 그 여자
지금쯤 어디에 살고 있을까?
지금쯤 무엇을 하고 있을까?
내가 알 바는 아니지만

# 손목의 반점 1

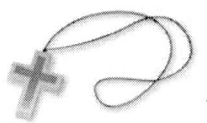

포장실의 괘종시계가 7시를 알렸다.

"하…… 아……."

요시코는 입을 손바닥으로 두드리며 크게 기지개를 했다.

"피곤해. 이제 그만 할래."

포장실이라고 해봤자 네 평 정도 되는 차가운 마룻바닥으로 된 방이었는데, 요시코는 연고약 깡통을 상자에 휙 던져넣고는 화로 위에 올려놓은 물주전자를 집어 들었다.

"너 계속 할 거니?"

"응."

미츠는 친구가 뜨거운 물을 부어준 찻잔을 건네받으면서 머리를 끄덕였다.

"억척스럽네. 요즘 무슨 일 있어? 야근비를 타려고 애쓰고 있으니."

"참견하지 마."

"늦으면 목욕탕 물이 지저분하잖아. 게다가 오늘 아침에는 다구치가 또 안 좋은 소리를 하더라."

"응?"

"못 들었어? 어젯밤에 너 문 안 잠그고 갔다고 하던데."

요시코는 약 기름으로 더럽혀진 앞치마를 벽에 걸고, 손으로 오른쪽 어깨를 주무르며 말했다.

"그러니까 적당히 하고 끝내. 나 먼저 갈게."

"그래 먼저 가……"

"그래. 그럼 늦지 않게 와."

요시코가 돌아간 뒤, 공장도 복도도 어둠 속에서 한층 정적에 휩싸인다. 미츠는 작업을 계속하면서 이따금 그 어둠 속을 뚫고 지나가는 바람소리를 듣는다. 바람은 늘어진 전선을 스치며 소리를 내고, 공장 맞은편에 있는 잡목 숲을 뒤흔든다. 도쿄에 속해 있지만, 아직 이 근처에는 상수리나무나 떡갈나무 숲이 남아 있다.

이곳은 오다큐 급행열차가 시모키타자와 역 다음에 정차하는 지점이지만, 그래도 신주쿠에서 20분은 걸린다. 1945년 봄의 공습은 같은 세타가야 지역에서도 다이다, 우메가오카, 고토쿠지를 불태우고 이곳 바로 앞까지 피해를 입혔지만, 다행히도 불길은 가미마치 근처에서 멈추었다. 때문에 전쟁이 끝난 지금도 억새지붕의 농가와 옛 무사시노의 자취를 간직한 잡목 숲이 소시민이 사는 주택 사이에 남아 있다.

역에서 내려가면 작은 상점가가 잠시 이어진다. 봄에 이 부근에서 나오는 죽순을 파는 야채가게는 옛날부터 이곳에 자리 잡고 있고, 이발소 주인은 전쟁 중에 재향군인 교도 분회장을 하던 사람이다. 마츠바라라는 전기 상점도 원래 이곳의 땅 주인이 여가를 활용하여 시작한 가게이다. 때문에 이 상점가가 끝나는 곳엔 아직 집도 세워지지 않은 검은 땅과 양파밭이 펼쳐진다. 미츠가 일하고 있는 약과 비누를 만드는 공장은 그 검은 땅 한가운데 자리하고 있다.

공장이라고 해야 목조 2층의 사각형 건물로, 와카바야시 부부가 종전 후에 여기서 수제품 비누를 만들었다. 생선 기름을 원료로 해서 비린내가 심하고 거품이 잘 일지 않는 제품이었지만, 물건만 있으면 뭐라도 팔 수 있는 그런 시대였기 때문에 와카바야시 부부는 직공 여러 명을 고용하고 더욱 사업을 확장할 수 있었다. 부부가 눈독을 들인 것은 교도의 어떤 집에 대대로 전해지던 약이었다. 옛날부터 이 고장에서 슈탄이란 이름으로 불려진 유명한 피부병 약이었기 때문에 비누와 더불어 이 약을 만들게 되었다.

종업원은 남자 작업부 4명과 요시코와 미츠였다. 그녀들은 사무일과 잔심부름을 하는 외에 약 포장 일을 돕는다.

약 기름을 넣은 깡통을 벤젠으로 깨끗이 닦아 상자에 넣는다. 야근할 때는 비누 포장도 한다.

미츠는 오늘밤까지 다섯 차례 야근을 했다. 지금까지는 5시에 근무가 끝나면 특별히 부탁이 없는 한 공장에서 주는 밥 한 그릇과 생선조림을 먹고, 서둘러 근처에 있는 하숙집에 갔다가 목욕탕에 갔다. 그리고 돌아오는 길에 요시코와 상점가를 어슬렁거리며 산책을 하거나 책 대여점에 가서 선 채 오락잡지를 읽는 것이 전부였지만, 그날부터 갑자기 마음가짐이 달라졌고 억척스러워졌다.

'천 엔이 되려면 앞으로 다섯 번 남았어.'

야근 수당은 백 엔이다. 지금까지 다섯 번 했으니까 20일 월급날에는 천 엔을 더 받게 된다.

그 천 엔을 생각하자 미츠의 입가에 무심코 미소가 떠올랐다. 일주일 전에 대학생분(미츠는 요시코에게 이야기할 때 요시오카를 그렇게 불렀다.)과 만난 후, 그녀는 상점가의 '사에구사'라는 양품점에서 노란 가디건을 보았던 것이다. 그것은 역 앞 가게에 기성복 반코트나 잠바와 같이 걸려 있는 촌스러운 스웨터와는 달리 '밝은 별'에서 다카미네 히데코나 스기 요코와 같은 여배우가 입고 있는 듯한 그런 가디건이었는데, 상당히 보들보들하고 깃털처럼 가벼울 듯했다. 지금까지는 그런 가디건을 보더라도 자신으로서는 엄두도 낼 수 없는 사치스러운 것이라고 생각해 체념하고 있었는데, 미츠는 갑자기 그것이 갖고 싶어졌던 것이다. 그리고 남자용 양말. 그것도 사지 않으면 안 된다. 대학생분은 불쌍하게도 뚫어진 양말을 뒤집어 신고 있었다. 그날 그 여관에서 양말을 벗으면서 그는 멋쩍은 듯이 다리를 득득 긁으면서 말했다.

"우린 뒤꿈치에 구멍이 나면 뒤집어서 신어. 그렇게 하면 구두에 감춰져 구멍이 보이지 않거든."

다음 만날 때 그에게 양말 세 켤레를 건네주면 얼마나 기뻐할까? 미츠는 비누를 포장하면서 무심결에 혼자서 소리내어 웃었다.

'이번에는 그 사람 하숙집에 가서 세탁해 줄 거야. 실과 바늘을 가지고 가서…… 양말을 기워 줘야지.'

그녀는 자신이 햇볕 잘 드는 개수대에서 대학생의 셔츠와 속옷을 빨고 있는 광경을 마음속에 떠올렸다. 확실히 3개월쯤 전에 본 영화에 어떤 처녀가 연인인 학생을 위해서 밀린 옷가지를 세탁하는 장면이 나왔다. 처녀는 학생이 하루 종일 공부할 수 있도록 그의 옷을 세탁했었다. 미츠도 그 여관 사건 후로 요시오카의 세탁을 해주고 싶어 안달이 났던 것이다. 나도 도움이 돼 줄 거야. 영화에 나온 연인처럼 그렇게 해주고 싶어.

"이러면 안 되잖아?"

갑자기 작업실 창을 누군가가 심하게 두드렸다. 다구치라는 중년의 작업부였는데, 공장 수위를 겸하여 가족과 함께 공장부지 내에서 살고 있는 사람이었다. 그는 늘 미츠와 요시코에게 심하게 대했다.

"8시 이후에 공장에 남아서는 안 되지. 규칙을 어기면 곤란하잖아?"

"하지만……."

"하지만이 아니야. 어젯밤에도 문을 잠그지 않고 돌아갔지? 물건 하나라도 없어져 봐. 나만 귀찮아져."

다구치의 설교는 늘 길었다. 이에 걸린 껌을 씹듯이 구구하게 같은 말을 되풀이했다. 미츠는 창밖의 바람소리를 들으며 속으로 중얼거렸다.

'재수 없어. 저런 사람 지긋지긋해.'

하숙집으로 돌아와 보니 요시코는 부엌문을 잠그지 않고 열어놓아 두었다. 두 사람은 피리를 가르치는 선생의 집을 빌려 쓰고 있는데, 1층과 2층 사이에 위치한 두 평 조금 넘는 이 방은 옛날에 창고로 썼던 곳으로, 맑은 날에도 햇빛이 별로 들지 않는다.

요시코는 드러누워 콩을 먹으면서 영화잡지를 보고 있었

다. 이시하마 로의 팬인 그녀는 그의 사진을 여러 장이나 벽에 붙여놓았다. 언젠가 요시코는 연필 끝에 침을 묻혀가며 이시하마 로에게 편지를 썼었다. 미츠는 아직도 그 내용을 기억하고 있다

이시하마 씨, 안녕하세요? 저는 요시코라고 합니다. 이시하마 씨의 영화는 모두 보고 있습니다. 저는 교도의 공장에서 건강하고 씩씩하게 일하고 있답니다. …….

그것은 사실이었다. 그가 나오는 영화를 빠짐없이 볼 뿐만 아니라 시모키타자와 역까지 나가 두세 번이나 보았다. 요시코는 공장 맞은편에 있는 우체통에 그 편지를 집어넣고 매일 이시하마 로의 답장을 기다렸지만 답장은 오지 않았다.
"공장 문단속 잘 하고 왔니?"
요시고는 잡지에서 얼굴을 돌며 말했다.
"응. 다구치에게 또 야단맞았어."
"못된 자식. 거칠고, 여자를 너무 밝혀."
두 사람은 다구치가 너무 싫었다. 가장 큰 이유는 두 사람에게 유별나게 심술을 부리기 때문이었다. 그는 심술궂을 뿐만 아니라 들으라는 듯이 남자 직원들과 그녀들의 몸에 대한 이야기를 나누며 불쾌하게 웃었다.

하지만 두 사람이 다구치를 싫어하는 본질적인 이유는 전에 이런 사건이 있었기 때문이다. 전에 마리코라는 젊은 사무원이 2개월 정도 공장에서 근무했었다. 마리코가 어느 날 공장 화장실에서 일을 보고 있는데 갑자기 밑이 환해졌다. 그리고 화분처럼 생긴 은빛 나는 물건이 살그머니 디밀어졌다. 물통이었다. 누군가가 물통을 머리에 뒤집어쓰고 대소변을 퍼내는 구멍에서 위를 살피고 있었다. 마리코는 비명을 지르며 화장실에서 뛰쳐나왔지만, 이미 변태적인 남자는 잽싸게 달아나 버렸다. 그러나 마리코도 요시코도 미츠도 여자의 예민한 육감으로 범인이 누구인지 눈치 채고 있었던 것이다.

그때라면 미츠도 요시코와 하나가 되어 다구치를 욕했을 지도 모른다. 하지만 지금은 콩을 씹으면서 그 중년 남자 직원을 욕하는 요시코의 목소리를 들으면서도 다른 것에 정신을 빼앗기고 있었다. 낡은 솜처럼 흐린 하늘에서 비가 내리고 있었고, 그 여관의 창으로 비에 젖은 비탈길과 시부야의 거리가 보였다. 뚱뚱한 여자가 비탈길을 힘겹게 오르고 있었다. 그리고 그때 미츠는 매우 슬펐고, 무서웠고, 너무 아팠다. 만일 요시오카에게 미움을 받지 않는다면 '그 일'은 하고 싶지 않았다. 그러나 요시오카는 '그 일'을 거부하면 자신을 사랑하지 않는 거라고 했었다. 그런 말을 듣고 미츠는 어떻게 하면 좋을지 난감했었다. 그런 일로 요시오카가 슬픈 생각을 하지 않게 됐으면 좋겠다고 그녀는 생각했다. 원래 미츠는 어린시절부터 왠지 누군가가 불행한 표정을 짓고 있는 것을 보면 견딜 수 없었던 것이다. 하물며 그 불행한 표정이 자신 때문이라면, 더더욱 그랬다. 그때도 그리했다. 비탈길 위의 비 내리는 여관, 아팠지만 참고 견디었던 몇 분.

무지한 그녀에게 임신의 공포는 없었지만, 도저히 그 일에 대해 요시코에게 이야기할 수 없었다. 지금까지 서로 간에 비밀이라고는 없었던 사이지만 그것만은 부끄러워서 입을 다물고 있었다. 그날 밤의 아팠던 일도, 화장실에서 출혈이 있었던 일도……

"이제 자야겠어."

"그래."

'다른 일을 생각하자. 좀 더 즐거운 일을.'

어둠 속에서 미츠는 역 앞에 있는 '사에구사' 양품점의 노란 기디건을 떠올린다. 다음에 그것을 입고 가면 요시오카와 어떤 가게에 가더라도 전처럼 주눅이 들지 않아도 될 것이다.


그날 이후로 2주가 지났지만 아무 연락도 없었다.

매일 미츠는 공장에서 돌아오는 길에 요시오카 씨한테서 엽서나 편지가 왔을까 생각하며 가슴을 두근거렸다. 요시코가 알아채지 못하도록 태연한 얼굴을 하고 있었지만 공장에서 일할 때도 그것만을 생각했다. 일이 끝나 하숙집으로 돌아올 때도 그 편지를 보고 싶은 마음에 무심코 발걸음을 빨리하기 시작했다. 때로는 토끼처럼 뛰기도 했다.

숨을 헐떡이면서 뒤쪽 출입구의 유리문을 열었다. 신도 씨가 늘 편지를 놓아두는 계단 입구에 눈길을 줬다. 하지만 2주 동안 아무 것도 없었다. 약한 저녁 햇살이 하얀 먼지를 떠올렸다 가라앉혔다 하면서 두 번째와 세 번째 계단을 비추고 있을 뿐이었다.

'내일은 분명히 올 거야.'

미츠는 가슴에 매달린 십자가를 꼭 쥐며 자신을 타일렀다.

'분명히 내일은 올 거야⋯⋯ 내일은.'

그러나 어제도 그녀는 이 십자가를 꼭 쥐고 같은 기도를 했었다.

전에 지니고 있던 오마모리*는 가와고에의 절에서 산 것이었지만, 그것은 잃어 버렸다. 미츠의 고향은 사이타마현의 가와고에이다. 가와고에는 예로부터 큰 여관과 상가가 번성한 곳으로, 공습에도 불구하고 불타지 않아서 흙벽의 옛날 집과 소방소 망루, 그리고 곳간과 성 유적이 거리에 남아 있다. 그러나 그녀는 별로 고향에 돌아가려고 하지 않았다. 자신이 없는

---

*역주 – 일본의 절이나 신사에서 판매하는 부적의 일종으로서, 생로병사 및 신상의 안전 등을 기원하는 징표로 몸에 지니고 다닌다.

편이 아버지에게도 의붓어머니에게도 도움이 된다는 것을 알고 있기 때문이다. 미츠의 어머니는 미츠를 낳은 후 세상을 떠났고, 새어머니는 아이 셋을 데리고 들어왔다. 나쁜 사람은 아니었지만, 자신의 존재가 새어머니의 행복에 도움이 안 된다는 것을 그녀는 어릴 때부터 느끼고 있었다. 미츠는 자신의 존재로 인해 다른 사람이 불편해 하는 것을 두고 볼 수가 없었다. 불행하게 되는 것을 보면 참을 수 없이 슬퍼진다. 그래서 도쿄에 나와 이렇게 일하면서 혼자서 살아가고 있는 것이다.

일요일이 되었다. 일요일 점심을 마치면 요시코와 미츠는 늘 교도의 상점가 뒤편에 있는 난후자에 간다. 난후자는 이곳에서 유일한 영화관으로, 40엔으로 국내 영화 두 편을 볼 수 있는 곳이다. 파란 인쇄 잉크에 손이 더럽혀지는 질 나쁜 종이의 영화 전단지. 캄캄한 관내에서 갓난아이가 운다. 아저씨들이 태연스럽게 담배를 피우고, 화장실에서 냄새가 흘러들어온다. 하지만 두 사람은 아무렇지도 않은 듯이 매점에서 산 마른 오징어를 입 안에 넣고 씹으며 은막의 화면을 집어삼킬 듯이 쳐다본다. 잡지 '밝은 별'에서 봤기 때문에 영화 줄거리는 대략 알고 있었다. 그러나 두 사람에게 있어서 줄거리를 알고 있는 것과 영화를 보며 실감하는 것은 달랐다.

일요일인 오늘 두 사람은 난후자가 아니라 교도에서 전철을 타고 세이조에 갔다. 얼마 전부터 계획하고 있었던 것이다.

세이조에는 영화인들이 많이 살고 있다. 오락잡지 부록에는 스타들의 주소록이 첨부되어 있는데, 며칠 전 어느 날 밤에 그것을 열심히 보고 있던 요시코가 소리쳤다.

"어머! 다자키 준도 세이조에 살고 있어. 츠키오카 치아키도!."

미부네 토시로, 후지타 스스무 등등 유명한 배우만 해도 일곱 명이나 세이조에 살고 있는 것은 유명한 T촬영소가 가깝기 때문일 것이다. 이렇게 되자 요시코는 이번 일요일에는 꼭 세이조에 가보자고 미츠를 꾀었던 것이다. 동경하는 스타의 집을 직접 눈으로 확인해볼 작정이었다.

교도에서 세이조까지는 오다큐선으로 8분 거리이다. 그 역에서 두 사람이 주뼛거리며 내리자, 고급 주택지인 덴엔쵸후와 마찬가지로 벚나무 가로수의 아스팔트 도로가 직선으로 뻗어 있고, 외국의 도시처럼 사이프레스에 둘러싸인 양옥집이 늘어서 있다. 문 앞까지 잔디가 깔려 있고, 그 문에서 자전거를 탄 외국 소년이 휘파람을 불면서 나온다.

"어머나."

"어머!"

요시코와 미츠는 얼굴을 마주보며 깊은 한숨을 내쉬었다. 같은 주택가라고 하지만 자신들의 동네와는 엄청나게 다른 것이다. 이곳에 츠키오카 치아키나 미부네 토시로가 살고 있다.

그리고 자신들도 그들과 같은 공기를 들이마시고 있다는 실감이 복받쳐 오르는 것이 아닌가.

두 사람은 잠시 붉은 볏을 단 수탉처럼 마음을 가라앉히고, 정신을 차려 계속 걸었다.

도로 양쪽에는 '제임스'니 '단'이니 하는 외국인 이름의 문패가 달린 집도 많았는데, 그런 집에서는 커다란 셰퍼드가 짖는 소리와 아름다운 레코드 소리가 들려왔다.

이제부터 찾아갈 배우의 집 위치를 누군가에게 묻고 싶었지만 지나다니는 사람 모두가 계급이 다른 사람처럼 느껴져 다가갈 용기가 생기지 않았다. 오후의 햇살이 크림과자처럼 생긴 집 지붕과 창에 빛나고, 하늘의 구름이 조금씩 장밋빛으로 물들기 시작할 때까지 두 사람은 가슴을 두근거리며 계속 걸었다.

"아!"

요시코가 외치는 소리에 미츠도 놀라며 물었다.

"무슨 일이야? 심장이 터져버린 거 아냐?"

"야, 여기가 히데코의 집이야. 모르겠니? 다카미네 히데코 집이야."

철조망에 장미를 두른 것 외에는 여배우답게, 유별나고 현대적인 것이 없는 수수한 일본집이었는데, 기둥에 달린 문패에는 다카미네 히라야마라고 쓰여 있었다. 히라야마가 타카미네 히데코의 진짜 성이라는 것 정도는 '밝은 별'의 애독자인 두 사람은 잘 알고 있었다.

"정말이네."

"정말이야."

요시코는 얼굴도 몸도 긴장한 채 굳은 듯이 서 있다. 그렇지만 집 안은 쥐죽은 듯 조용하고 인기척조차 없다. 갑자기 요시코는 무슨 생각을 했는지 문 뒤로 몸을 밀어넣고는 계속 손을 움직인다.

"뭐하니?"

요시코가 우유통을 열어 속이 뿌연 빈 병을 갑자기 꺼내는 것을 보고 미츠는 놀라며 소리쳤다.

"그만둬! 들키면 어떻게 해?"

"무슨 소리야? 이 빈 병은 히데코가 오늘 아침에 마신 걸 거야. 그 우유병이라고. 이거 갖고 싶지 않니? 난 기념으로 가지고 갈래."

우유병뿐만 아니라 요시코는 현관에서 문까지 깔린 돌바닥 옆에 떨어져 있는 작은 돌멩이마저 줍기 시작했다. 어쩌면 히데코가 그것을 밟았을 지도 모른다는 것이다.

그런 요시코의 모습을 미츠는 심란한 기분으로 바라보았다. 어쩐지 이 2주 사이에 지금까지 대수롭게 여기지 않았던 요시코의 행동이 미츠에게는 갑자기 천진난만하게 보이기 시작했던 것이다. 2주 전이라면 자신도 요시코처럼 다카미네 히데코의 집을 방문한 기념으로 필사적으로 작은 돌멩이를 주워 모았을 지도 모른다. 그러나 지금은 왠지 그런 행동이 바보스럽게 느껴지는 것이다. 요시코는 아직 처녀이다. 아무것도 모르는 처녀이다. 이시하마 로와 사다 케이지에게 빠져 있지만 그것밖에 모른다. 그러나 자신은 이미 어른의 비밀을 요시오카와 저질러 버렸다. 그 일이 지금 미츠를 갑자기 슬프게 하고, 동시에 요시코의 행동을 천진난만하다고 생각하게 하는 것이다.

"자. 이제 가자."

그녀는 허기진 늑대처럼 그 근처를 헤매고 있는 친구에게 말했다.

그 이후에 두 사람은 또 한 채의 동경하는 스타의 집을 찾아냈다. 이번에는 코메디언인 기시가와 아키라의 저택이었다. 기시가와 아키라는 동안인데 노래도 잘 부르고 스모 선수처럼 몸이 뚱뚱한 희극 배우로, 때때로 히데코와도 공연한 적이 있었다. 자못 영화배우다운 깔끔한 양옥집이었는데, 정원의 빨래 건조대에는 두 사람이 편히 드러누울 수 있는 커다란 요가 걸려 있었다. 미츠는 직관적으로 그것이 더블침대용이라는 것을 알았지만 요시코의 경우는 달랐다.

"어머나! 기시가와 씨는 저런 요에서 자는구나. 몸집이 우리 두세 배나 되니까 요도 저렇게 엄청나게 크네."

요시코는 웃으면서 말했다.

동네로 돌아오니 이미 저녁녘이 가까웠다. 습기 찬 잿빛 안개가 상점가의 등빛을 파랗게 물들이고 있었다. 가족 동반으로 소풍을 갔던 부모들이 지친 표정으로 아이의 손을 잡아끌며 전철에서 내렸다. 그 속에 섞여 역을 나온 미츠는 말했다.

"잠깐 기다려."

"어딜 가는 거야?"

"별일 아니니까 여기서 잠깐만 기다려."

미츠는 요시코를 놔두고 상점가로 달려갔다. 형광등 조명으로 환한 '사에구사' 양품점의 쇼윈도에는 벌써 하얀 모피가 달린 잠바와 스키 장갑이 진열되어 있었다. 미츠는 그 오른쪽 끝에 있는 노란 가디건을 유리 너머로 바라보면서 안도의 한숨을 내쉬었다. '아, 다행이다. 아직 팔리지 않았구나.' 솜털 감촉처럼 포근하고 가볍고 부드러운 가디건이다. 월급날인 20일까지 미츠는 야근을 하여 그것을 살 돈을 마련해야 했다.

매달 20일 월급날 오후가 되면 여섯 명의 종업원은 도장을 가지고 사무실로 모인다. 이곳에서 와카바야시 씨나 그의 부인이 갈색의 월급봉투를 한 사람 한 사람에게 나누어준다.

아침에 다른 사람보다 일찍 출근하여 공장 청소를 시작할 때부터 미츠는 포장실 기둥에 달린 괘종시계에만 신경을 썼다. 평상시라면 눈 깜빡할 사이에 점심시간이 되어, 남자 작업자 4명 가운데 도시락을 가져오지 않는 후네다, 야마우치, 오누키, 그리고 사장님의 점심식사를 차리는 시간이 되었는데, 오늘만은 시간이 더디게 갔다. 미츠는 결국 점심 준비를 하던 사장 부인으로부터 한 마디를 들었다.

"미츠. 무슨 일 있어? 오늘은 포장실에만 가 있잖아?"

그렇지만 월급날이 되면 여섯 명의 종업원은 기분이 좋다. 평상시라면 요시코와 미츠에게 추한 농담을 거는 젊은 작업자들도 유행가를 부르면서 일에 임하고 있다.

점심식사가 끝나자, 잠바 차림의 사장님은 자전거를 타고 은행에 갔다가 이윽고 이마에 땀을 흘리며 돌아왔다.

"자, 어서들 월급 받으러 오라고."

모두들 작업을 멈추고, 벽의 못에 걸어둔 겉옷에서 도장을 꺼냈다. 나이와 근무 연수 순으로 사무실에 들어가 사장님으로부터 갈색 월급봉투를 받기 때문에 요시코나 미츠는 순번이 제일 늦었다.

"복은 끝에 오는 거야."

요시코는 미츠를 바라보고 웃었다.

"엄마가 늘 그렇게 말했어."

미츠와 요시코 둘이 오후의 햇살이 비쳐 들어오는 작은 사무실에 들어가자, 사장은 다구치를 앞에 두고 손을 흔들고 있었다.

"안 돼. 이곳은 작은 동네 공장이기 때문에 나도 모두를 내 가족처럼 생각하고 있어. 하지만 자네는 벌써 네 차례나 가불한 상태라서."

"저도 정말 가불하고 싶지 않은데요…… 이번 달만……."

다구치는 미츠와 요시코를 곁눈으로 흘끗 쳐다보며 멋쩍은 듯한 표정을 지었다.

"아, 자네들인가."

더 이상 상대하고 싶지 않은 듯 사장은 여자들을 향하여 말했다.

"요시코, 미츠."

사장은 굵은 손가락으로 근무 명부를 넘기면서 말했다.

"요시코가 야근 두 번이고, 미츠가 열 번인가? 자 받아. 쓸데없이 막 쓰면 안 돼."

서랍에서 봉투를 꺼내어 각각 야근비를 계산해 주었다. 다구치는 침을 마룻바닥에 떨어뜨려 구두로 쓱쓱 비벼대면서 묵묵히 서 있었다.

사무실을 나오자 두 사람은 바로 포장실로 달려갔다. 늘 그렇지만 포장실에서 살짝 봉투 속의 지폐를 확인해 보는 것은 월급날의 즐거운 비밀이었다.

"저기 말이지······."

요시코는 쥐처럼 혀로 찍찍거리는 소리를 내면서 말했다. "다구치, 쌤통이야. 그 사람 말이지, 가불을 해도 집에는 조금만 내놓고 고이고이에 쓰거나 마셔버리고 말아."

고이고이는 화투의 일종인데, 미츠도 점심 휴식 시간 같은 때 다구치가 어떤 친구와 놀음을 하고 있는 것을 여러 번 본 적이 있다. 하지만 지금 미츠로서는 그런 것에 신경 쓸 상황이 아니었다. 그녀는 지난 2주간 동안 쥐죽은 듯 조용해진 공장의 이 포장실에서 밤 바람소리를 들으며 벤젠으로 깡통을 닦던 매일 밤을 떠올렸다. 가까스로 손에 넣은 이 천 엔으로 오늘 드디어 그 노란 가디건은 자신의 것이 되는 것이다. 그리고 요시오카의 양말도 살 수 있는 것이다.

"저기 말이야, 요시코."

"······."

"나 말이지. ······15분만 살짝 나갔다 올게."

"응? 뭐 하려고?"

"물건 좀 사러."

"뭘 사는데?"

"좋은 거."

작업복을 벗고 나막신을 신고 밖으로 나오자 차가운 바람이 불어댔다. 바람은 교도의 검은 흙을 말아 올리며 작은 연기처럼 공장 주위를 뱅뱅 돌고, 뒤쪽의 잡목 숲을 스치며 소리를 냈다. 문 옆에서 다구치가 어깨를 움츠린 모습으로 갓난아이를 등에 업은 채 다른 아이의 손을 잡아끌고 있는 여자와 무슨 이야기를 하고 있었다. 바람을 타고 그 말소리가 끊일 듯 말 듯 미츠에게 들려온다.

"안 된다고 하니까 어쩔 수 없잖아?"

다구치는 발로 땅을 후비면서 고함을 쳤다.

"……하지만, 여보……."

여자는 다구치의 부인이었다.

"내 탓만은 아니라고 했잖아. 돌아가."

엿듣는 것이 안 좋은 것 같아, 미츠는 유리문 뒤에 몸을 숨기고 있었다. 이윽고 다구치는 나막신 소리를 내면서 돌아오더니 땅에 침을 뱉었다.

"시끄러운 존재야. 마누라란……."

다구치는 혼자서 중얼거리고는 화장실에 들어가 소리를 내며 일을 보았다.

미츠가 살그머니 유리문을 닫고 종종걸음으로 정문으로 달려가 보니, 다구치의 부인은 아직 힘없이 길에 서 있었다. 등에 갓난아이를 업은 채 7, 8세 정도 되는 남자 아이를 데리고, 바람을 맞고 있었다.

"안녕하세요?"

미츠는 다구치의 부인에게 웃으며 인사했다.

"안녕하세요?……어디 가세요?"

"상점에요. 물건 좀 사러…… 잠깐 다녀오려고요."

"좋겠네요. 우린 그럴 형편이 못 돼요……."

다구치 부인은 등에 업은 갓난아이를 달래면서 푸념을 늘어놓기 시작했다.

"남편이라는 사람이 월급날인데도 말이죠……."

다구치는 월급의 반을 놀음과 술에 써버리고, 내일 아들의 급식비 3개월분을 학교에 내야 한다는 데도 그 돈조차 마련해주지 않는다고 한다.

"책가방도 안 사줘요. 내가 부업을 하니까 남편이 그걸 믿고 그러는 것 같아서 그만둘까 생각도 하지만 그러지도 못하겠고……."

부인의 푸념은 다구치의 설교와 마찬가지로 길었다. 갓난아이가 보챌 때마다 부인은 몸을 흔든다. 남자 아이는 입을 벌리고 가만히 미츠의 얼굴을 쳐다본다. 혈색이 나쁜 입술 옆에 작은 부스럼이 있다.

"그렇군요. 큰일이네요."

미츠는 겉치레로 웃으며 말했다.

"그럼 이만 가볼게요."

마침 부인의 이야기가 끊겼을 때, 미츠는 서둘러 인사를 하고는 걷기 시작했다. 공장에서 상점으로 가는 지름길은 울타리를 친 빈터 사이를 빠져 나가면 된다. 1분이라도 빨리 그 가디건을 사야 한다.

"엄마, 집에 가자. 응? 가자니까."

등 뒤에서 다구치의 아이가 엄마에게 떼를 쓰는 소리가 들린다. 갓난아이가 다시 작은 소리를 내며 운다.

"가자니까."

"시끄러워!"

바람이 미츠의 눈에 티끌을 불어넣는다. 바람이 미츠의 가슴을 뚫고 지나간다. 바람에 실려 누군가의 음성이 들려온다. 갓난아이의 울음소리. 남자 아이의 떼쓰는 소리. 그것을 나무라는 여자의 목소리. 요시오카와 갔던 시부야의 여관, 축축한 이불, 지친 발걸음으로 비탈길을 올라가는 여자. 비. 그들의 삶을 슬픈 듯이 가만히 바라보는 지친 어떤 얼굴이 미츠에게 속삭인다.

'애야. 되돌아가지 않을래? ……네가 가지고 있는 그 돈이면 그 아이와 그 여자에게 큰 도움이 될 거야.'

'하지만.'

미츠는 그 목소리에게 강하게 맞선다.

'하지만 나는 매일 밤 일했는걸. 열심히 일했는걸.'

'알고 있어.'

그 목소리는 슬픈 듯이 말한다.

'알고 있어. 나는 네가 얼마나 가디건을 갖고 싶어 하는지, 얼마나 애를 쓰며 일했는지, 모두 알고 있어. 때문에 네게 부탁하는 거야. 가디건을 사는 대신에 저 아이와 아이 엄마에게 천 엔을 주라고 부탁하는 거야.'

'싫어. 그건 다구치의 책임이잖아.'

'책임 같은 것보다 더 중요한 게 있어. 이 인생에서 필요한 것은 너의 슬픔을 다른 사람의 슬픔과 결부시키는 거야. 그리고 나의 십자가는 그 때문에 존재하는 거야.'

그 마지막 말의 의미를 미츠는 잘 몰랐다. 그러나 바람을 맞으며 서 있던 아이 입가에 벌겋게 부어오른 부스럼이 그녀의 가슴을 죄어왔다. 누군가가 불행한 것은 슬프다. 세상의 누군가가 괴로워하는 것은 슬프다. 그녀로서는 그 부스럼이 점점 견딜 수 없었다.

바람이 미츠의 눈에 티끌을 불어넣었다. 바람이 미츠의 가슴을 뚫고 지나갔다. 그 눈을 닦으면서 그녀는 되돌아갔다.

"아주머니."

부인과 아이는 이쪽을 돌아보며 놀란 듯이 그녀를 쳐다보았다.

"아주머니, 이거 빌려 드릴게요."

미츠는 손아귀에 쥐고 있던 천 엔짜리 지폐를 부인에게 내밀었다. 그녀는 둥근 코에 희비가 엇갈리는 듯한 미소를 지으며 당부했다.

"하지만 다구치 씨에게는 아무 말 하지 마세요. 알았죠?"

돌연 그녀는 팔목에 통증을 느꼈다. 반년 전쯤, 어느 날 갑자기 팔목에 동전 크기의 검붉은 반점이 생겼다. 그 반점은 부스럼처럼 약간 부었지만, 평소에는 아프지도 가렵지도 않았다. 하지만 미츠는 지난번에 요시오카에게 안겼을 때 이 반점이, 순간적이기는 했지만 불에 데인 듯 아팠던 것을 기억했다.

보름 이상이 지났는데도 요시오카로부터는 엽서도 편지도 없었다.

'무슨 일이 있는 걸까? 몸이 아픈가? 아프다면, 간병해 주는 사람도 없이 누워 있는 걸까?……'

미츠는 점점 걱정되기 시작했다. 절대로 하숙집에 와서는 안 된다는 말을 그에게 들었지만, 만일 몸이 아프다면 자신이 가서 돌봐야겠다고 생각했다.

때문에 맑게 갠 토요일 오후, 그녀는 그 낡은 감색 스웨터를 입고 하숙집을 나섰다.

'사에구사' 양품점 앞에 이르자 눈길을 급히 돌리고, 발걸음을 재촉하며 그곳을 지나쳤다. 그러나 눈꺼풀 뒤쪽에는 자신이 사려고 했던, 하지만 결국은 살 수 없게 된 그 솜털처럼 보드라운 가디건이 각인되어 있었다.

'어쩔 수 없어. 갖고는 싶지만…… 어쩔 수 없는 걸.'

미츠는 어릴 때부터 체념하는 것에 익숙해져 있었다. 그녀에게 있어 인생의 운명이란 만항힐 것이 아니라 받아들여야 할 것이었다.

요시오카에게 처음 편지를 받았을 때 봉투 뒷면에 쓰여 있던 주소를 소중하게 간직하고 있었는데, 오늘은 그것을 작게 접어 스웨터 주머니에 넣었다. 공장 사무실에 있는 도쿄의 지도를 몰래 살펴보고 미츠는 오차노미즈 역에서 내리면 된다는 것을 알았다.

오다큐선을 타고 가서 신주쿠에서 국철로 갈아탔다. 그리고 20분 후에 오차노미즈에서 내리자 그녀는 승차권을 받은 젊은 역 직원에게 주소가 적힌 봉투를 내보였다.

토요일을 맞은 츠루가다이의 비탈길에는 초겨울치고는 드물게 따스한 햇살이 내리쬐고 있었고, 시각모를 쓴 학생과 가방을 껴안은 젊은 여성들이 양측에 늘어선 서점과 다방을 드나들고 있었다. 미츠는 두리번거리며 그 가게들과 대학생들을 쳐다보며 어쩌면 요시오카가 그 가운데 있지 않을까 생각했다.

미츠는 츠루가다이를 걸어 내려가서 전찻길과 만나기 전 역 직원이 가르쳐 준 대로 샛길에서 왼쪽으로 돌았다. 두세 차례 그 근처의 담배 가게나 학생용 버클을 팔고 있는 상점에서 주소가 적힌 봉투를 꺼내 보여야 했지만, 주소에 적혀 있는 하숙집을 찾는 일은 그다지 어렵지 않았다. 깨진 문 유리에 좁게 자른 신문지가 붙여져 있었고, 그 문을 열자 삐걱거리는 소리가 크게 났다. 하얀 햇살이 진흙투성이의 군화와 밑바닥이 일그러진 단화가 흩어져 있는 현관과 텅 빈 복도를 쓸쓸하게 비추고 있었다. 온통 먼지투성이인 텅 빈 집이었다.

"실례합니다."

"누구세요?"

중년 여자의 목소리가 났다. 머리에 수건을 뒤집어쓴 아주머니가 청소를 하고 있었는지 먼지털이개를 한 손에 늘어뜨린 채 의아스러운 표정으로 얼굴을 내밀었다.

"무슨 일이에요?"

"저기 말이죠. 요시오카 씨를 찾아왔는데요."

"요시오카 씨?"

아주머니는 미츠를 얼굴부터 발끝까지 훑어보았다.

"요시오카 씨하고 아는 사이예요?"

"지금 없나요?"

"그래요. 이사한 곳을 알리지 않고 종적을 감추었으니까요. 마지막 달 방세도 전기세도 못 받았고, 다다미에 눌은 자국을 만들어 놓고 가버렸다고요."

"어디로 갔는지 알 수 없을까요?"

"내 쪽에서 묻고 싶은 말이에요. 보증금도 안 받았는데 이 모양이야. 요즘의 학생들은 옛날과는 달라서 순진한 데가 없고 아주 뻔뻔스럽다니까."

영문을 모른 채 미츠는 그 집에서 뛰어나왔다. 그녀는 둥근 코에 땀을 흘리며 츠루가다이의 비탈길을 걸어 올라갔다. 비탈길에는 조금 전과 마찬가지로 기름으로 반들반들하게 닦은 사각모를 쓴 학생들이 서성거리고 있었다.

"야, 오늘 밤 마작 안 할래?"

한 학생이 친구에게 말하고 있다.

"싫어. 당구나 치자."

아무렇게나 내뱉는 그 말투는 요시오카의 말투를 떠올리게 했다. 미츠는 서점 앞에 서서, 혹시 요시오카의 모습이 보이지 않을까 그 안을 살폈다. 다방의 유리문을 통해 안을 살펴보기도 했다. 그러나 물론 요시오카의 모습은 눈에 띄지 않았다. 해가 서서히 저물고, 오차노미즈 역 맞은편 하늘이 장밋빛으로 바뀌었다. 역의 승차권 판매대에 사람들이 늘어서기 시작했다. 자전거를 탄 소년이 신문 판매대에 오늘의 석간 다발을 던지고 사라져 갔다. 혹시 요시오카를 만날 수 있지 않을까. 미츠는 교도로 돌아갈 승차권을 살 생각도 하지 못하고, 멍하니 바보처럼 개찰구에 서 있었다. 멍하니, 바보처럼…….

# 나의 수기 4

　이렇게 해서 미츠의 모습은 나의 가슴속에서 사라져 갔다. 어디에 있는지 무엇을 하는지 관심도 없었고, 두 번의 밀회도 거의 떠올리는 일이 없었다. 수평선 저쪽으로 서서히 사라져 가는 배처럼 그녀의 모습도 내 기억 속에서 가는 선이 되고, 작은 점이 되어, 이윽고 소멸되어 버렸다. 나의 인생과 아무런 관계도 없었고, 앞으로도 관계없다고 생각했다.

　그렇지만 그 당시 두 번 정도 불현듯 그녀를 떠올린 적은 있었다. 적막한 겨울 산 표면에 희미하게 구름의 그림자가 잠깐 스쳐가듯 그녀의 그림자가 내 가슴 속을 가로질렀던 것이다.

　이듬해 봄이었다. 그때 나는 애드벌룬을 감시하는 아르바이트를 하고 있었는데 그다지 힘든 일은 아니었다. 백화점 옥상에서 햇볕을 쬐며 광고를 늘어뜨린 기구가 바람에 날려가지 않도록 하루 종일 감시하는 일이었다.

옥상에서는 끝없이 펼쳐진 도쿄의 거리가 보였으며, 황혼녘의 지평선 부근은 갈색으로 약간 흐렸고, 물기에 젖은 빨간 유리구슬처럼 생긴 저녁 해가 마침 서서히 지려 하고 있었다. 바로 아래의 길을 달리는 차량과 전철의 굉음이 나른하게 옥상까지 들려왔고, 근처 빌딩의 창으로 사람들이 움직이는 모습이 작게 보였다. 그리고 성냥갑처럼 생긴 집들이 열을 지어 늘어서 있고, 그 맞은편에는 뿌연 도시가 애처롭게 끝없이 이어져 있었다. 수많은 집이 거기에 있고, 수많은 사람이 그곳에 살고 있는데, 나는 그들 한 사람 한 사람에게 자신과 같은 인생이 존재한다는 것을 그때 느꼈다.

'참 사람도 많구나. 삶은 다양하구나.'

약간 차가워지기 시작한 손잡이에 기대어 나는 멍하니 중얼거렸다.

'이 거리에서 모두가 기뻐하거나 괴로워하거나 하며 살아가는구나.'

그 순간 갑자기 미츠의 얼굴이 떠올랐다. 언젠가 들은 유행가의 가사와는 상관없이, 그녀가 지금 이 안개와 연기로 덮인 잿빛의 대도시 어느 곳에서 무엇을 하고 있을까 라는 생각이 갑자기 들었던 것이다.

그러나 그뿐이었다. 물 표면에 떠올랐다가 다시 밑바닥에 가라앉은 넝마조각처럼 나답지 않은 이 감상은 바로 사라져버렸다.

그 즈음 또 다시 그녀를 생각한 적이 있다. 하숙집 근처의 이발소에서 차례를 기다리다가 무심코 의자에 흩어져 있는 낡은 잡지와 주간지들을 봤는데 그 속에서 예의 '밝은 별'이라는 오락잡지를 발견했던 것이다.

시간을 보내기 위해 표지가 찢긴 그 잡지의 페이지를 넘기고 있던 나는 무심코 신상 상담란에 시선을 주었다. 어떤 바보 같은 처녀가 자신의 가정 사정과 취직, 그리고 연애에 대해 상담하는 란인데, 거기에는 우리와 유사한 경우의 이야기가 실려 있었다. 어떻게 썼는지는 기억이 잘 안 나지만, 그 처녀도 편지를 통해 대학생과 사귀었고, 두세 번 만난 후에 '순결을 바쳤음'에도 불구하고, 그 대학생은 그대로 자신을 떠나갔다는 내용이다.

물론 미츠라는 이름은 없었다. 아마도 이것은 미츠가 쓴 것이 아닐 것이다. 그러나 그녀와의 짧은 관계와 똑같은 사건이었기 때문에 나는 그녀를 떠올렸다.

회답란에는 인텔리로 보이는 여사의 그럴싸한 답변이 게재되어 있었다. 그 대학생은 여성의 사랑을 받을 자격이 없으니 그런 무책임한 남자는 하루빨리 잊어버리고 새로운 생활을 시작하라는 그런 취지의 내용이었다.

무릎 위에 펼친 잡지에서 나는 얼굴을 들었다. 오후의 졸린 햇살을 받으며 이발소 주인이 가위질을 하고 있다. 나이 어린 점원이 스토브 위에 간장 바른 떡을 굽고 있다.

'무책임한 남자여, 사랑받을 자격이 없다.'

나는 이 답장을 쓴 여자에게 은근히 증오와 반발심을 느꼈다.

'쳇, 지가 뭔데. 얼굴도 못생긴 게 잘난 척하네. 아무짝에도 쓸모없는 말도 안 되는 소리나 지껄이고 있어. 마치 과자장사 아줌마가 과자를 만들 듯이 독자의 고민에 대해 듣기 좋고 틀에 박힌 교훈을 늘어놓고 있을 뿐이잖아. 너야말로 무책임한 인간이야.'

"영감님, 이 세상 모두 그렇습니다."

이발소 주인이 손님에게 알 수 없는 말을 하고 있었다.

"모두 그래요."

나는 잡지를 의자 위로 내던졌다. 미츠의 일도 그뿐이었다. 그것이 전부였다.

그리고 또 1년이 지났다. 어려울 때는 가네다 씨에게서 묘한 아르바이트거리를 계속 받았는데, 그렇게 해서 그럭저럭 대학을 졸업할 수 있었다. 한국전쟁이 시작되던 해이다. 하긴 그 당시의 사립대학은 모두 주머니 사정이 나빴기 때문에 입

학도 졸업도 순조로웠다. 제대로 강의에 나가지 않고 성적도 좋지 않은 나가시마와 내가 별로 힘들이지 않고 졸업장을 둥글게 말아 들고 교문을 나서게 된 것도 그 때문이다.

"어이, 얼간이. 잘 지내."

"그래, 멍청아. 너도."

오차노미즈의 비탈길에서 나가시마와 나는 악수를 하고 헤어졌다. 한솥밥을 먹은 사이라는 말이 있지만, 우리는 속옷마저 함께 했던 단짝이었다. 사회에 발을 내딛고 앞으로 어떻게 될지 알 수 없지만 우리 각자는 돈도 여자도 구애받지 않는 신분이 되고 싶어 했다.

다행스럽게 한국전쟁의 특수 경기로 나도 나가시마도 쉽게 취직할 수 있었다. 물론 도쿄대 출신처럼 일류 은행이나 일류 기업에 들어갈 수는 없었지만, 우리는 아예 처음부터 그런 기대를 걸지 않았다.

내가 입사한 곳은 니혼바시에 있는 못 도매상이었다. 사장인 기요미즈, 중역격인 요시무라와 가타오카를 빼면 직원은 20명 정도밖에 되지 않았지만, 오테마치에 있는 일류 못 제조 회사의 물품을 독점으로 맡고 있어서인지 경기도 장래성도 제법 좋았다. 나는 그 회사를 유망하다고 보았다.

닭 부리가 될지언정, 소꼬리는 되지 말라.

학창시절에 많이 듣던 말인데, 나는 으시대며 고향으로 보내는 편지에 그 문구를 써넣었다. 오랫동안 아르바이트로 쪼들리던 생활에 겨우 광명이 비친 기분이었다.

게다가 15명 정도 되는 남자 종업원 가운데 대학을 나온 사람은 별로 없었다. 신입사원으로는 나 하나였다. 입사한 날부터 5명의 여자 종업원이 동경에 찬 눈으로 나를 바라보고 있다는 느낌을 받았다.

'기필코 닭 부리가 될 것이다.'

덩치 큰 소의 꼬리, 이를테면 일류 회사에서 마냥 말단 직원 노릇을 하기보다는 작은 회사의 우두머리로 출세해야겠다는 것이 나의 생각이었다. 회사로 향하는 지하철 속에서 나는 자주 10년, 15년 후의 자신의 모습을 상상하며 불현듯 입가에 미소를 띠는 일이 있었다. 중역격인 요시무라나 가타오카가 앉아 있는 의자는 우리가 앉는 의자와는 달리 커다란 회전의자이고, 또 책상 위에는 말끔한 유리판이 놓여져 있고, 전화기도 한 대 설치되어 있다. 그리고 아침에 두 사람이 출근하면 20명의 종업원이 머리를 숙이며 정중하게 인사하고, 히라야마라는 여자가 차를 가지고 간다. 그것이 15년 후의 나의 모습이어야 한다.

'그럼 어떻게 하면 좋을까?'

때문에 나는 회사에서 돌아오는 길에 중고 서점에 들러 '성공의 비결', '이렇게 하면 당신은 출세한다.', 이런 종류의 책을 네다섯 권 샀다. 그 책들은 대부분 막연하여 알아들을 수 없는 내용이었지만, 그 가운데 영어판을 번역한 '신념의 마술'이라는 책이 있었다. 그 책의 저자는 매일 거울 앞에 서서 자신의 소망을 계속 되뇌면 자기최면이 되고, 이윽고 소망을 실현하는 불가사의한 능력을 부여한다고 말하고 있었다.

출세를 위해서는 어떤 어리석은 짓이라도 해보는 법이다.

낮 휴식 시간에 모두가 산책하러 나가고, 사무실이 텅 비어 있을 때 나는 혼자 세면실에 들어가서 '나는 출세한다. 기필코 출세한다.'라고, 책에서 가르친 대로 거울 앞에 서서 자신의 얼굴을 쳐다보면서 중얼거려 보았다. 거울에 비친 그때의 나의 얼굴은 오랜 변비로 고통스러워하는 표정으로 왠지 한심하게 보였지만 나로서는 정말로 아주 진지했다.

그렇다. 그날도 나는 세면실 거울 앞에 서 있었다. 사무실에 사람의 그림자라고는 보이지 않았고, 누구 하나 남아 있을 리도 없었다.

"나는 출세한다. 기필코 출세한다."

그때 뒤에서 인기척이 있더니, 앞 거울에 나 외에 또 하나의 얼굴이 비쳤다. 젊은 여자의 얼굴이었다.

"어머!"

당황한 것은 나보다도 오히려 그녀 쪽이었다. 미우라 마리코라는 처녀로 나보다 일 년 먼저 입사했는데, 사장인 미우라 기요미즈 씨의 조카였기 때문에 중역들도 업무시간 외에는 그녀를 '아가씨'라고 불렀다.

"도둑인 줄 알았어요."

"잘못 짚었군요."

"미안해요."

그러나 그녀는 수상쩍다는 듯이 웃고는 말을 이었다.

"하지만 산책하러 갔다가 돌아와 보니 사무실 안쪽에서 이상한 쉰 목소리가 나지 않겠어요. 사람을 부를까 생각했을 정도로 무서웠어요."

그리고 그녀는 세면실의 컵으로 물을 마시고는, 컵을 손에 든 채 수상하다는 듯이 내 얼굴을 쳐다보았다.

"요시오카 씨도 참 별난 사람이군요."

"어째서요?"

"사람들과 사귀지도 않고, 세면실에서 혼자 중얼거리고 있잖아요."

그러나 그때 나는 딴 생각을 하고 있었다.

'눈이 예쁘군. 까맣고, 수정처럼 반짝이네. 입술에 아직 물기가 묻어 있어.'

물방울은 하얀 목덜미에도 흘러내려 있었다.

그때, 나는 왠지 상당히 오래 전에 초라한 시래기죽을 먹으면서 나가시마에게서 들은 이야기를 떠올렸다. 포도 시렁에 손을 뻗어 포도를 따고 있는 처녀들 이야기. 나는 그 이야기를 들으며, 한 번이라도 좋으니 그런 처녀들과 사귀고 싶다고 생각했었다.

그런데 이제는 그런 애절한 감정과 더불어 또 다른 감정이 가슴에서 솟구쳤다. 그것은 애절한 감정과는 달리 훨씬 타산적이고 교활한 감정이었다.

이 여자는 사장의 친척이야. 그녀의 마음에 들어서 손해 볼 것은 없어. 적어도 그녀의 호감을 얻어두면 언젠가는 이득이 되는 일이 생길 테니까.

"어쩔 수 없어. 신참은 해두어야 할 일이 많으니까. 우선 주판이야. 내가 주판을 손에 든 것은 난생 처음이야. 매일 밤, 발이 달린 주판에게 쫓기는 꿈을 꾸지."

"정말이요?"

마리코는 또 킥킥거리고 웃었다.

"요시오카 씬 주판을 쥐고서 늘 한숨을 내쉬고 있어요. 대학생도 그것만큼은 불합격이에요."

"마리코."

갑자기 나는 정색을 하며 단도직입적으로 말했다.

"나 좀 가르쳐주지 않을래? 넌 잘 하겠지?"

"하지만……."

"왜 좋잖아? 선배가 후배에게 가르쳐주는 것은 사랑의 의무라고 헤겔도 말했어."

지금도 나는 그때의 마리코의 표정을 뚜렷하게 기억하고 있다. 고개를 숙인 채 손에 든 컵을 손가락으로 만지작거리면서 곤혹스럽고 수줍은 듯한 눈으로 나를 흘끗흘끗 쳐다보던 그 표정을 나는 귀엽다고 생각했다. 그것은 미츠의 우둔하고 선량해 보이는 웃는 얼굴과는 전혀 대조적이었다.

사무실 근처의 다방이 우리 두 사람의 교실이었다. 그녀는 선배가 후배를 가르치는 것은 사랑의 의무라는 헤겔의 가르침에 충실했고, 나도 학생으로서 열심히 임했다. 대학을 나왔는데도 주판을 사용하지 못한다면 중학교나 고등학교밖에 나오지 않은 동료들에게 바보취급을 당할 것이 뻔했고, 그녀의 마음에 들기 바라는 마음이 나로 하여금 열심히 노력하게 했다.

"소질이 있네요."

"그렇지?"

"머지않아 나보다 잘할 거예요."

"그렇지 않아. 그러나 게으름뱅이 동물도 조련사의 기량에 의해 능숙하게 재주를 부릴 수 있게 된다는 것을 알았어."

그러나 나는 이 다방에서의 수업 이외에 사무실에서 마리코와 친하게 지내는 것은 가능한 피했다. 함께 입사한 동료들로부터 사장의 조카딸에게 아부한다는 소문이 나면 좋을 리 없기 때문이었다.

젊은 신입사원에게 주판을 가르치고, 그로 인해 신입사원의 근무 성적이 좋아지는 것은 여성에게 있어 결코 기분 나쁜 일이 아니었다.

"이야! 요시오카 군도 요즘 제법 능숙해졌는데?"

어느 날 맞은편 책상에서 요시무라가 그렇게 말을 걸었다.

"아닙니다. 아직 멀었습니다."

나는 대답하고는 흘끗 마리코 쪽을 살폈다. 그녀가 글 쓰던 것을 멈추고 보일 듯 말 듯 볼과 입술에 승리의 쾌감 같은 미소를 띠는 것을 놓치지 않았다.

'가능성이 있군, 이 녀석.'

그 순간 왠지 나는 그렇게 느꼈다.

둘만의 비밀스런 수업. 비밀이라고 하면 과장이겠지만, 그녀가 다방의 일을 아무에게도 말하지 않은 것이 도리어 나에 대한 호의처럼 생각되었다. 적어도 어느 날 사장이 그녀에게 신입사원에 대해 묻더라도, 그녀는 결코 나에 대해 나쁘게 말하지는 않을 것이다. 오히려 자신이 가르친 사람이라 해서 좋게 말해 줄 것임에 틀림없었다.

'성공했어.'

이전에 가네다 씨는 여자를 차지하기 위해서는 우선 선수를 처야하고, 강렬한 인상을 주어야 한다고 말했었다. 상대에게 강렬한 인상을 주기 위해서는 똥 이야기라도 해야 한다고 말했었다. 그러나 그런 품위 없고 저속한 방법이 아니더라도, 훨씬 심리적이고 고상한 방법도 있었던 것이다.

어쨌든 마리코를 생각하면 생각할수록, 옛날에 단 한 번 관계했던 미츠와의 일은 점점 잊혀져 갔고, 그녀는 내 안에서 하찮은 존재가 되어갔다. 이미 그것은 존재라고 말할 수도 없었다. 그러나 나는 몰랐다. 우리 인생에 있어 타인에게 끼친 행위는, 어느 것이건 태양 아래 얼음이 녹듯이 그렇게 사라지지 않는다는 사실을. 우리가 그 상대에게서 멀어져 전혀 생각지 않게 되더라도, 우리의 행위는 마음속 깊이 흔적을 남긴다는 점을 몰랐던 것이다.

그렇지만 나는 자신이 다른 사람들보다 마음이 시커멓고 교활한 남자였다고는 생각하지 않는다. 내가 미츠에게 했던 일은 남자라면 대부분 형태는 다르지만, 한두 번은 경험하는 것이리라. 마리코의 마음에 들어서 사장에게 잘 보이려고 했던 계산적인 생각도 보통의 월급쟁이라면 누구나 익히 알고 있는 감정일 것이다.

그러니까 나는 결코 인격이 훌륭하지도 않지만, 그렇다고 그렇게 잔인하지도 않다. 나는 도쿄에 사는 수많은 월급쟁이 중의 한 사람에 지나지 않았고, 풍파 없이 무난하고 평범한 인생을 바란 것 뿐이었다.

하지만 마리코에게 접근하려 한 것은 그녀를 나 자신의 승진을 위해서 이용하고자 하는 생각에서만은 아니었다. 나는 확실히 그녀를 좋아하기 시작했고, 물기에 젖어 빛나던 하얀 목과 나를 흘끗 바라보고 웃었을 때의 천진난만한 얼굴을 아름답다고 생각했다.

입사하고 2개월이 지나, 회사에서 직원들을 위한 야유회가 있었다. 기존 사원들과 신입사원 간의 친목 도모를 위해 사장인 기요미즈 씨가 제안한 것이었는데 장소는 후지산을 둘러싼 호수 중의 하나로, 신록이 우거진 야마나카코로 정해졌다.

그날은 토요일이었다. 기차로 고텐바까지 가서, 버스로 갈아타고 6월의 눈부신 햇살이 나뭇잎이 반짝이는 고원을 가로지르는 동안 20명의 사원들은 바깥 경치를 내다보기보다는 과자를 서로 주고받거나 아는 노래들을 합창하곤 했다. 2년 전에 입사한 선배가 하모니카 솜씨를 뽐내며 반주를 넣었다.

"이야. 요시오카하고 마리코, 보통 사이가 아닌 것 같은데?"

"기차에서도 버스에서도 줄곧 붙어 앉아 있어."

모두들 놀랐다.

"아니에요. 우리 그런 사이 아니에요."

마리코는 전에도 그랬듯이 곤혹스러운 듯하면서도 한편으로는 즐거운 듯한 미소를 지었는데, 사실 그녀와 나는 도쿄부터 야마나카코까지 줄곧 나란히 앉아 있었다. 사무실에서는 가능한 그녀에 대한 친밀감을 드러내 보이지 않으려 주의했었지만 오늘만큼은 역시 긴장이 풀린 것 같았다. 모두들 놀렸지만 어디까지나 장난기 어린 것이었고, 우리도 결코 기분이 나쁘지는 않았다.

"마리코, 입사하기 전에 어디에 있었어?"

나는 그녀가 건네준 캐러멜을 입에 넣으며 버스 양측의, 6월 바람에 날리며 하얀 잎사귀를 반짝이고 있는 경사진 숲에 눈길을 주며 무심코 물었다.

"시골? 아버지 집에?"

"아니에요."

그녀의 답은 의외였다.

"교도의 제약공장에서 잠시 사무일을 도왔어요. 작은 공장이었는데, 바로 그만두었어요."

교도, 그리고 제약공장. 들은 적이 있다. 그게 언제던가? 그렇다. 분명히 그렇다. 미츠가 근무했던 곳도…… 그런 곳이 아니었던가?

"제약이라니?"

갑자기 나는 가라앉은 목소리로 물었다.

"약 만드는 공장?"

"그래요. 처음에는 비누를 만들었지만 나중에 제약부를 설

립했어요."

"혹시 거기에…… 미츠라는…… 여자가 근무하지 않았어?"

"어머! 있었어요. 가와고에라는 시골에서 온 여자 말이죠? 아는 사람이에요?"

"아, 아니. 나, 나는 모르고."

나는 당황하여 말을 더듬었다.

"친구가…… 잠시 만나던 사람이었어."

물론 그녀는 그때의 나의 얼굴빛을 알아채지 못했다. 혹시 알아차렸다 하더라도 차멀미 때문이라거나 햇살이 너무 강해서라고 둘러댔을 것이다.

이윽고 파란 호수가 내려다보였다. 호수를 둘러싸고 낙엽송 숲과 붉고 노란 지붕의 별장, 그리고 호반의 호텔이 마치 과자로 정교하게 만든 것처럼 늘어서 있었다. 여자들은 함성을 지르며 앞다투어 버스에서 뛰어내렸다.

여름까지는 아직 한 달이나 남았지만, 토산품 가게와 음식점 가운데는 벌써 문을 연 곳이 많았다.

"필름 사자."

"나 주스 먹을까?"

호수에는 미군 가족인 듯한 사람들이 때 이르게 수영복 차림으로 모터보트를 타고 있는 것이 눈에 띄었다. 보트 앞머리가 파란 수면을 하얗게 가르며 일직선으로 전진해 갔다.

"난 저런 시원시원한 것이 좋아."

마리코는 호수 물결이 찰랑거리는 물가에 서서 그렇게 중얼거렸다. 머리에 쓴 스카프가 호수에서 불어오는 미풍에 부풀어 올랐다가 잦아들었다 했다.

"요시오카 씨는 스포츠 안 해요?"

"말이라면 탈 수 있어."

사실 말 같은 것을 타본 적이 없었지만 허세로 그렇게 답한 것이 문제였다.

"말이요? 어머, 말을 탈 수 있어요?"

"그래. ……그럭저럭."

"멋져요. 말 탄 모습을 보여주세요. 빌려주는 데가 여기 어디에 있을 거예요."

쓸데없는 소리를 했다고 생각했지만 이미 늦었다. 정말 맞은편 토산품가게 뒤쪽에 말 서너 마리를 매어 두고, 마부인 듯한 남자 몇이 담배를 피우고 있었다.

그녀는 앞서 걷기 시작했고, 나는 나대로 어떻게든 되겠지 싶어 그녀를 따라갔다. '어차피 농가의 조랑말이니까 사납지는 않을 거야. 하지만 소아마비로 제대로 쓸 수 없는 팔 때문에 다소 불안하군.'

예상대로 말들은 모두 노쇠하여 비실거렸고, 말라 뼈가 튀어나왔으며, 눈곱이 끼어 있었고, 그 주위에는 하루살이가 날

아다니고 있었다.

회사 동료들은 모두 말 빌리는 곳으로 다가간 우리 두 사람을 멀리서 바라보며 웃고 있었다. 그래. 모두가 보고 있으니까 싫더라도 잘 해내야 한다.

마부는 내가 말에 매달려 납작 엎드린 모습으로 한쪽 다리를 올리는 모습을 보고 비웃는 듯한 웃음을 지었다. 말은 말대로 귀찮은 듯이 눈을 깜박이며, 거추장스러운 짐을 떨쳐버릴 듯이 몸을 뒤척였다.

"말은 처음인 모양이요?"

얕보듯이 마부가 말했다.

"농담하지 마세요."

"그럼 도와주지 않아도 되겠군."

마리코 앞에서 그렇게 말할 수밖에 없었지만, 태어나서 처음 탄 말의 몸뚱이가 이렇게 큰 줄은 미처 몰랐다. 가랑이 사이에 잿빛의 커다란 책상이 놓여진 느낌이 들었다.

"싯!"

마부가 엉덩이를 두드리자, 늙어 보이는 말은 귀찮은 듯 어슬렁거리며 걷기 시작했다. 자신이 하고 있는 일이 어처구니없다는 듯한 그런 모습이었다.

"요시오카 씨, 힘내요."

회사 여직원들이 손뼉을 치며 응원했다.

"쳇. 우쭐대네."

남자 동료들은 꽤나 부러운 듯이 나를 올려다보고 있었다. 말을 탄 나는 웃으면서 그 옆을 천천히 지나쳤다.

'별거 아니로군.'

나는 마음을 놓았다.

'이 말이라면 날뛰거나 하지는 않을 거야. 가슴을 펴고, 고삐를 잡는다. 가슴을 펴고!'

나는 고개를 돌려 웃으면서 마리코를 바라보았다. 은빛으로 빛나는 눈부신 호수를 배경으로, 마리코도 하얀 이를 내보이며 웃고 있었다. 하늘은 파랗고, 때는 6월이었다.

그런데 이제까지 잘 걷고 있던 말이 갑자기 멈춰서더니 머리를 수그린 채 꼼짝도 하지 않았다. 무슨 일인가 보았더니 지면에 나 있는 풀을 우적우적 뜯어 먹고 있었다.

"싯! 싯!"

나는 몸을 흔들며, 발로 가볍게 배를 걷어찼다. 하지만 말은 이쪽을 무시한 채 계속 우물거리고 있었다.

"어떻게 된 거야? 요시오카."

"멋지게 몰아 봐요."

초조해져서 땀까지 난 나는 모두가 지켜보는 앞에서 말의 엉덩이를 손바닥으로 힘껏 때렸다. 그러자 말은 주둥이를 우물거리며 귀찮다는 듯이 고개를 흔들며 다시 걷기 시작했다.

나는 다시 등 뒤를 돌아보며 마리코를 향해 웃었다. 그녀는 은빛으로 빛나는 눈부신 호수를 배경으로 다소 불안한 빛을 띠며 이쪽을 바라보고 있었다. 하늘은 파랗고, 때는 6월이었다.

다시 말이 멈춰 섰다. 이번에는 긴 꼬리털로 하루살이를 쫓고 있었다. 하루살이가 땀이 밴 내 얼굴 주위를 날아다니기 시작했다.

"뭐야. 탈 줄 모르는 거 아냐?"

"말은 상대를 알아보기 때문에 전혀 서투른 사람이 타면 우습게 보고 움직이지 않는 법이야."

이런 소리까지 들려왔다.

'망할 자식들. 두고 봐라. 멋지게 달려 보일 테니까.'

이번에는 말 엉덩이를 주먹으로 힘껏 쳐 보았다. 말은 아픈 듯이 "히힝" 하고 발을 구르더니, 굽 소리를 내며 하얀색의 뜨거워진 비탈길 쪽으로 향했다. 나는 다시 뒤를 돌아보며 마리코를 향해 웃었다. 은빛으로 빛나는 눈부신 호수를 배경으로, 마리코는 표정을 굳힌 채 이쪽을 바라보고 있었다.

말이 또 멈춰 섰다. 그러더니 갑자기 발밑에서 탁한 소리가 났다. 오줌을 싸기 시작한 것이다. 5초, 10초, 계속 오줌을 싸고 있었다. '말은 이렇게 오랫동안 오줌을 누나?' 마치 세상의 종말까지 계속될 것처럼 그 탁한 소리는 그치지 않고 있었다.

"하하하. 꼴불견이군. 오줌싸개를 탔어."

"어라, 똥까지 싸는군."

정말이었다. 무례하게도 말은 회사의 숙녀들 쪽으로 그 큰 엉덩이를 향한 채 갑자기 꼬리를 살짝 들더니 똥을 싸고 있었다. 발 근처와 등 쪽에 기분 나쁜 냄새가 떠돌았다. 나는 마치 나 자신이 뭇사람들이 지켜보는 가운데 실수를 한 듯한 수치심에 사로잡혔다.

참기 힘들어 나는 말에서 기어 내렸다. 자유의 몸이 된 멍청이 같은 말은 할 일을 다 했다는 듯이 마부가 있는 곳으로 되돌아갔다.

여자들은 안됐다는 듯이 옆으로 고개를 돌린 채 웃음을 참았고, 남자 동료들은 어깨를 두드리며 한껏 놀려댔다.

호수 근처에서 마리코의 모습은 보이지 않았다. 그녀는 내 얼굴을 똑바로 바라볼 수 없었을 것이다.

하지만 이 실패는 결코 내게 손해가 되지 않았다. 이제껏 대학 출신이라고 해서 멀리했던 동료들은 내게 친밀감을 느낀 듯했고, 마리코는 풀이 죽은 나에게 모성애 같은 것을 느꼈던 것 같다. 점심식사 때도, 돌아오는 버스 안에서도, 그녀는 미안해하는 듯한 눈길로 가만히 나를 바라보았다.

해질녘 우리는 야마나카코에서 버스를 타고 귀로에 올랐다. 갔던 길로 되돌아오는 것은 재미없을 것 같아 조금 돌아가는 길이긴 했지만 고텐바 가도를 지나게 되었다.

황혼녘의 커다란 해가 밭과 숲, 그리고 지나치는 부락에 화려한 빛을 던지고 있었다. 후지산은 자색으로 물든 모습을 한껏 드러냈다.

"미안해요."

마리코는 내 몸에 기대듯 하며 중얼거렸다.

"뭐가?"

"말을 타라고 해서……."

"뭘, 괜찮아. 원숭이도 나무에서 떨어질 때가 있어."

나는 자신이 행복하다고 생각했다. 부랑인처럼 지내던 학창생활, 시래기죽과 명태. 가네다 씨한테서 받은 아르바이트. '에노케소' 광고 일. 이제 그런 것과는 굿바이다. 이제 나는 닭의 부리가 되고자 하는 야심을 지닌 남자가 되었다.

'나가시마 녀석도 행복할까? 나는 출세한다. 기필코 출세한 것이다.'

해질녘 구름 아래의 숲 속에 군인 막사처럼 열을 지어 늘어선 목조건물이 보였다. 이상하게도 그 부근에는 농가가 한 채도 없었고, 그 건물만 외따로 서 있었다. 언뜻 병영의 흔적이라고 생각했지만, 그 가운데에는 이국풍의 집이 있었다.

"저건 뭔가? 학교인가?"

나와 마찬가지로 그 건물을 바라보고 있던 오노라는 남자가 안내양에게 물었다.

"어디요?"

"저기, 네모진 군인 막사처럼 생긴 외따로 서 있는 건물."

"아, 저거요."

안내양은 머리를 끄덕였다.

"저건, 한센씨병 병원이에요."

"병원이라고?!"

오노는 놀라며 물었다.

"전염병 병원인가?"

"그렇습니다."

"안 되겠군. 창을 닫아. 세균이 날아 들어오면 큰일이잖아."

모두들 웃었다. 그러나 일행 가운데는 정말로 신경질적으로 창을 닫는 사람도 있었다.

병원은 숲 속에 외롭게 서 있었다. 전염을 우려해서인지 그 주위에는 농가도 민가도 없었다. 아직 희끄무레한 잿빛의 구름 아래로, 밭도 건물도 음울하고 고독하게 침묵을 지키며, 형언할 수 없는 슬픔과 어두운 그림자를 띠고 있는 듯했다.

"문둥이라니."

나는 무심코 중얼거렸다.

"요시오카 씨."

갑자기 마리코는 기대고 있던 몸을 일으키며 내 얼굴을 쳐다보았다.

"요시오카 씨, 냉혹한 데가 있네요. 그 환자들이 불쌍하지 않아요?"

우리 두 사람 사이에 서먹서먹한 침묵이 흘렀다.

그러나 그것도 잠시였다. 이윽고 고텐바의 불빛이 보였기 때문이다. 한센씨병 환자가 우리와 무슨 관계가 있겠는가? 그들은 나와 아무 관계도 없는 존재이다. 그런 사람들을 동정했느니, 안 했느니 말싸움을 하는 것은 어리석은 짓이다.

물론 고텐바에 도착했을 즈음 마리코의 기분도 좋아진 듯했다. 나는 그녀에게 농담을 걸었고, 그녀는 손으로 입을 가리고 웃었다.

도쿄에 도착하여 모두들 헤어졌다. 여자들은 각각 집으로 돌아갔지만, 독신인 사람들은 좀 더 놀고 싶은 표정이었다.

"목욕이나 한바탕 하고 싶군."

"그래, 터키탕에 가자."

누군가의 제안에 따라 우리는 마침 그즈음 여기저기에 생기기 시작한 터키탕에서 오늘의 피로를 풀기로 했다. 하긴 거기에는 반라의 여자들이 등을 밀어준다는 은밀한 기대가 섞여 있었다.

거기서 나는…… 그렇다. 잊고 있었던 미츠를 2년 만에 만났던 것이다.

# 나의 수기 5

 그 집은 신주쿠 가부키쵸 가까이에 있었다. 타일 벽 건물 옥상에 새빨간 네온사인이 깜박거리고 있었기 때문에 멀리서도 바로 찾을 수 있었다. 몸 앞뒤로 광고판을 매고 있는 샌드위치맨이 일러준 입구로 들어가서 상당히 높은 계단을 올라가니, 나비넥타이 차림의 두 남자가 있었다.

 "어서 오십시오."

 우리가 떠들며 문 앞에 멈춰 서자 두 남자는 호텔 보이처럼 양손을 모으고 머리를 수그렸는데, 그 태도에는 사람을 깔보는 데가 있었다.

 "네 분, 목욕하시겠습니까?"

 남자는 이렇게 묻고는 책상 위의 수화기에 대고 기묘한 영어를 사용했다.

"휘, 바스, 프리스."

"네."

안쪽에서 목소리가 나더니 여자들이 맞으러 나왔다. 여자들은 모두 꾀죄죄한 짧은 팬티 차림에 겉옷을 걸치고 있었다. 언뜻 보면 약사 같은 차림인데, 모두 키가 작고 땅딸했다. 그녀들은 게를 연상시켰다. 얼굴도 그랬지만, 옆으로 퍼진 몸매도 게를 닮았다.

"안경 끼신 손님은 오른쪽 욕실. 키다리 아저씨는 여기. 오빠는 이 방."

그녀들은 그 즉석에서 우리 하나하나에게 별명을 붙이고, 좁고 긴 복도 양쪽에 늘어선 욕실을 할당해 주었다. 우리 중의 누군가가 말했다.

"뭐야 이거. 별명으로 부르는 게 마치 사창가 같군."

"어머, 무슨 말씀을 그렇게 하세요? 여기는 그런 데가 아니에요. 건전해요. 이곳은."

여자는 웃으면서 그의 어깨를 밀었다. 하지만 그녀들의 짙은 입술 화장이나 단정치 못한 걸음걸이는 가부키쵸의 사창가에서 일하고 있는 여성을 연상시켰다.

나도 약간 통통한 여자에게 이끌려 왼쪽 끝 욕실로 들어갔다. 욕실은 두 개의 방으로 나뉘어 있었는데, 한쪽은 탈의실 겸

마사지실이었고, 다른 한쪽은 작은 한증탕과 하얀 타일로 된 서양식 욕조가 설치되어 있었다.

아가씨는 재빨리 겉옷을 벗어 벽에 걸고는 말을 건넸다.

"손님, 한증탕 사용하실래요?"

넥타이를 풀면서 나는 브래지어와 짧은 팬티 차림이 된 반라의 그녀의 몸을 쳐다보았다.

"어머, 뭘 그렇게 빤히 쳐다보세요?"

그녀는 일부러 토라진 듯한 목소리를 내었지만, 아름답다고 생각해서 그녀의 몸을 쳐다보았던 것은 아니다. 짧고 통통한 다리나 바둑판처럼 네모진 몸통 둘레는 그녀가 시골 태생이라는 것을 나타내고 있었다. 그리고 짧은 팬티 아래로 드러난 그 다리에는 벌레에게 물린 빨갛고 작은 흔적이 있었다.

이런 몸을 본 적이 있다. 보았을 뿐 아니라 그것을 혐오와 정욕이 뒤섞인 기분으로 껴안은 적도 있었다. 그렇다. 미츠의 몸이다. 미츠가 지니고 있던 육체다. 무다리와 짜리몽땅한 몸통, 그리고 바보스럽고 사람 좋아 보이는 웃음은 이런 여자들의 공통적인 특징이었다.

"망설이지 말고 어서 들어가세요."

나는 네모진 금속상자 속에 들어가 고개만 밖으로 내밀었다. 상자 가운데서 나오는 증기로 몸을 찜질하는 것이다.

"여긴 다양한 손님이 오겠지?"

"그렇죠. 당신같은 월급쟁이부터 영감님까지…… 하지만 젊은 사람은 별로 없고 대부분 중년 남자들이죠."

내 얼굴이 뜨거운 김으로 땀투성이가 되자 그녀는 정성껏 타월로 이마와 뺨을 닦아줬다.

"중년 남자들은 징그럽겠지?"

나는 얼굴을 오른쪽, 왼쪽으로 돌리면서 갑자기 그런 질문을 던져 보았다.

"이상한 짓은 안 해?"

아가씨는 소리를 내며 웃었다. 미츠와 마찬가지로 그녀의 웃음소리는 얼빠진 듯했고 컸다.

"몰라요."

"어떻게 하는지 가르쳐 줘. 응?"

"모른다고 했잖아요."

그 교활한 듯한 웃음은 그녀가 중년 남자들의 욕망에 길들여져 그 욕망을 예사롭게 받아들이고 있는 것처럼 생각되었다.

'좋아. 그렇다면 나도 한번 해볼까? 그러나 몸도 팔다리도 한증탕 안에 갇혀 머리밖에 움직일 수 없군. 손도 발도 꼼짝 못 하겠어. 손발이 없는 오뚜기 꼴이잖아.'

이즈의 산, 산—

해가 지고

여자는 타월로 내 얼굴을 닦으며 유행가를 부르기 시작했다.

"누구 노래지?"

"오카하루오."

"흠. 역시 그렇군."

나는 그녀의 목에 싸구려 가는 줄이 걸려 있는 것을 알아차렸다. 줄 끝에 뭔가가 달려 있는 듯했지만, 브래지어에 가려져 있어 보이지 않았다.

한증탕에서 타일로 된 서양식 욕조로 옮겨갔다가, 탈의실로 돌아와 침대 위에 엎드려 마사지를 받았다. 아가씨는 손바닥에 하얀 가루를 묻혀 목에서 어깨, 어깨에서 등 쪽으로 세차게 밀었다.

"응? 얘기해봐."

"뭘요?"

"중년 남자들이 이런 데서 하는 일이란 뻔하잖아."

나는 오른손을 뻗어 손가락으로 그녀의 어깨 부근을 만졌다.

"이렇게 간지럼 태우나?"

"왜 이러세요."

"어때, 좋지?"

"소리지를 거예요."

어깨를 만지던 나의 검지손가락에 그녀의 목에 있는 줄이 걸렸다. 그러자 줄 끝에 매달려 있던 잿빛의 금속이 브래지어 밖으로 드러났다.

"뭘 달고 있는 거야? 애인 사진이 든 장신구야?"

"아니에요."

나는 침을 삼켰다. 줄 끝에 달린 것은 장신구도 메달도 아니다. 작고 때 묻은 십자가이다. 미츠의 십자가였다.

시부야에서의 밤, 그녀는 화난 내 뒤를 강아지처럼 졸졸 따라왔다. 내 비위를 맞추면서도 역 앞에서 바람을 맞으며 허수아비처럼 우두커니 서 있는 노인을 보자 이전처럼 호인 근성을 다시 드러내어 싸구려 십자가를 네 개나 사고는 그 하나를 내게 주었다.

주마등처럼 그날 밤의 장면이 내 마음속에 되살아났다. 미츠가 준 십자가를 나는 꽁초와 휴지 조각, 취객의 구토물로 더럽혀진 도랑에 던져버렸던 것이다. 그 십자가가 지금 이 여자의 가슴에 매달려 있다. 중년 남자들의 정욕에 가득 찬 손끝이 스친, 달아오른 이 가슴에 매달려 있다.

"이봐, 이거 어디서 샀어?"

"무서워요. 갑자기 큰소리치니까."

"어디서 샀어?"

"받은 거예요."

"누구한테서?"

"친구한테서요. 여기서 같이 일했어요."

"그 친구 이름이 뭔데?"

"미츠요. 왜 그런 걸 물어요? 미츠를 알아요?"

"이봐 혹시…… 모리타 미츠는 아니겠지?"

"어머! 그럼 당신이 요시오카 씨?!"

여자는 마사지하던 손을 멈추고 나를 가만히 쳐다보았다. 그 얼굴에는 조금 전까지의 방자하고 흐트러진 모습이 완전히 사라지고, 시골 처녀의 겁먹은 듯한 표정이 나타났다.

"그래요? 요시오카 씨예요? 그렇군요. 미츠는 늘 당신에 대해 이야기했어요. 늘……."

옆의 욕실에서 물소리에 섞여 남자와 여자의 웃음소리가 들려왔다. 그들도 우리처럼 유행가를 부르고 있었다.

"그 애 아직 여기 있어?"

"그만두었어요. 반년 있다가 그만두었어요. 같이 일하고 싶었지만요."

"지금 어디에 있지?"

"몰라요. 가와사키 어딘가에서 엽서가 왔는데, 주소가 쓰여 있지 않았어요. 그 엽서에도 당신에 대해 쓰여 있던걸요."

"하지만 난 그 애하고 아무 관계도 없어. 지레짐작하여 의심하지 마. 난 책임질 거 없으니까."

"정말이에요? 난 관계없지만 미츠는 정말로 당신을 좋아했어요. 줄곧 좋아했다고요."

"그건 그쪽 사정이잖아?"

"그렇긴 하지만⋯⋯ 미츠는 여기서 남자들에게 시달릴 듯하니까 그만두었어요. 그만둘 때 혹시 요시오카라는 사람이 와서 알아볼지도 모른다고 이 십자가를 내게 주었던 거예요."

여자는 애써 미츠의 심정을 내게 전하려 했다. 그러나 그녀가 정색을 하고 대들수록 나의 마음은 완강해졌는데, 미츠가 나를 잊지 않고 있다는 점은 오히려 나의 자존심을 상하게 했다. 그러나 그렇다고 해서 그녀에게 미안하다는 감정은 일어나지 않았다. 오히려 귀찮은 짐이 지워진 듯한 기분이었다. 그리고 나는 비 내리는 날, 먼 저쪽만 맑게 갠 산등성이를 바라보는 듯한 감각으로 미츠를 떠올렸다.

나는 잠자코 일어나 양복을 입기 시작했다. 여자도 아무 말 없이 가만히 있었다. 옆 욕실에서는 여전히 물소리, 남자와 여자의 웃음소리가 들려온다.

"당신, 정말로 냉정하군요."

문을 밀고 복도로 나가려 하자, 그녀가 등 뒤에서 중얼거렸다. 그 중얼거리는 소리에는 한숨인지 한탄인지 알 수 없는 그 무엇이 섞여 있었다.

"⋯⋯미츠가⋯⋯ 너무 안됐어."

밖에 나오니 비가 내리고 있었다. 안개처럼 뿌연 비였다.

마리코는 분명히 나에 대해 호의 이상의 감정을 지니기 시작한 듯했다.

여자가 남자에게 호의 이상의 감정을 갖게 되면 그때부터 놀랄 만큼 헌신적이 된다는 것을 나는 미츠를 통해서 알았는데, 마리코의 경우도 마찬가지였다.

어느 날 아침, 사무실에 나가보니 책상 위에 연필과 지우개가 새것으로 바뀌어 있는데다가, 지금까지 쓰고 있던 회사 비품인 낡은 주판도 자그마한 새것으로 바뀌어 있는 것을 알아차렸다.

'누가 그랬을까?'

나는 무심코 주위를 돌아보며 사무실 맨 끝 자리에서 타이프를 치고 있는 마리코에게 시선을 주었다. 물론 그녀는 모른 척하고 있었다. 하지만 모른 척하고 있어도 그녀의 등은 그러한 감정을 완연히 드러내고 있었다.

'어때요? 그 주판, 마음에 들어요? 누가 바꿔 놓았는지 알겠어요?'

부드러운 크림빛의 양복을 입은 그녀의 등은 그 자체가 입과 표정을 지니고 있는 듯, 내게 그렇게 말을 건네고 있었다.

"너지? 주판을 바꿔 놓은 게."

점심시간 직전 세면실에서 지나칠 때 나는 그녀에게 그렇게 속삭였다.

"후후후, 글쎄요 누굴까요?"

마리코는 양손으로 머리를 매만지더니 소리 낮추어 웃고는 달아났다.

그런데 갑자기 이번에는 마리코가 쌀쌀한 태도를 보였다. 새침해져서 지나쳐도 말 한 마디 건네지 않았다. 일이 바쁜 듯이 책상에 앉은 채 이쪽을 한 번도 돌아보지 않았다. 퇴근시간인 5시가 되자 잽싸게 타이프 덮개를 덮고는 나가버렸다.

이런 태도 변화는 지금 생각해 보면 젊은 처녀의 본능적인 교태였지만, 그때의 나는 안절부절못하면서 한편으로는 참을 수 없는 묘한 매력을 그녀에게 느꼈다.

'이 여자는 미츠와 전혀 다르구나.'

내 뒤에 강아지처럼 찰싹 달라붙어 졸졸 따라온 미츠와는 달리 마리코의 변화의 몸짓은 신선했고, 너무나 현대 여성다웠다. 내 쪽에서도 그녀가 사장의 친척이라는 계산에서 벗어나 그녀를 좋아하게 된 것이다.

어느 비 오는 날 저녁, 회사 일이 끝난 뒤에 나는 영화를 보러 가자고 권했다. 그녀가 꼭 보고 싶어 한 영국 영화였다. 유부녀와 의사 간의 일시적인 연애를 다룬 영화였다.

영화관은 꽤 붐볐다. 그런 상태에서는 자리에 앉을 수 없을 것 같았다. 입석은 물론 문까지 사람들로 가득했다.

"이건 도무지 제대로 보일 것 같지 않네요."

"나갈까? 그치만 입장료가 아까워. 꽤 비싼 건데."

"저도요."

마리코는 억울하다는 듯이 중얼거렸다.

"이 영화 정말 보고 싶었는데."

나는 손톱을 깨물며 생각했다.

"좋아. 그럼 내가 20분 이내에 자리를 마련해 보지."

"그건 불가능해요."

"만일 마련한다면 어떻게 할 거야?"

"당신이 말하는 거."

그녀는 웃으면서 말했다.

"뭐든지 들어줄게요."

물론 그녀의 '뭐든지'라는 말은 영화를 본 후에 차나 과자를 사겠다는 하찮은 것이었으리라.

나는 스크린에서 제일 가까운 복도 쪽 입구로 그녀를 잡아끌었다. 그곳은 사람이 적었기 때문에 서 있는 사람들 사이로 그녀를 비집고 들어가게 했다.

"그래도 안 보여요."

"스크린 말고 좌석 통로 쪽을 보고 있어. 내가 저기에 들어가서 손을 들 때 오는 거야."

그렇게 말하고 나는 혀를 차는 사람들의 등을 밀며, 그들의 구두를 밟으며, 투덜거리는 소리를 들으면서, 간신히 좌석 사이에 있는 통로로 진출했다. 나는 그 통로에 쭈그리고 앉아 좌우 관객의 움직임이나 낌새를 살폈다.

십 분이 채 안 되는 사이에 운 좋게도 좌석에 앉아 있던 한 남자가 일어섰다. 나는 손에 들고 있던 신문지를 그 빈 자리에 던져 자리를 확보하고는, 어둠 속에서 이쪽을 바라보고 있는 그녀를 향해 손을 쳐들었다.

"뻔뻔스러운 녀석이군."

누군가가 등 뒤에서 그렇게 말했다. 그러나 좌석은 차지해 버리는 사람이 임자다. 세상의 생존방식과 마찬가지로 재빠른 쪽의 승리였다.

"어때. 자리 잡았지?"

나는 그녀를 자리에 앉히면서 그렇게 속삭였다.

"놀랬어요. 참 넉살 좋네요."

"약속은 약속이야. 잊지 마."

영화 내용이 어떻든 나로서는 관심 없었다. 유부녀의 연애 행각 같은 건 알 바가 아니었다. 무엇보다도, 외국인의 사랑은 왜 그렇게 절차가 까다로울까? 여자와 식사하러 간다. 마치 하인처럼 담배에 불을 붙여주고, 코트를 벗겨준다. 저렇게 정중하게 하지 않으면 사랑한다고 말할 수 없는 것일까?

거기에 비하면 일본인은 성급하다. 나는 영화가 끝나고 밤

거리로 나와서 바로 말을 꺼냈다.

"나의 눈물겨운 노력으로 자리를 얻게 된 거야."

"고맙다는 말만으론 안 된다는 얘기에요?"

"아니 뭐…… 자리를 잡으면 뭐든지 해주겠다고 했지?"

"그래요. 약속은 약속이에요. 무엇을 한턱내면 좋겠어요?"

"한턱 안 내도 돼."

나는 한 마디 한 마디 또렷하게 말했다.

"키스하게 해줘."

놀란 표정으로 마리코는 내 얼굴을 쳐다보았다. 그리고 얼굴을 돌려 앞의 쇼윈도에 진열된 구두를 바라보았다.

"어머! 예쁜 구두네."

"하면 안 되는 거야?"

나는 다그쳤으나 이번에도 그녀는 답변을 하지 않았다.

대담하게 키스하게 해달라고 말한 이상, 그녀를 좋아한다고 말하는 것은 훨씬 쉬운 일이었다.

마리코가 사는 이케부쿠로까지 국철을 타고 배웅했는데, 그 전철 안에서 나는 열차 바퀴의 진동 리듬에 맞춰 그녀의 귓가에 중얼거렸다.

"어떤 뻔뻔한 녀석이."

"네?"

"영화관에서 자리를 구해준 아가씨를 사랑합니다."

"……."

"사랑해요. 사랑해요. 사랑해요."

메구로를 출발한 전철은 시부야를 향하여 덜그럭거리며 달렸다. 그 덜그럭거리는 소리와 '사랑해요'라는 중얼거림은 리듬이 잘 맞았다.

"그래서 그 아가씨는."

"……."

"그를 좋아하나요? 좋아해?"

나는 손가락으로 마리코의 옆구리를 살짝 찔렀다. 하루 일과에 지친 승객들은 눈을 감고 있거나, 혹은 경마신문을 읽고 있어서 나와 마리코의 은밀한 애정 표현을 알아채지 못했다. 창 저쪽으로 낡고 작은 집, 어두운 등빛, 초라한 저녁 밥상에 둘러앉은 가족의 그림자 등이 흘끗 보이더니 사라져 갔다.

"좋아해? 좋아해? 좋아해?"

마리코는 사람들 입김으로 뿌연 유리문에 손가락을 댔다.

Yes

비행기가 비행 구름을 만들듯이 그녀가 손가락 끝으로 그 세 글자를 쓰자, 그와 동시에 나의 가슴 속에는 충만한 기쁨이 서서히 차올랐다.

'드디어 이 여자도…….'

나는 끝까지 아껴두었던 맛있는 것을 입 안에 넣고 그 맛을 즐기듯이 그 쾌감을 음미했다.

그때였다. 마침 전철이 시부야에 진입하고 있었는데, 도겐자카의 밤을 밝히는 등불과 빨갛고 파란 영화관 네온사인이 득의양양한 나의 눈에 비쳤고, 그 뒤쪽으로 결코 잊을 수 없는 그 장소가,―물론 그곳은 칠흑 같은 어둠에 싸여 있었지만― 내가 처음으로 미츠라는 여자를 껴안았던 장소, 그 여관과 비탈길, 그리고 지하철 차량기지로 진입하는 선로를 에워싼 한 모퉁이가 시야에 확 들어왔던 것이다.

'미츠…….'

갑자기 '미츠'라는 이미지가 내 가슴을 바늘처럼 찔러왔다. 왠지 모른다. 아마도 그 이유는, 그때의 나의 눈에는 시부야 대로의 휘황찬란한 야경에 비해 그 한 모퉁이만이 어둡고, 쓸쓸하고, 슬프게 보였기 때문인지도 모른다. 이유는 알 수 없다. 내 마음속 어딘가에서 그 어둡고, 쓸쓸하고, 슬픈 듯이 보였던 것과 미츠를 일치시켰기 때문인지도 모른다. 이유는 알 수 없다. 내가 이렇게 회사 일을 하면서 연애를 하면서 행복할 때, 그녀는 십자가를 남기고 모습을 감추어버렸기 때문인지도 모른다.

전철이 시부야 역에 도착했다. 좌석에 앉아 있던 몇몇 사람들이 다투어 홈에 내렸고, 일상생활에 지친 표정의 사람들이 올라탔다. 삐걱거리며 문이 닫혔을 때, 나는 옛날 이 홈에서 전철을 쫓아오던 미츠의 얼굴을 아련히 떠올렸다.

"피곤해요?"

마리코는 나의 몸에 기댈 듯한 자세로 속삭였다.

"갑자기 말이 없으니까 이상하네요."

"그래? 피곤하긴."

"요시오카 씨, 이따금 갑자기 쓸쓸해 보여요."

"무슨 소리야. 난 그런 감상적인 사람이 아니야. 감상적인 건…… 아주 질색이야."

우리는 비밀로 해둘 생각이었지만, 회사의 동료들, 특히 민감한 여자 직원들이 마리코와 나와의 관계를 눈치 채기 시작했다. 모르는 사람은 사장과 2명의 중역 정도였다.

처음 얼마 동안 남자 동료들은 선망의 눈초리로 대하며 다소 심술궂게 빈정거렸다. 휴식 시간 같은 때 모두들 누군가의 책상 주위에 모여 잡담을 하고 있다가, 내가 다가가면 갑자기 이야기를 그만두는 경우가 있었다. 우리 일을 화제로 삼고 있었음에 틀림없다. 때때로(물론 사무실에 마리코가 없을 때였지만) 그들은 나보고 들으라는 듯이 말했다.

"걔들, 키스는 했을까?"

"그 정도는 했겠지. 당연하잖아? 그렇게 되는 게……."

이어서 킥킥거리며 웃는 소리가 들려왔다.

'좋아. 저쪽이 그렇게 생각한다면 역공으로 나가지.'

나는 사무실에서도 바깥에 나가서도 마리코가 내 애인이라는 태도를 취해 보였다. 처음에는 기세를 부리던 녀석도 점차 우리의 일을 용인하게 되었다. 특히 마리코가 사장의 친척이기 때문에 나의 비위를 맞추는 것이 좋겠다고 생각했는지도 모르지만, 이윽고 심술궂게 떠들어대거나 빈정거리는 사람은 없어졌다.

하지만 그들은 여전히 호기심을 품은 채 우리 두 사람을 바라보았다.

"키스는 했을까?"

나와 마리코는 아직 한 번도 키스한 적이 없었다. 그것은 정말이었다.

나는 마리코를 존경하고 있었던 것일까? 미츠 때는 경멸하며 그 몸을 겁탈해도 당연하다고 생각했던 내가 왜 마리코의 입술과 순결은 소중히 여겼던 것일까?

물론 그 이유 중 한 가지는 그녀의 믿음을 잃고 싶지 않아서였다. 만일 그녀에게 믿음을 잃고, 우리의 연애가 깨져버리면 틀림없이 나는 동료들의 웃음거리가 되고, 게다가 회사의 윗사람들로부터도 이상한 눈초리를 받을 것이다.

하지만 나도 혈기왕성한 남자였다. 마리코와 함께 거닐 때 그녀의 몸을 만지고, 얼굴을 가까이 하고 싶은 충동에 사로잡힌다. 다방에서 무심결에 무릎이 부딪혔을 때 그녀의 부드럽고 따스한 체온이 무릎을 통해서 전해져 온다. 전철 속에서 그녀가 갑자기 내게 몸을 기대는 순간, 그 머리카락의 냄새가 얼굴에 느껴지고, 봉긋한 가슴이 내 얼굴과 손에 닿는 일이 있다.

나는 그것을 꾹 참으며, 잘도 버티었다.

"요시오카 씨, 말투는 불량한 듯하지만."

마리코는 비 오는 어느 날, 다방에서 차분하게 말했다.

"순수해 보여요."

"그런가?"

"난 그런 사람이 좋아요. 그래서 요시오카 씨 곁에 밤늦게까지 있어도 안심할 수 있어요."

"나도 남자야. 그러나 연애할 때 넘지 말아야 할 선을 넘어서는 안 된다고 마르크스도 말했어. 그의 말이 내 신념이야."

"대단해요. 당신은 늘 마르크스의 말 가운데 좋은 것만 인용하네요."

"그래? 그렇지도 않아. 그러나 마르크스에 대한 책은 자주 읽었지."

그러나 내게는 마리코에게도 말하지 않은 비밀이 있었다. 나는 마리코와의 밀회를 끝낸 뒤, 두세 번 사창가에 간 적이 있었다. 마리코에게서 느꼈던 육체의 충동을 어디선가 해소할 필요가 있었다. 마리코에게서 채우지 못하는 욕망을 거리의 여자에게서 해소하려는 생각이었다.

애인이 있으면서도 그녀의 몸을 건드리려 하지 않고, 욕망을 매춘부에게서 해결하는 심리를 나는 모순된 것이라고 생각하지 않았다. 마리코에 대한 배신이라고 생각하지도 않았다. 물론 마리코에게는 그런 이야기를 하지 않았다. 그것은 그녀 같은 처녀는 젊은 남성의 생리를 이해 못 하기에, 추잡스러운 것으로 오해될 것을 두려워했기 때문이다. 아니, 나는 여자를 두 부류로 나누어, A라는 여자에게 할 수 없는 일을 B라는 여자에게 태연스럽게 할 수 있었다. 그리고 A라는 여자 부류에는 마리코가 들어 있었고, B라는 여자 부류에는 거리의 매춘부와 미츠가 들어 있었다.

가랑비가 내리는 어느 날, 나는 이케부쿠로까지 마리코를 배웅한 다음, 참을 수 없는 기분으로 전철을 탔다. 마리코는 그날 겉옷 속에 나일론으로 된 옷을 입고 있었는데, 우윳빛 반투명의 천을 통해 드러나는 봉긋한 그녀의 가슴이 함께 걸어 다니는 동안 나를 힘들게 했던 것이다. 다방에서 그녀는 왼손으로 어깨를 주무르면서 말했다.

"피곤해요. 오늘 하루 종일 타이프를 쳤잖아요."

그리고는 놀리는 듯한 눈초리로 물었다.

"결혼하면 부인의 어깨 주물러 줄 거예요?"

"당연히 주물러 주지. 그런데 내 부인이 누굴까?"

"글쎄요. 모르겠네요. 대체 누굴까요?"

그때 갑자기 반짝거린 그녀의 눈과 얼빠진 목소리에서는 처녀다운 교태가 확실히 느껴졌다. 나는 갑자기 가슴이 답답해져서 머리를 숙였다. 바깥에서는 안개와 같은 비가 내렸고, 다방 안의 공기는 손님들이 묻혀 가지고 온 습기와 체온 때문에 끈적거리고 자극적이었는데, 그러한 공기 탓이었는지도 모른다. 머리를 숙인 나는 장화를 신은 그녀의 발에 시선을 멈췄고, 그리고 스타킹에 싸인 장딴지와 무릎, 스커트 속의 허벅지를 상상했다. 그 기억은 전철을 타고서도 머릿속에 남아 있었다.

'쳇. 마르크스의 신념을 지키는 것도 쉽지 않군.'

전철이 신주쿠에 도착하자마자 서둘러 내린 것은, 어디 포장마차에라도 가서 소주 한 잔을 걸쳐 이 기억을 쫓아낸 뒤 돌아가려고 생각했기 때문이다.

서쪽 입구 보도에 있는 포장마차에서 포도 칵테일이라는 핑크빛의 싼 술을 한 잔 마셨지만, 도리어 바깥의 습기와 몸의 열기로 말미암아 기분이 더욱 더 묘해졌다. 축축하고 미지근한 느낌은 청년의 생리에 있어 가장 좋지 않은 자극이었다.

그 상태로 언젠가 가봤던 터키탕 부근까지 걸었다. 그 앞을 지나칠 때 취기가 돈 나의 머릿속에 미츠의 일이 생각났지만 이상하게도 고통스럽지는 않았다. 고마웠다.

대로를 건너면 그곳부터는 사창가이다. 가랑비 속에 영화 세트처럼 생긴 길이 일직선으로 뻗어 있고, 그 양쪽에 과자 상자처럼 생긴 낡은 집들이 늘어서 있고, 그리고 문 옆에는 여자들이 두 명씩 늘어서서 말을 건넨다. 비가 그녀들의 볼을 적시고 있다.

"들렀다 가세요."

목소리가 쉰 여자는 피하는 게 좋다. 병으로 인해 목이 나쁜지도 모르기 때문이다. 목 부분에 붕대나 반창고를 붙인 여자도 사절이다.

"멋쟁이 오빠. 사다 케이지하고 닮았어요."

얼굴도 몸도 야윈 여자가 빗속을 달려 나와 나의 팔에 매달리며 억지로 입구로 밀어넣으려 했다.

"이러지 마."

"안 돼요. 도망치면 양복이 성치 않을 거에요."

구두가 벗겨지고 등이 떠밀렸지만 어차피 그럴 생각으로 온 거였기 때문에 나는 여자와 함께 2층의 작은 방으로 들어갔다. 경대와 찻장이 있는 3평짜리 방이었다. 맞은편의 네온사인 빛이 반사되어 창은 불그스름했다.

'저곳이 미츠가 일하던 가게이군. 그녀도 이런 밤에는 나와 마찬가지로 밤하늘에 비치는 네온사인을 쳐다보았겠지.'

여자를 껴안으면서 나는 별로 마리코를 생각하지 않았다. 이는 남자의 심리다. 여성과 달리 젊은 남자의 경우, 생리와 심리는 쉽게 별개가 된다. 여자는 사랑하는 사람 외에는 육체적인 욕망을 느끼지 않지만, 남자는 연애 대상과 욕망의 대상이 다를 수 있다. 마리코는 마리코, 이 여자는 이 여자인 것이다.

유방이 작은 여자였다. 밤이 깊어짐에 따라 창 밑에서 나팔소리가 들려왔고, 취객이 노래를 하면서 지나갔고, 그러더니 이윽고 주위가 잠잠해졌다. 여자는 작은 유방을 내게 쥐게 한 채 입을 벌리고 잠들었다. 그 입 냄새는 고약했고, 상당히 지친 표정이었다.

아침이 되었다. 덧문 틈새로 햇살이 들어왔다. 여자는 아직 깨지 않았기 때문에 나는 담배를 물고 창을 열었다. 맞은편 창에 창녀가 이불을 말리고 있는 것이 보였다. 어젯밤에 묵었던 손님은 이미 돌아간 듯했다. 그녀는 머리에 쇠로 된 장식 같은 것을 잔뜩 달았는데, 나를 보자 싱긋 웃었다. 금이빨이 아침 햇살에 빛났다.

"이봐, 나 간다."

"아니, 벌써요?"

여자는 잠옷 사이로 드러난 가는 팔을 긁으면서 그래도 계단 아래까지 따라 내려왔다. 칠칠치 못하게 슬리퍼 한 짝만 걸친 채.

왠지 모든 것이 불결하게 보였다. 여자도, 이 집도, 길도, 전부 더러운 듯했다. 서둘러 그곳을 빠져나가 큰길로 나갔다. 회사 출근시간에는 맞출 수 있을 것이다.

"엇! 요시오카?"

누군가가 등 뒤에서 나를 불렀다. 뒤돌아보니 오노라는 회사 동료였다.

"아니, 요시오카도 이런 델 다니나?"

오노는 일그러뜨린 두터운 입술에 얄궂은 웃음을 띠며 말했다.

'괜찮을까? 마리코에게 알려져도 괜찮을까?'

나는 아무 말도 하지 않았다. 별것도 아닌데 들켰다는 당혹감이 가슴을 가로질렀다.

# 나의 수기 6

하루 종일 사무실 책상에 앉아 있는데, 바늘이 찌르는 듯한 느낌이 들었다.

사무실 동료들은 벌써부터 마리코와 나와의 관계를 알고 있었고, 조만간에 우리가 결혼한다는 것도 회사 내에서는 공공연한 비밀로 되어 있었다. 또한 마리코가 시장의 조카딸이기 때문에 나도 언젠가는 이 회사 간부가 될 것이라 해서 모두로부터 선망과 질투를 사고 있었다.

이런 상황에서 어젯밤 내가 신주쿠의 사창가에서 여자와 잤다는 말이 오노의 입을 통해 모두에게 전해진다면 어떻게 될까? 여자 직원들은 나를 연인을 배신하고 다른 여자의 몸을 산 불결한 남자라고 생각할 것이다. 그렇게 생각할 뿐 아니라 마리코에 대해서도 심술궂은 눈길을 보낼 것임에 틀림없다.

"마리코는 전혀 눈치 못 챘어. 기분이 괜찮던데."

휴식 시간에 그들이 화장실이나 복도에서 서로 소곤거리는 소리가 들려오는 느낌조차 들었다.

"자식, 아직 마리코를 품에 안아보지 못했군."

"맞아. 그러니까……."

남자 동료들은 그들 나름대로 놀리겠지.

나는 책상에서 얼굴을 들고, 몰래 마리코를 살폈다. 확실히 그녀는 아직 오노에게서 그 이야기를 듣지 못한 것 같았다. 늘 그렇듯이 그녀는 고개를 숙이고 열심히 타이프를 치고 있었다. 초여름의 더위 때문에 그녀의 얼굴에는 땀이 살짝 배어 있었다.

오노는 연필을 입에 물고, 주판을 튕기고 있었다. 그 일이 끝나자 메모지에 뭔가를 써넣고, 갑자기 호주머니에서 성냥갑을 꺼냈다. 그리고는 성냥개비로 귀를 후비더니, 그것을 정성껏 메모지에 문질러댔다.

'지저분하군. 불결한 녀석이야.'

나는 혀를 찼다.

혀를 차는 소리가 들린 것은 아닐 텐데, 갑자기 그는 머리를 쳐들었다. 그리고 나와 시선이 마주치자 갑자기 그 하얗고 교활한 듯한 얼굴에 엷은 웃음을 띠었다. 그는 엷은 웃음을 띤 채 내가 알 수 있게 천천히 고개를 돌려 마리코를 바라보았다.

그가 무슨 뜻으로 그런 동작을 하는지는 분명했다. 그것은 오늘 아침의 사건을 암시하는 것이며, 마리코가 그 사실을 알고 모르고는 오로지 자신에게 달렸다는 것을 의미하였다.

그것만이 아니었다. 점심 휴식 시간에 기어코 난처한 일이 벌어졌다.

"잠깐만, 요시오카."

세면실에서 손을 씻고 복도로 나온 나에게 오노는 그 엷은 웃음을 띠며 다가왔다.

"부탁할 게 있는데."

"뭔데?"

나는 링에 오른 권투 선수처럼 긴장된 자세를 취했다.

"내가 마작에서 돈을 좀 날려서 말야. 가진 돈 좀 있어?"

"돈이라니? 나도 빈털터리야. 월급날 전이고 해서."

"아니, 사창가에 갈 돈은 있고?"

오노는 가만히 나를 쳐다보며 천천히 중얼거렸다.

"아니면 애인한테 빌려서 갔다는 건가? 그렇다면 마리코 씨한테 그 일을 이야기해도 괜찮겠군."

"얼마나 필요한데?"

분노와 굴욕감으로 나의 목소리는 떨리고 있었다.

"삼천 엔. ……아니 아니, 이천 엔이면 돼."

"그럼 내일 줄게."

"내일? 지금 안 돼? 어쩔 수 없지. 그럼 내일 잊지 말라고."

오노는 마치 내게 돈을 요구할 권리가 있다는 표정으로 유행가를 흥얼거리며 복도에서 사라졌다.

하지만 정말이지 월급 받기 전이라 내 호주머니에는 천 엔조차 없었다. 어떻게든 임시변통은 할 수 있겠지만 오노가 말했듯이 마리코에게서 빌린다는 것은 나의 자존심이 허락하지 않았다. 아직 마리코 앞에서 자신의 비참한 모습을 보이는 것이 싫었다.

사무실에서의 오후는 우울했다. 하숙집으로 돌아와 창가에 걸터앉아, 함석지붕 위의 저녁노을에 물든 구름을 멍하니 바라보면서 나는 앞으로 어떻게 해야 할지를 생각했다.

'두 번 다시 사창가 같은 곳에는 가지 않겠어. 방심했던 것이 잘못이었어. 앞으로 오노에게 더 이상 약점을 잡혀 끌려 다니지 말아야지. 이번에는 이천 엔을 빌려주지만, 또 다시 그런 수작을 하면 그냥 두지 않을 테니까. 이 요시오카를 뭘로 아는 거야.'

오노와의 일을 떠올리면 머리도 몸도 술을 퍼마신 것처럼 갑자기 열이 나고 화가 났다.

'그러나 앞으로 사창가에 안 간다고 한다면 젊은 욕망은 어떻게 처리한다? 눈 딱 감고 마리코에게 털어놓을까? 아니다.

만에 하나라도 그렇게 해서 그녀에게 멸시받는다면 큰일이다. 그렇게 되면 사장이나 상사인 요시무라 씨, 가타오카 씨에게 어떻게 보일지는 뻔한 이야기다. 그럼 어떻게 하면 좋은가?'

갑자기 내 마음속에 미츠의 바보처럼 선량해 보이는 웃는 얼굴이 떠올랐다. 그녀는 아직 내게 빠져 있을지 모른다. 만일 그렇다면 앞으로 사창가에 가는 대신에 그녀를 품으면 된다. 짧은 다리에 땅딸막한 몸매지만 어차피 사창가의 여자도 그것과 큰 차이는 없다.

그렇게 생각하자 하루 종일 우울했던 기분이 다소 풀리는 듯한 느낌이 들었다. 양복으로 바꿔 입고 하숙집을 나와서 간다의 진보쵸에 있는 가네다 씨의 스완홍업사에 가볼 생각으로 전철을 탔다. 오랫동안 발길을 끊고 있었지만, 학창 시절에 쪼들릴 때마다 아르바이트거리를 얻으러 갔었던 것처럼, 내일 오노에게 줄 이천 엔도 가네다 씨에게서 빌려 볼 생각이었다.

스완홍업사를 처음 찾아간 2년 전의 가을 해질녘을 나는 아직 기억하고 있다. 잿빛의 안개가 전쟁의 잿더미를 모면한 몇 채 안 되는 집들을 에워싸고 있었고, 좁은 길에서 아이들이 공치기를 하며 놀고 있었다. 어느 집에서 풍로를 피워 그 엷은 연기가 길거리에 떠돌았고, 뒤에서 그림동화 구연사가 고물 자전거를 삐걱거리며 지나갔었다. 그래. 그때 나는 지금보다 가난했고, 굶주렸다.

유리문 뒤로 가네다 씨의 모습이 움직이고 있었다. 그는 여전히 말단 영화배우가 입는 양복 차림으로, 등 뒤에 상호 따위가 새겨진 짧은 겉옷 차림의 직공인 듯한 남자와 이야기를 나누고 있었다.

"가네다 씨."

유리문을 열고 소리 낮춰 부르자, 가네다 씨는 돌아보며 반갑다는 표정을 지었다.

"야! 자네."

"오랜만입니다."

"허어…… 건강해 보이는군. 혈색도 좋아. 돈 많이 벌었나 봐. 양복 입은 걸 보면 알 수 있어."

"아니에요."

나는 힘없이 고개를 저으며 말을 이었다.

"그렇지도 않아요. 오늘은 돈 때문에 찾아왔습니다."

"바보로군. 바보야. 뭐에 쓰게? 허어…… 여자 때문인가?"

"아뇨……. 그게 아니라, 괜찮으시다면 이천 엔 정도 빌렸으면 해서요."

다른 사람에게는 어떻게 대하는지 모르겠지만 가네다 씨는 내게는 늘 친절했다. 그의 마음속 어딘가에는 자기가 돌봐준 학생이라는 의식이 있었으리라. 그는 서툰 말로 늘 내게 설교하는 버릇이 있었고, 나는 나대로 그에게 친근감을 느끼고 있었다.

다음 달 월급날에 갚기로 하고, 가네다 씨는 흔쾌히 바지 주머니에서 돈을 꺼내주며 말을 건넸다.

"난, 가와사키에 커다란 사무실을 꾸몄어. 여기를 팔고 이사해."

그는 자신의 사업이 확장되어 가와사키에 빠칭코 가게 한 채를 마련했고, 그 이층을 스완흥업사의 사무실로 쓰기로 했다는 이야기를 자랑스러운 듯이 들려줬다.

"가와사키요?"

"그래. 가와사키에는 나와 같은 출신이 많이 일하고 있어서. 술집을 하는 사람도 있고, 터키탕을 하는 사람도 있는데, 모두 성공했어. 이곳 사람들은 안 되겠어. 패기가 없다니까."

터키탕이라는 말과 가와사키라는 시 명칭은 내 기억을 흔들었다. 가네다 씨가 준 담배를 피면서 나는 미츠를 생각했다. 그래……. 미츠는, 신주쿠의 여자가 말한 대로라면 가와사키로 갔을 것이다.

"저 말이죠. 가네다 씨, 부탁할 게 또 하나 있는데요."

"뭔데? 또 돈이야?"

"그게 아니고, 사람 좀 찾아주세요. 미츠라는 여자인데요."

안경 안쪽에서 가네다 씨의 눈이 교활하게 빛났다.

"아, 그래? 자네의 이건가?"

가네다 씨는 새끼손가락을 내밀었다.

그게 아니라고 대답하려다가 그냥 웃었다. 그렇게 하는 것이 편했다.

"사는 데가 어딘데?"

"몰라요. 아마 터키탕이나 빠칭코 가게 같은, 가네다 씨 친구가 경영하고 있는 그런 가게에서 일하고 있을 거예요. 좀 뜬구름 잡는 듯한 이야기지만요."

"흠."

나의 말에는 흥미없다는 듯이 가네다 씨는 나의 손목을 유심히 쳐다보며 말했다.

"그건 어렵겠는데."

내가 그곳을 나오려 할 때, 가네다 씨는 갑자기 나를 불러 세우더니 한 손을 내밀었다.

"담보."

"담보라니요?"

"담보 말이야. 이천 엔을 빌리고 담보가 없으면 안 되지. 돈을 갚으면 돌려줄게."

"너무하군요. 날 못 믿겠다는 거예요?"

"그러니까 일본 사람은 안 되는 거야. 계약은 계약이야. 나는 사람보다는 돈을 믿지."

국산품이긴 했지만, 인정사정없이 가네다 씨는 내 손목에서 시계를 가로챘다.

오노는 주위를 살피면서 재빨리 그 이천 엔을 호주머니 속에 챙겨넣고는 비굴한 웃음을 띠었다.
"고마워."
"이번 뿐이야. 알았지?"
"알았다고. 그렇게 쐐기를 박지 않아도 돼."
"분명히 말해 두지만 이번 한 번 뿐이야. 난 다른 사람한테 빌리는 것도 싫어하지만, 빌려주는 것도 싫어하는 사람이야."
"그렇게 쌀쌀맞게 굴지 마."
창에서 흘러 들어오는 햇살에 오노의 얼굴은 간사하고 보기 싫게 일그러졌다. 이로써 일단은 위기를 모면했다는 기분이 들었지만, 상대가 앞으로 어떻게 나올지는 아직 불안했다.

사무실로 돌아오자 마리코가 타이프 치던 손을 멈추고, 나를 보며 미소를 지었다. 주위의 동료들두 특별히 바뀐 표정을 보이지 않았다. 오노는 아직 그 비밀을 발설하지는 않은 듯했다.

그러나 그가 입을 다물고 있는 것도 이천 엔 때문이었다. 그 이천 엔은 돌려받지 않으리라 생각했다. 그가 늘 내게 빚을 지고 있다는 생각을 갖게 하는 것이 낫다. 그렇게 해야 입을 봉할 수 있다. 다음달 가네다 씨에게 시계를 돌려받는 대신에 월급 일부를 떼이는 것은 마음이 아프지만, 입을 봉하는 데 썼다고 생각해야 한다.

계약을 들먹인 가네다 씨는 역시 약속을 지키는 남자였다.

그날, 흥미없다는 듯한 반응을 보이기는 했지만, 그는 2주 후에 미츠에 대한 일로 전화를 해주었다.

"힘들었지만, 그거 알아냈어."

"그거라니요?"

"머리가 안도는구만. 그거 있잖아. 여자 말이야. 여자."

"아, ……예."

마리코와 동료들을 몰래 곁눈으로 살피면서 나는 갑자기 목소리를 낮췄다. 가네다 씨의 이야기는 이러했다. 빠칭코 가게를 경영하는 어떤 남자가 미츠라는 여자를 고용한 적이 있는데, 지금 그녀는 해고당해 그 가게에는 없다는 것이다.

"왜 해고됐어요?"

"가게의 돈에 손을 댔어. 훔쳐 달아났지."

"미츠가요?!"

수화기를 든 나는 잠시 멍하니 있었다.

그 얼간이 같은 여자가 도둑질을 했을까? 선량해 보이는 그녀가 어떻게 돈을 훔쳤단 말인가?

가네다 씨는 그 이상은 모르지만 가와사키에 오면 그 빠칭코를 경영하는 친구를 만나게 해주겠다고 말했다.

"올래?"

"네, 그럼 오늘 밤에 가겠습니다."

수화기를 내려놓고 얼굴에 흐른 땀을 닦았다. 이상하게 생각하는 사람은 없었다. 마리코는 책상에 머리를 숙이고 있었고, 오노는 성냥개비로 귓구멍을 후비며 서류를 보고 있었다. 미츠가 어떻게 돈을 훔쳤을까? 나의 호기심과 흥미가 발동했다. 멈칫거리면서 가게의 돈에 손을 뻗치는 그녀의 모습이 눈에 보일 듯했다.

'얼간이 같은 여자가.'

나는 중얼거렸다.

'그 얼간이 같은 여자가.'

세상에는 성격이 좋기 때문에 사서 고생하는 경우가 있다. 서투르고, 요령 없고, 득실과는 거리가 먼 사람들이 그러한데, 미츠는 분명 그런 유형이다.

오후 업무가 끝나자, 마리코는 타이프에 덮개를 씌우고는 머리카락을 매만지며 나를 향해 미소를 지었다. 두 사람만의 신호로 오늘 밤 어딘가 가자는 의미였다. 나는 고개를 흔들었는데, 나중에 생각해 보니 큰 실수였다. 그러나 그날 마리코를 만났더라도 결과는 변한 것이 없었을 것이다.

해질녘 가와사키 역 광장은 안개에 싸여 있었고, 나는 개찰구에서 쏟아져 나오는 사람들과 부딪치면서, 어쩌면 그 사람들 사이에 미츠가 있을지도 모른다고 생각했다. 낮에는 맑았는데, 구름이 끼기 시작한 하늘은 비가 올 듯했다.

새로 이사한 스완홍업사는 바로 찾을 수 있었다. 생긴지 얼마 안 되는 1층의 빠칭코 가게 앞에는 개점 축하 화환이 여러 개 늘어서 있었고, 연발식의 새 기계가 사람들의 흥미를 끌었는지, 형광등 조명 아래에서는 수많은 남녀 손님들이 유행가를 들으면서 빠칭코 구슬을 튕기고 있었다. 그 유행가는 내가 아는 것이었다.

그날 버린 그녀
지금쯤 어디에 살고 있을까?
지금쯤 무엇을 하고 있을까?

그 유행가가 흐르는 가게 안에서 즐거운 듯 손님 사이를 천천히 돌아다니며, 경품대의 여자들에게 주의를 주던 가네다 씨는 나를 알아보자 웃으며 다가왔다.

그날 버린 그녀
지금쯤 어디에 살고 있을까?
지금쯤 무엇을 하고 있을까?

"자네, 그 여자한테 빠졌군."

"그런 말도 안 되는 소리 하지 마세요."

"그러니까 이렇게 달려온 거겠지. 어라, 얼굴이 빨개졌어. 자네 순정파로군."

"그만해요. 그보다도 그 친구라는 사람 어디 있어요?"

"친구 가게는 이 근처야. 가볼 테야? 말해뒀으니까 갔다 와."

가네다 씨의 가게와 같은 빠칭코 가게였지만, 조명도 어둡고, 기계도 낡고, 손님도 별로 없었다.

나는 20엔을 꺼내어 한 줌 되는 구슬을 사고는, 용수철이 완전히 느슨해진 기계 앞에 서서 의무적으로 손가락을 움직였다. 힘이 없는 듯 구슬은 구부러진 못에 부딪혀 튕기더니 인생의 낙오자처럼 밑에 있는 구멍으로 사라졌다. 그 구슬 하나하나를 눈으로 쫓으면서 나는 그것이 인생과 비슷하다고 생각했다.

"그 기계 말이죠."

기계 뒤편에서 안경을 낀 처녀가 꽈리를 깨물면서 작은 소리로 말했다.

"거기서 하면 손해예요. 저쪽 기계가 잘 나와요."

"고마워. 그러나 손님한테 그런 걸 가르쳐 주면 가게가 손해를 보지."

"괜찮아요. 손해를 봐도 내가 알 바 아니니까요."

"아가씨. 미츠라는 여자 여기 있었지?"

내가 암송이라도 하듯 천천히 이름을 대자, 2개월 전의 터키탕의 여자처럼 이 여자도 놀라 나를 가만히 쳐다보았다.

"미츠를 알아요?"

"알고 있지. 가게 돈을 훔쳐 그만두었다는 것도."

"훔친 게 아니에요."

그녀는 화가 난 듯 어깨를 들먹거렸다.

"그 애는…… 바바 씨를 도왔던 거예요."

"뭐, 뭐라고? 얘기가 복잡하군."

안경을 쓴 그 처녀는 빠칭코 기계 사이를 지나 나막신 차림의 모습을 드러냈다. 그녀는 쫘리 소리를 내며, 주위를 둘러보고는 말을 꺼냈다.

"그러니까 말이죠. 우리 주인은 몹시 구두쇠에요. 바바 씨는 만성 염증을 앓고 있는 형과 둘이서 살아요. 당연히 약값도 병원비도 꽤 들겠지요. 하지만 이미 여러 차례 가불했기 때문에 바바 씬 그때 주인한테 가불받을 수가 없었어요. 그래서 가게의 돈을 잠깐 몰래 빌려 쓸 생각이었던 거예요."

"그런데 들켰다는 말인가?"

"그래요. 그때 미츠는 자긴 혼자사니까 바바 씨 대신 책임을 질 생각으로 자신이 슬쩍했다고 주인에게 말하고는……."

"그럼 경찰에 끌려갔겠군."

"주인도 나쁜 짓을 많이 했기 때문에…… 표면화시키고 싶지 않았겠죠."

"그 돈은 갚았어?"

"주인이 하라는 대로 술집에서 일해서 갚았을 거예요."

"걔, 이따금 여기 와?"

"한 번 왔었어요. 내가 가보고 싶어도…… 여자는 갈 수 없는 그런 술집이거든요."

바깥에는 안개 같은 비가 내리기 시작했다. 젊은 남자가 서둘러 길에 세워놓은 자전거를 처마 밑으로 옮겼다. 그리고는 그 남자의 휘파람 소리가 들려왔다.

술집 이름과 장소를 묻고 나는 바깥으로 나왔다. 가는 바늘과 같은 빗줄기가 목덜미와 얼굴에 와 닿았다. 작별인사를 하려고 가네다 씨를 찾았지만, 조명이 밝은 가게 안에서 그의 모습은 보이지 않았다. 여전히 잘그락거리는 구슬 소리에 섞여 그 노래만이 흐르고 있었다.

제약회사에서 터키탕, 터키탕에서 빠칭코 가게의 점원, 그리고 결국은 '추잡한 술집'에서 일하는 처지가 되었단 말인가?

지금쯤 무엇을 하고 있을까?

내가 알 바는 아니지만

그 노래가 나를 뒤쫓듯 또 다시 들려왔다. 정말, 그녀가 어떻게 살아가든 내가 알 바는 아니지만, 남자로서는 단 한 번이라도 함께 잔 여자가 인생살이에서 조금씩 추락하는 것을 보게 되면 역시 감상적인 기분이 든다.

그렇다. 나는 그때 나답지 않게 감상적으로 바뀌어 있었다. 지금까지 그렇게 심각하게 생각하지 않았던 그녀의 인생을 이슬비 속에서 뺨과 목을 적시면서, 손가락을 깨물면서, 나는 생각했다. 빠칭코 구슬이 못에 부딪고 튕겨 차례차례 밑으로 떨어지듯이 그녀도 타락했다. 왜 나처럼 술수를 부리며 살아가지 못할까? 타인이 저지른 죄마저 뒤집어쓰고, 일부러 자신의 운명을 뒤바꿔버리는 바보 천치. 그 우둔한 말투. 내가 소아마비로 몸이 부자유스럽다고 한 말만 듣고, 모든 걸 다 줘버린 여린 마음. 그런 마음을 가지고는 되는 일이 없다.

비에 젖은 좁은 길 양측에 앞쪽에만 시멘트와 페인트를 바른 술집들이 늘어서 있었다. 가게 간판에는 모두 '은방울꽃'이나 '주리' 같은, 흔한 꽃 이름이 가타카나로 쓰여 있었고, 길거리에 손님은 하나도 보이지 않았다. 나의 구두 소리가 나자 문이 조금 열리며 여자가 얼굴을 내밀었다.

"들렀다 가세요."

신주쿠의 사창가와 똑같았다. 가게 안에서도 신주쿠의 사창가와 같은 일이 벌어지고 있는지 모른다.

"들어오세요. 싸요."

열린 문에서 남자의 쉰 목소리가 울려 나왔다.

"뭐 이래? 못생긴데다가 서비스도 시원찮아."

미츠가 일하고 있는 '샤프란'이라는 가게에서도, 내가 그 앞에 멈춰 서자, 어두운 그림자 속에서 여자가 불렀다.

"맥주 안 마실래요? 오빠?"

"미츠가 있으면."

"미츠?"

"그래."

"그런 사람은 없어요. 내가 미츠 대신에 서비스 해 드릴게요. 네? 그렇게 하세요."

"난 미츠를 찾는 거야."

"사키코를 말하는 건가?"

미츠는 이 가게에서 사키코라는 이름을 쓰고 있는 듯했다.

"사키코는 쉬는 날이에요."

"쉰다고? 아픈가?"

"오늘 병원에 갔었어요."

"무슨 병인데?"

"몰라요. 부스럼 치료 때문이겠지요. ……이봐요, 상관없잖아요. 사키코가 없더라도 들렀다 가세요."

"난 요시오카라고 하는데."

나는 내 이름과 주소를 적은 쪽지를 그녀에게 주며 말했다.

"요시오카가 왔었다고 전해줘."

내가 가게 안에 들어가지 않을 것임을 알자, 그녀는 뒤돌아선 내게 추잡한 욕설을 퍼부어댔다.

'병이 들었나?'

나는 심한 피로를 느꼈다. 왠지 모르겠지만 몸뿐 아니라 뼛속까지 피로해져 있는 것을 느꼈다. 비에 젖은 개 한 마리가 비틀거리며 길을 가로질러 갔다.

그 순간 갑자기 누군가가 내 귓가에 대고 속삭이는 듯한 착각에 사로잡혔다. 지금도 그때 어째서 그런 느낌이 들었는지 이상할 뿐이다.

'이봐. 네가 그날 그녀와 만나지 않았더라면.'

그 소리는 속삭였다.

'그 여자도 다른 삶을, 한층 행복하고 평범한 인생을 보냈을지도 몰라.'

'내 책임이 아니야.' 나는 고개를 흔들었다. '그런 것을 일일이 신경 쓴다면 아무도 만날 수 없지 않는가? 매일 매일 어떻게 살아갈 수 있단 말인가?'

'그건 그래. 때문에 인생이란 것은 복잡한 거야. 하지만 잊어서는 안 돼. 인간은 타인의 인생에 흔적을 남기지 않고서는 스쳐지나갈 수 없는 거야.'

나는 흠뻑 젖으면서 빗속을 계속 걸었다. 마치 시부야의 그날 밤, 강아지처럼 뒤따라온 미츠에게 눈길도 주지 않고, 역을 향해 걷기 시작했듯이······.

하지만 그 다음 날, 비가 개이고 햇살이 밝게 비치자 나는 미츠의 일도, 그녀에 대해 나답지 않게 감상적이 되었던 일도 잊어버렸다.

'자, 일하자. 너는 인생에서 작은 돌멩이처럼 추락해 가는 그런 여자들과는 아무런 관계도 없다.'

초여름의 찬란한 하늘도, 눈부신 햇살도, 내게 그렇게 말하고 있는 듯했다.

회사에서 나는 평상시보다 열심히 업무에 임했다. 누구에게든—그렇다. 오노에게조차 붙임성 있게 말을 걸고, 능숙하게 일을 처리하고, 전화를 걸고, 그리고 요시무라 씨에게 결재를 받으러 갔다.

"어젯밤, 어디에 있었어요?"

점심 휴식 시간에 마리코는 어깨를 나란히 하고 보도를 걸으면서 내게 물었다. 6월의 장마로 물기를 듬뿍 머금은 가로수 은행잎은 짙은 녹색을 띠고 있었다.

"나, 너무 심심했어요."

"미안해."

나는 마리코에게 늘 친절했다.

"일이 좀 있어서. 피할 수 없는 일이었거든."

"달리 할 일이 없어서 옛날 일하던 곳을 들렀어요."

"옛날 일하던 곳이라니?"

"언젠가 말했잖아요. 큰아버지 회사에 오기 전에 사회를 알 생각으로 교도의 제약회사에서 근무한 적이 있어요. 너무 지저분하고 작은 회사라서 바로 그만두었지만요."

"그래?"

아무렇지도 않은 듯 말했지만 내 목소리는 떨리고 있었다.

"즐거웠겠지?"

"아는 사람은 별로 없었어요. 내가 근무할 때 여자 둘이 있었는데, 두 사람 모두 그만둬서요."

두서없이 그녀는 자신의 과거를 털어놓았다. 그렇게 하는 것이 마치 나에 대한 신뢰와 애정의 표현이라는 듯한 말투였다. 그러나 그 말은 내 가슴을 콕콕 찔렀다.

"재즈 음악 들으러 안 갈래?"

당황한 내가 화제를 바꿨지만, 마리코는 알아채지 못했다.

"가수가 누군데요?"

"아 미안, 안 되겠다. 나 호주머니 사정이 안 좋아서."

"어처구니 없네요. 어제 나를 속이고 술 마시러 갔었죠? 결혼하고도 그러면 안 돼요. ……어쨌든 가요. 찻값 정도는 내가 낼테니."

결국 우리는 긴자의 긴파리라는 가게에 갔는데, 이곳은 차를 마시며 젊은 가수가 부르는 샹송을 들을 수 있는 가게였다.

이틀이 지나고, 사흘이 지났다. 오노에게서 그 이후로 다시 나를 협박하는 기미는 보이지 않았다.

별일 없이 모든 것이 잘 처리되었다고 생각하며 한 주간을 지냈다. 일주일 후, 회사에서 하숙집으로 돌아온 나는 아파트 입구의 편지꽂이에 엽서 한 장이 들어 있는 것을 알아챘다. 어린애 글씨처럼 서툴고 낯익은 미츠의 글씨였다.

잘 지냈어요? 얼마 전 요시오카 씨가 가게에 왔었다는 말을 듣고 놀랐어요. 화내지 마세요. 이제는 저를 찾지 마세요. 어쩔 수가 없어요. 전부터 몸이 아팠고…….

여전히 오자투성이의 문장이었지만, 내용으로 볼 때 옛날과는 달리 매우 외롭고 괴로운 듯했다.

가와사키 역에서 전화를 걸어 미츠를 불러낸 것은 그 다음 날 밤이었다. 오랜만에 만나는 그녀에 대해서 동정심이나 호기심이 일지 않은 것은 아니었다. 물론 그런 느낌도 들었지만, 앞으로 신주쿠의 여자 대신에 그녀를 상대하려는 충동이 내게는 강했다.

지금도 기억하고 있다. 그날 밤도 그전의 밤과 마찬가지로 이슬비가 내리고 있었다.

역 가까이의 '럭키'라는 다방에서 나는 담배를 피우면서 기다리고 있었다. 월급날이었기 때문에 가슴 안쪽은 따뜻했다.

가슴 안쪽 뿐 아니라 내 마음도 꽤나 관대해져 있었다. 경우에 따라서는 몸이 아픈 미츠에게 용돈을 조금 주고, 따뜻한 것이라도 먹이고 싶은 생각이 들었을 정도이다. 그렇게 함으로써 그녀에 대해 켕기는 나의 기분을 달래려 했던 것이리라.

20분을 기다렸다. 그러나 미츠는 나타나지 않았다. 조금 전 전화에서도 슬픈 듯, 만날 수 없다고 하는 것을 강제로 허락을 받아냈다. 어떻게 하면 그녀가 허락할지 시부야의 밤 이후로 나는 알았다. 그녀는 다른 사람이 괴로워하고 외로워하는 것을 두고 보지 못하는 성격이다. 그런데도 불구하고 반시간이나 지났는데도 그녀는 나타나지 않았다.

'역시 내가 싫어졌구나. 지렁이도 밟으면 꿈틀거린다고 하지 않는가. 40분을 기다려서도 오지 않으면 돌아가자.'

그때 다방 문에 작은 그림자가 비쳤다. 버려진 강아지처럼 머리도 얼굴도 비에 젖은 채, 망가진 우산을 손에 든 그녀가 멍하니 서 있었다. 우의도 입지 않았고, 나막신 차림이었다. 머리도 옛날처럼 세 갈래로 딴 채였다.

미츠는 나를 빤히 바라보았다.

'아, 이런 눈, 본 적이 있다. 시부야 역의 홈에서 내가 탄 열차 문이 닫히고 출발할 때, 종종걸음으로 달음질치면서 필사적으로 나를 찾던 그때의 눈이다.'

"잘 있었니?"

"……"

"얼마 전에 갔었어."

주문 받으러 온 여종업원이 흘끗흘끗 미츠를 쳐다보았다. 커피가 나왔는데도 미츠는 눈을 내리뜬 채 마실 생각을 하지 않았다.

"왜 그래? 네가 보고 싶어 갔었어."

"……"

"이제 나와 사귀는 거 싫어? 그런 거야? 사이좋게 지내자. 옛날처럼. 재미있었잖아? 시부야에서 말이야. 단란주점에서의 일 기억하고 있지? 점쟁이 영감이 와서. ……왜 그래? 나 만나는 거 싫어?"

"……"

"내가 싫어졌군."

그때야 비로소 그녀는 얼굴을 들어 가만히 나를 쳐다보았다.

"그렇지?"

"그렇지 않아요. 그게 아니에요."

얼굴을 찌푸리고, 그녀는 울 듯한 표정으로 울먹이며 중얼거렸다.

"좋아해요."

"좋아한다면서 왜 만나주지 않는 거야?"

"하지만 나……."

"그런 술집에서 일한다고 해서? 상관없어. 그게 나도 마음 편한걸."

"나…… 아픈걸요."

그제서야 나는 그녀의 안색이 상당히 나쁘다는 것을 알았다.

"아프다고? 무슨 병인데, 설마 폐병은 아니겠지?"

"아니에요. 의사 선생님한테 팔의 부스럼을 보였더니."

"음."

"정밀검사를 해야 한대요. 그래서 나, 모레 고텐바에 가요."

"고텐바?"

"거기에……."

미츠는 잠깐 말을 멈추었다.

"병원이 있어요."

나는 전에 야유회로 야마나카코에 갔다가 돌아오는 길에 버스에서 멀리 보인 병원을 갑자기 떠올렸다. 숲에 둘러싸인 아주 조용한 병원이었다. 그것은 한센씨병 요양소였다.

"설마, 너……."

미츠는 얼굴을 손으로 감싸며…… 울었다.

# 손목의 반점 2

요시오카와 만나기 나흘 전, 미츠는 대학병원에 갔다. 요시오카와 만났던 해질녘처럼 그날도 안개가 깔려 있었다.

한 달 전쯤부터 팔의 붉은 반점이 왠지 조금씩 부어올랐다. 10엔짜리 동전만한 크기였는데, 눌러도 만져도 별로 아프지 않았고, 가렵지도 않았다. 그럼에도 불구하고 점점 커지고 부어오르는 듯했다.

"이거 뭐야? 기분이 안 좋군."

어느 날 밤, 미츠의 한쪽 손을 매만지면서 맥주를 마시던 중년 남자가 그 반점을 보며 말했다.

"부스럼이야?"

그 중년 남자는 가와사키에서 나막신 가게를 하는 사람이었다. 술을 마시기만 하면 주벽이 심해서 다른 종업원들은 싫어했지만, 왠지 미츠에게만은 상냥했다.

"이런 거 치료하지 않으면 손님이 싫어해. 나니까 괜찮지."

"약을 바르는데도 낫질 않아요."

"매독이면 가능성이 없어."

그는 전깃불 밑으로 미츠의 팔을 잡아끌면서 먼데 있는 것을 보기라도 하듯 눈을 가늘게 뜨고 상처를 쳐다보았다.

"피부병이면 병원에 가야 해."

술집의 붉은 전구 빛을 받은 반점은 더욱 검붉었고, 그 주위의 피부는 마치 달팽이가 기어 다닌 흔적처럼 반질반질 빛났다.

중년 남자가 돌아간 다음 다다라는 손님이 찾아왔다. 2개월 전에 아내에게 버림받은 남자로, 가게에 와서는 푸념만 늘어놓았다. 가게의 여자들은 마르고 피부색이 나쁜 이 회사원을 바보취급하고 있었지만, 미츠만은 그의 상대가 되어줬다. 귀에 못이 박힐 정도로 그의 불행한 사정을 들었지만 이야기를 들을 때마다 미츠는 이 남자가 그지없이 불쌍하게 느껴졌다.

이 남자도 미츠의 팔에 검붉은 반점이 있다는 것을 알아챘다. 무섭고 더러운 것을 보기라도 한 듯이 그는 몸을 옆으로 비켰다.

"그거 아냐?"

"그거라니요?"

아무것도 모르는 미츠는 어리둥절해 하며 물었다.

"그거 말야. '매' 라는 단어가 붙는 병."

카운터에 있던 여종업원들이 와자지껄 웃었지만 미츠는 알아채지 못했다.

"미츠 씨. 병원 가 봐. 나막신 가게 사장님도 그랬잖아."

이쑤시개로 이를 쑤시면서 요시에라는 여종업원이 말했다.

"하지만 통증도 없고, 가렵지도 않은 걸요."

"너는 괜찮을지 모르지만 옮으면 우리가 곤란해."

얼굴이 빨개진 미츠는 머리를 숙이고, 발로 마룻바닥을 쓱쓱 비볐다.

다음 날, 근처에 있는 시라이라는 의원을 찾아갔다. 구스모토라는 전당포 옆에 있는 작고 지저분한 의원이지만, 내과, 소아과, 성병과, 피부과 등등 진료 과목이 많았다.

그날은 상당히 무더운 날이었다. 뚱뚱한 대머리 의사는 메리야스 위에 지저분한 진찰복을 입고 있었다.

현관에서 올라서자, 두 평 조금 넘는 대합실에는 누렇게 변한 낡은 잡지와 아동용 그림책이 어질러져 있었다. 순서가 될 때까지 미츠는 먼저 온 여자의 아이를 보살펴 주었다. 그 여자는 가벼운 기침을 했는데, 진찰받는 동안 아이를 봐 달라고 부탁했다. 다섯 살 정도 되는 남자 아이는 콧물로 얼굴을 더럽힌 채 미츠의 얼굴을 가만히 쳐다보았다.

"아가. 이름이 뭐니?"

"츠토무."

'아. 요시오카 씨와 이름이 같구나.'

미츠는 생각했다.

'내가 가와사키에 와 있다는 것을 요시오카 씨는 알고 있을까? 만나고 싶다. 한 번이라도 좋으니 만나고 싶다.'

"얌전하게 기다리고 있어야 해. 엄마, 곧 끝날 테니까."

어느 틈엔가 그녀는 고향의 말투로 아이를 달래고 있었다.

'얌전하게 기다리고 있어야 해.'

그것은 요시오카에 대한 미츠의 자세였다. 요시오카뿐 아니라 그녀가 알고 있는 모든 사람에 대해 취하는 자세였다.

"엄마는?"

"그래. 금방 끝날 거야……."

헛기침을 하면서, 아이 엄마가 의사의 배웅을 받으며 진찰실에서 나왔다.

"뢴트겐 검사를 받아야 해요. 기관지에서 이상한 소리가 들리니까요. 그렇게 하지 않으면 보건소에 연락 하겠어요. 자, 다음 분."

체취와 소독약 냄새가 가득한 어두운 진찰실에서 의사는 가만히 미츠의 검붉은 반점을 쳐다보았다. 창 너머의 해바라기

꽂이 진찰실 안을 들여다보고 있었고, 조금 전의 그 아이의 울음소리가 들려왔다.

"언제부터 이랬나요?"

"2년쯤 전부터이지만, 아무렇지도 않아요. 가렵지도 않고, 통증도 없어요."

미츠는 가능한 증세를 축소시켜 이야기하려 했다. 그럼으로써 자신의 불안을 가라앉히려 했지만, 의사는 묵묵히 진료 기록부에 뭔가를 써넣고 있었다.

"선생님, 괜찮아지겠지요?"

"으음."

의사는 크레졸로 손을 소독하면서 술에 취한 듯한 눈으로 미츠를 응시했다. 왠지 그 얼굴에는 땀이 배어 있었다.

"내일이라도 대학병원에 가서 혈액검사를 해보는 것이 좋겠어요."

"혈액검사라니요?"

"피를 조금 뺄 뿐이에요. 그렇게 하는 것이 정확하니까. 물론 아무것도 아니에요. 악성은 아니라고 생각하지만, 만약을 위해서예요."

미츠는 그의 마지막 말에 안심했다. 악성이 아니라면 괜찮았다. 의사는 약을 주지 않았다. 돌아오는 길에 그녀는 붕대를 샀다. 붕대를 감아 반점을 감추려 했다.

아무것도 아니라고 했지만, 다음 날 밤 의사는 가게로 전화를 걸어서 대학병원에 갔었는지를 물었다. 대학병원에 다지마라는 선생이 있는데, 그 선생에게 연락을 해 놓을 테니까 바로 진찰받도록 하라는 강압적인 말투였다.

다음 날은 안개와 같은 비가 내리고 있었다. 대학병원의 병동들이 비에 젖어 있었고, 뿌옇게 된 창으로 잠옷 차림의 환자가 지루한 듯이 외래환자들을 내려다보고 있었다. 피부과라고 쓴 진찰실 복도에도 수많은 사람들이 머리를 숙인 채, 의자에 앉아 차례를 기다리고 있었다. 그 가운데에는 얼굴 전체를 하얀 붕대로 감은 남자가 앉아 있었다.

미츠는 이런 곳에 와본 적이 없었다. 접수창구에서는 복도에서 기다리고 있으라는 얘기를 들었지만, 자신이 장소를 잘못 알고 있는 게 아닌지, 실수나 하지 않을지 불안한 나머지 지나다니는 간호사에게 접수창구에서 받은 쪽지를 내보이며 몇 차례나 물었다.

"저기…… 이거…… 어디에요?"

그리고는 다시 한쪽 구석의 의자에 앉아 구두소리를 내면서 주위를 둘러보았고, 이따금 참을 수가 없어 화장실로 달려갔다. 일을 보고 또 보았는데도 자꾸 화장실에 가고 싶어졌다.

"다카키 씨. 도가와 씨, 마루야마 씨."

간호사가 순번에 따라 환자의 이름을 불렀지만, 미츠라는 이름은 없었다.

"저, 미츠인데요."

"기다리세요. 환자분이 많으니까요."

안경을 쓴 간호사에게 꾸지람을 듣고, 미츠는 강아지처럼 맥없이 의자로 되돌아갔다. 주위 사람이 비웃는 듯한 웃음을 지으며 그녀를 가만히 쳐다보았다.

드디어 미츠의 차례가 되었다. 바깥에는 이슬비가 내리고 있는데도 불구하고, 병동 사이에 더러워진 고양이 한 마리가 가만히 웅크리고 앉아 있었다.

"윗옷을 벗어요."

"네?!"

"옷을 벗어요."

한가운데 뚱뚱한 체격의 의사 선생님이 앉아 있었고, 그 양옆에 같은 진찰복 차림의 젊은 의사 5, 6명이 양손을 깍지 낀 채 서 있었다. 많은 의사의 시선을 받으며 미츠의 마음은 확 바뀌어 버렸다. 그녀는 의사들의 말을 잘 이해할 수 없었다. 술이라도 마신 것처럼 열이 났다. 그녀는 울상이 되어 물었다.

"나을까요?"

"진찰하지 않으면 알 수 없어요."

뚱뚱한 의사는 차갑게 말했다.

"그래서 진찰하는 거예요."

엊그제와 마찬가지로 의사는 미츠의 팔의 검붉은 반점을 불빛에 비추고 가만히 바라보았다.

"윤곽성 반점이군."

의사 선생님은 둘러서 있는 젊은 의사들에게 가르치듯 설명했다.

"이거 보게. 중앙부는 색소 탈색으로 인해 하얀 빛을 띠고 있지? 이것은 발한이 저지되어 건조했기 때문이지. 윤곽부가 검붉은 것은 충혈 되었기 때문인데, 조직으로 볼 때는 결핵 모양의 침윤상태를 나타내고 있어."

들어본 적도 없는 외국어가 그 대화에 섞여 있었다. 외국어가 섞일 때마다 미츠는 그러지 않으려 했지만 무릎이 덜덜 떨렸다. 초등학교 시절 신체검사 때, 각기병에 걸렸는지를 조사하기 위해 막대기로 다리를 맞았을 때처럼 떨었다. 위대한 선생님이 설명할 때마다 젊은 의사들은 마치 바닥에 떨어진 동전이라도 찾듯이 몸을 굽히고, 움츠린 미츠의 몸에 따가운 시선을 쏟았다.

"레프로민 테스트를 해볼까요?"

"아냐. 그건 요양소에서 받는 게 좋아. 왁찐 주사법으로 바로 조사해 주게."

간호사가 알코올 냄새가 나는 가제와 주사기를 가지고 오자, 이케베 료를 닮은 신경질적으로 생긴 젊은 의사가 그것을 받아들었다.

"팔의 힘을 빼요. 힘을…… 이 환자 겁이 많군."

미츠의 팔에 천천히 주사를 놓고 있는 동안 다른 의사들은 가만히 주사 부위를 쳐다보고 있었다.

"반응은?"

"반응이 없는데요."

"이상하군. 하지만 한센씨병도 반응이 없는 경우가 있어."

진찰과 검사가 끝나자, 의사는 미츠를 다시 복도로 내보냈다.

들어가기 전에 환자들로 붐볐던 복도에는 사람이 별로 없었다. 얼굴 전체를 하얀 붕대로 감은 남자도 보이지 않았다. 창밖에는 계속 바늘과 같이 가는 비가 내리고 있었다. 비가 내리고 있다. 비가 내리고 있다.

비가 내리고 있다. 비에 젖어 지저분한 병동 사이의 정원에 여전히 그 고양이가 웅크리고 앉아 있다.

비가 내리고 있다. 시부야의 여관에서 처음으로 요시오카 씨에게 안겼을 때도 축축한 하늘에서 애달픈 비가 내리고 있었다. 미츠는 정원을 바라보며 요시오카의 얼굴을 떠올려 보려고 했다. 그러나 그 얼굴 윤곽은 뿌옇고, 울고 있는 듯했다.

빗속의 우산 마중

기쁘구나……

미츠는 작은 소리로 노래를 불러 보았다. 노래로 마음속에 퍼져 있는 불안을 달래고 싶었다. 옛날에 학교에서 소풍가기 전날, 미츠는 남동생과 여동생에게 데루테루보—즈*를 만들어주며, 이 노래를 불러주곤 했다.

"미츠 씨."

뒤를 돌아보니 조금 전에 주사 놓던 젊은 의사가 얼굴을 긴장시킨 채 서 있었다.

"잠깐 별실에서 이야기할 것이 있어서요."

그 말을 하고 그는 앞서 어두운 복도를 걷기 시작했다. 미츠는 몸을 움츠리고 그 뒤를 따라갔다.

피부과 도서실이라는 팻말이 걸린 방에서 그녀는 그 젊은 의사와 마주했다.

진찰복 호주머니에서 담뱃갑을 꺼내더니, 의사는 잠시 그것을 가만히 쳐다보았다.

"한센씨병이라고 알고 계십니까?"

---

*역주 — 비가 오거나 혹은 올 듯한 날씨에 맑게 개이기를 바라면서 처마 끝에 매달아두는 인형, 특히 소풍을 앞둔 날 날씨가 맑기를 바라며 걸어두는 주술적인 풍습이 있다.

미츠는 고개를 저었다.

"그래요. ……사실 좀 더 검사를 하고 싶은데, 이곳에 가서 정밀검사를 받지 않으시겠습니까?"

그는 호주머니에서 메모 쪽지 한 장을 건네주었다.

"고텐바에서 한 시간 거리에 부활원 요양소가 있습니다. 거기까지 가는 경비는 걱정할 필요 없습니다. 우리가 연락해 놓을 테니까요. 저쪽에서 추후에 경비를 지불할 겁니다."

"저…… 증세가 안 좋나요?"

"아니에요. 단순한 피부병일지도 모릅니다."

의사는 위로하듯 말했지만, 그의 눈빛은 자신이 하는 말을 믿지 않는 듯했다.

"단지 신중을 기하는 의미에서……."

"무슨 병이죠?"

이때 다시 젊은 의사의 얼굴에 곤혹스러운 듯한 표정이 떠올랐다. 그는 불이 붙지 않은 담배를 입으로 가져가더니, 불이 안 붙었다는 것을 알아채고는 다시 호주머니에 챙겨넣었다.

"아직 확정된 것은 아니에요."

"그, 한…… 한센이란……."

"한센씨병 말입니까? 아니에요. 한센씨병이라고 확정된 게 아니니까요. 단지 ……뭐라 할까? 그럴 가능성이 약간 있어요."

그는 가능한 빨리 이 거북한 대화를 끝내려는 듯이 서둘러 일어섰다.

"어쨌든 이 주소의 병원에 하루빨리 가보세요."

의사가 사라진 뒤, 미쓰는 의자에 앉아서 오랫동안 양손으로 얼굴을 가린 채 가만히 있었다. 머릿속에서 '한센씨병'이라는 말이 계속 맴돌았다. 누군가가 무심코 도서실 문을 열더니, "앗, 미안합니다."라며 문을 꽝 닫고 사라져 버렸다.

이 병이 도대체 무엇을 의미하는지, 물론 그녀로서는 알 수 없었다. 알 수는 없었지만, 낯선 병명만으로도 미쓰는 이제 자신이 불치병에 걸린 듯한 느낌이 들었다. 어쨌든 보통 병은 아닌 듯했다.

하지만 미쓰에게 있어서는 이 병이 오래 갈 것인지, 바로 나을 것인지가 무엇보다도 문제였다. 가와고에서 지내던 어린 시절, 근처에 나카가미 가와라는 가족이 살고 있었다. 그 집의 아빠가 폐병으로 3, 4년이나 누워 있어 그의 부인이 낮에는 물론, 밤에도 부업을 하고 있던 것을 미쓰는 기억하고 있었다.

자신은 입원할 수가 없었다. 저축한 것도 없고, 게다가 지금의 일거리는 보험대상이 안 되었다.

'하지만 작은 부스럼인걸. 지금까지 내버려 두었어도 아무 일이 없었으니까.'

그녀는 자신을 타일렀다.

그렇게 생각하자 다소 마음이 놓인 미츠는 의자에서 일어나 우산을 손에 꽉 쥐고, 이미 인기척이 전혀 없는 복도로 나왔다.

비는 그쳐 있었다. 구름 사이에서 눈꺼풀이 무거울 정도로 약한 햇살이 빛나고 있었다. 산책 시간이라 병원 잔디에서는 환자가 산책을 하고 있었다.

누군가가 뒤에서 말을 건넸다.

"이거 놓고 가셨어요."

돌아보니 젊은 간호사였다. 공처럼 얼굴이 동그랗고 뺨이 붉은 여자로, 희고 청결해 보이는 간호복 차림의 그녀의 팔은 건강해 보였다.

"이 보자기 짐, 당신 거지요?"

그녀는 면으로 된 보자기 꾸러미를 미츠에게 건네주었다.

"비가 그쳐 다행이네요."

그녀는 싱긋 웃고는 하늘을 올려다보았다.

"저기……."

미츠는 조심스럽게 아까부터 망설이고 있던 말을 꺼냈다.

"한센씨병이란 어떤 거예요?"

"한센씨병."

그녀는 순진하게 고개를 갸웃거리며 말했다.

"한센씨병…… 그거, 나병을 말하는 걸 거예요."

미츠의 안색이 싹 바뀌었고, 젊은 간호부는 비로소 자신이

해서는 안 될 말을 했다는 것을 알아챘다.

"어머."

그녀는 잠시 놀란 듯이 미츠의 얼굴을 쳐다보았는데, 그 얼굴에도 조금 전의 젊은 의사와 마찬가지로 당혹스러운 빛이 떠오르기 시작했다.

굵은 떡갈나무 몽둥이로 머리를 맞은 듯한 느낌에 미츠는 그 자리에 얼어붙은 듯이 서 있었다.

"건강에 유의하세요."

작은 소리로 중얼거리더니 간호사는 도망치듯 서둘러 사라졌다.

병원 건물이 갑자기 잿빛으로 바뀌었고, 눈앞에서 빙글빙글 돌았다. 온몸의 기력이 빠진 듯 미츠는 비틀거렸다.

믿을 수 없다. 자신이 그런 병에 걸렸다고는 생각할 수 없다. 마치 비 오는 날, 맞은편의 하늘만이 맑게 개어 있는 언덕을 바라보는 듯한, 텅 빈 느낌이었다.

'꿈이야. 악몽을 꾸고 있는 거야.'

자동차가 옆을 지나치다가 미츠와 부딪칠 뻔 하자, "야. 너 죽고 싶어!"라며 누군가가 창으로 얼굴을 내밀고 고함 쳤다.

연필심처럼 검게 빛나는 비탈길이 일직선으로 뻗어 있었다. 양산을 들고 보자기 꾸러미를 껴안은 미츠는 그 비탈길 도중에서 발을 멈췄다.

병원을 나온 후로 벌써 몇 차례나 쳐다본 검붉은 반점에 흠칫흠칫 눈길을 주며, 미츠는 작은 머리를 흔들었다.

한센씨병은 그녀에게 있어 별세계의 병이었다. 자신과는 전혀 관계없는, 관계가 없다기보다는 한 번도 생각해 본 적이 없는 병이었다. 팔의 검붉은 반점을 쳐다보며, 그녀는 과거의 추억으로부터 이 병에 대해 알고 있는 모든 기억을 찾아내려 했다.

어린 시절, 지금은 세상을 떠난 어머니와 함께 가와고에 있는 절에 간 일이 미츠의 머릿속에 되살아났다.

부처님에게 제를 올리는 날이었다. 빨갛고 노란 풍선이 햇살을 받아 빛나고 있었고, 그 옆에서 앞치마를 두른 할머니가 발로 기계를 돌리면서 솜사탕을 팔고 있었다.

미츠는 엄마가 사준 솜사탕을 들고, 엄마 손에 이끌려 돌계단을 올라갔다.

"미츠야. 옷에 솜사탕 묻히면 안 된다고 했잖아?"

엄마는 이따금 미츠를 야단쳤다. 그러다가 돌계단을 올라가는 도중에 그녀를 감싸며 계단 오른쪽 끝으로 몸을 피했다.

"오른쪽으로 비켜. 오른쪽으로……."

어떤 걸인이 돌계단 왼쪽 끝에 앉아 구걸을 하고 있었다. 걸인은 땅바닥에 엎드려 머리카락이 빠진 머리를 돌계단에 비벼

댔다. 그 머리 옆에는 쟁반이 놓여져 있었는데, 거기에는 한 푼도 들어 있지 않았다.

어릴 때부터 미츠는 이런 불쌍한 '사람'을 보면 울고 싶어졌다. 두려움과 호기심과 더불어 상대방에 대한 본능적인 연민이 그녀의 마음을 움직였다.

엄마의 손을 꽉 잡은 채, 겁을 먹은 표정으로 엄마 뒤에 숨어서 걸인을 바라보았다. 점토 빛깔의 손은 통나무 토막처럼 생겼고, 손끝은 둥글게 문드러져 있었다. 손가락이 없었다. 다섯 손가락이 없었다.

"엄마?"

"왜?"

"저 사람, 돈 좀 줘요."

"정신 나갔니?"

엄마는 눈길을 돌렸다.

"쳐다보지 마. 저 사람, 거지야."

"거지."

"그래. 나쁜 짓만 하면 미츠도 저렇게 손가락이 없어지고 거지가 되지. 그러니까……."

이윽고 누군가가 연락을 했는지, 자전거를 탄 경찰이 왔다. 걸인은 경찰에게 쫓겨 지팡이를 짚으며 사라졌다.

이 기억이 지금 갑작스럽게 미츠의 마음속에 되살아났다.

만일 의사의 말이 맞다면 자신은 그 병에 걸린 것이다.

"나쁜 짓만 하면 미츠도 저렇게 손가락이 없어지지."

세상을 떠난 어머니의 그 말이 생생하게 그녀의 기억 속에 남아 있었다.

자신이 어떤 나쁜 짓을 했다는 말인가? 착한 일을 하지는 않았지만, 나쁜 일도 하지 않았다. 단순한 미츠는 나쁜 짓이라고 하면 도둑질이나 거짓말을 하는 것밖에 떠오르지 않았다. 새 엄마가 들어왔을 때 자신이 집에 있으면 안 되겠다고 생각해서 도쿄로 나왔다. 공장에서도 자신은 가능한 열심히 일했다. 요시코가 게으름을 피울 때도 자신은 포장 일을 계속했다. 그 무엇을 잘못했다는 말인가?

비탈길을 올라가자 너른 전철 길이 나왔다. 아침부터 아무것도 먹지 않았지만 식욕은 전혀 없었다. 어디로 간다는 목표도 없었고, 아무데도 가고 싶지 않았다. 단지 이불을 뒤집어쓰고 잠들고 싶었다.

불행할 때는 잠자는 것이 좋다고 어머니는 늘 입버릇처럼 말했었다. 잠자는 것…… 잠들면 괴로운 것도 고통스러운 것도 모두 잊어버린다. 모든 것을 잊고 죽어가는 것과 마찬가지다. 전철 고가 아래로 열차가 달리고 있었다. 그 고가 난간에 기대어, 그녀는 천천히 움직이는 전철을 바라보았다. 전철의 창문으로 학교에서 귀가하는 듯한 학생들의 얼굴이 흘끗 보였다. 교차로 신호가 빨간 불에서 파란 불로 바뀌었고, 트럭과 택시가 비에 젖은 도로를 달리기 시작했다. 이 모든 것이 도쿄의 일상적인 모습이다. 아무도 지금 이 다리 난간에 기대어, 발밑의 달리는 열차를 어두운 표정으로 가만히 바라보고 있는 여자가 자살을 생각하고 있다는 것을 모른다.

'뛰어내리면 된다……'

그러나 미츠는 무서워 뛰어내리지 못했다.

신주쿠로 나왔다. 어디로 가야할 지 몰라 그녀는 백화점 식당으로 들어가 앉아 있을 목적으로 안미츠*를 주문했다.

커다란 식당 창으로 잿빛의 하늘과 잿빛의 거리가 보였다. 사람 눈에 띄지 않게끔 하며, 이곳에서도 그녀는 팔의 검붉은 반점에 눈길을 줬다. 병원에서 뚱뚱한 의사 선생님이 다른 의사들에게 설명했던 것처럼, 한가운데가 안개가 낀 듯 하얗다. 손가락으로 눌러도 감각이 없었다.

'의사가 뭔데. 난 그런 병이 아냐.'

그녀는 스스로 그것을 부정하기 위해서 다시 열심히 옛날의 기억을 더듬었다.

그렇다. 절에 간 그날 밤, 저녁식사 때 엄마가 아빠에게 그 이야기를 했다.

"뭐라고? 거지라고?"

---

*역주 - 삶은 완두콩과 우무에 꿀을 치고 팥을 얹은 단 음식.

아빠는 소주 기운에 벌겋게 된 얼굴을 손바닥으로 비비면서 말했다.

"아직도 그런 사람이 있나? 내 어릴 적에는 꽤 많았는데."

미츠는 유전이란 것이 무엇인지 아빠에게 물었다. 때문에 그때의 대화를 지금도 기억할 수 있었다.

물론 미츠의 집안에 그런 병에 걸린 사람은 없었다. 아빠도 건강했고, 엄마도 다른 병으로 죽었다.

때문에 그런 병일 리가 없다. 그렇게 그녀는 믿으려 했다.

맞은편 테이블의 작은 여자 아이가 어머니의 손을 벗어나, 아장아장 이쪽으로 걸어왔다.

양손에 방금 산 듯한 인형을 꺼안고 있었고, 핑크빛의 원피스를 입고 있었다.

여자 아이는 음식이 묻어 지저분한 입을 약간 벌리고, 이상하다는 듯이 미츠의 얼굴을 쳐다보았다.

"안녕?"

미츠는 미소를 지으며 이 여자 아이에게 양손을 내밀었다.

그녀는 어린아이를 좋아했다. 이유는 없었다. 공장 가까이에 사는 아이를 보면 자신의 용돈을 털어 과자를 사주곤 했는데, 더 달라는 아이에게 "안 돼. 배탈 나."라고 어머니처럼 타이르는 것이 한없이 기뻤다.

때문에 지금도 인형을 꺼안은 아이에게 손을 내밀었다가,

갑자기 그녀는 겁먹은 듯 자신의 손을 등 뒤로 감췄다.

'나는…… 병자야.'

이 귀여운 아이의 장밋빛 볼과 음식 찌꺼기가 노랗게 묻어 있는 매끈한 입술에 자신의 추하고 검붉은 반점이 닿아서는 안 된다고 생각했다.

미츠는 양손으로 얼굴을 가린 채 움직이지 않고 가만히 있었다.

"손님. 기분이 안 좋으세요?"

눈을 들어보니 제복을 입은 웨이트리스가 약간 화난 듯한 표정으로 서 있었다.

"아니에요."

"보자기가 바닥에 떨어졌어요."

백화점을 나오자, 다시 안개와 같은 비가 내리기 시작했다. 우산을 쓴 사람, 다양한 색깔의 우의를 입은 사람이 신주쿠의 보도를 걷고 있었다. 그 가운데는 이런 시각인데도 불구하고 정답게 팔짱을 낀 채 몸을 바싹 붙이고 걷는 연인들도 있었다. 하얀 이를 드러내 보이며 웃는, 비에 젖은 그 얼굴은 행복으로 빛나고 있었다.

예전 같으면, 그런 행복한 연인들과 마주치면 미츠는 약간 샘이 났고, 그들이 부러웠다. 그리고 늘 요시오카를 떠올렸다.

하지만 지금 그녀는 사람들에게 시달리며 걷는 것이 괴로웠다. 연인들이 그녀를 부딪고 미안하다는 말 한 마디 없이 지나쳐가도 아무것도 느끼지 못했다. 매우 지쳐 있었다.

레코드 가게에서 유행가가 들려왔다.

그날 버린 그녀
지금쯤 어디에 살고 있을까?

우산을 쓰고 걷고 있는 사람들 속에서 미츠는 낯익은 어떤 젊은 여자를 발견했다.

옛날에 함께 일한 적이 있는 마리코였다. 부잣집 아가씨라고 공장 직원들은 수근거렸지만, 그녀는 잘난 척을 하지도 않았고, 미츠와 요시코에게도 상냥하게 대해주었다.

마리코는 방금 양장점에서 나온 듯, 손에 커다란 쇼핑백을 들고 있었다.

왠지 미츠는 우산으로 자신의 얼굴과 몸을 가려 버렸다. 마리코가 보고 싶지 않아서 그런 것은 아니었다. 하지만 오늘은 다른 사람이 말을 건네 오는 것이 매우 고통스러웠다.

그날 버린 그녀
지금쯤 어디에 살고 있을까?

자신과 마리코의 세계가 다르다는 것을 미츠는 지금 뼈저리게 느꼈다. 그녀는 일하지 않아도 되는 데도 불구하고, 일을 하고 있다. 그러나 나는 일하지 않으면 살아갈 수 없다. 그녀는 이윽고 훌륭한 남자의 부인이 될 것이다. 하지만 이제 나는 그런 것마저 불가능하다. 저 사람은 언제나 행복하다. 팔에도 이런 보기 싫은 검붉은 반점은 없다. 하지만 나는, 나는……

'싫어. 마리코 같은 애, 너무 싫어.'

처음으로 미츠는 타인의 행복을 증오하는 어두운 충동을 느꼈다. 이 신주쿠의 모든 사람들이 자신과 마찬가지로 불행하게 되기를 바랐다. 팔짱을 끼고 정답게 걷고 있는 연인들이 울지도 못하고 이 거리를 헤매는 자신처럼 되기를 바랐다. 자신만이 왜 이렇게 고통스럽고 불행해야 하는가?

그녀는 임신한 여자처럼 느릿느릿 발을 끌며 신주쿠 역까지 걸어갔다.

마땅히 갈 데가 없는 이상, 다시 가와사키의 작고 굴같은 방으로 되돌아갈 수밖에 없었다. 되돌아가더라도 오늘은 가게에 나가고 싶지 않았다. 가게에 나가면 모두들 친절한 척하며 묻겠지.

"미츠. 별거 아니지?"

"우린 몸이 자본이니까."

"매독이 아니라서 안심이야. 나 많이 걱정했어."

그런 이야기들이 귀에 들리는 듯한 느낌조차 들었다.

역 안은 사람들의 우산과 우의에서 풍겨나는 냄새와 습기로 가득 차 있었다. 미츠는 승차권 발매소에서 표를 사고는, 기운을 차리기 위해서 10엔짜리 우유를 사서 마셨다.

역 구내에서 어떤 영감님이 아코디언을 연주하고 있었다. 구세군 제복차림이었다. 그녀는 언젠가 시부야 역에서 요시오카와 함께 이런 영감님에게서 십자가를 받았던 일을 떠올렸다.

하느님은 여러분을 사랑하십니다. 하느님은 어떤 사람이든 사랑하십니다라고 쓴 종이가 노인이 서 있는 뒤 벽에 붙어 있었다.

하지만 미츠의 눈에는 이 글씨가 무의미하게 보일 뿐이었다.

'만일 하느님이 있다면, 왜 의미도 없이 나 같은 여자를 불행하게 하는 걸까?'

그녀는 걸으면서 생각했다.

'나도 마리코처럼 좋은 집안에서 태어나고 싶었어. 나도 좀 더 예쁘고 귀엽게 생겨 요시오카 씨의 마음에 들고, 그리고 모두에게 상냥하게 대해주고 싶었어. 나도 마리코처럼 건강하고 싶었고, 검붉은 반점 같은 것을 몸에 지니고 싶지 않았어. 밤마다, 이렇게 비 오는 날, 악취가 풍기는 길에 서서 손님을 가게로 끌어들이고, 그 손님으로부터 못생겼다는 얘기를 듣고 싶

지 않았고, 손님으로부터 바보취급을 당하면서 가슴과 허리를 매만져지거나 하는 것이 싫었어.'

"고텐바, 고텐바, 고텐바"

원형 스피커를 통해 역 직원이 외치고 있었다. 아니, 그게 아니었다. 그것은 고탄다행 야마노테선 전철이 홈에 들어온다는 것을 알리고 있는 것이었다.

갑자기 가슴 밑바닥에서, 그렇다, 미츠의 작은 가슴 저 밑바닥에서 형언할 수 없는 슬픔이 솟구쳐 올라왔다. 이 이슬비가 내리는 신주쿠의 군중 속에서, 아니, 인생이라는 길 가운데서 자신은 외톨이이고, 그뿐 아니라 병든 개보다도 더 비참하게 소외되어 있다는 것을 그녀는 확실히 깨달았다. 그녀는 지하도 벽에 기대어 지나치는 사람들이 이상하다는 듯이 돌아보는 것도 개의치 않고 울었다. 미츠는 괴로웠다. 고통스러웠다.

# 손목의 반점 3

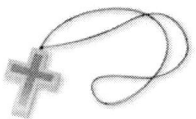

비구름이 낮게 깔린 오후, 미츠는 기차를 탔다.

땀이 밴 손에 쥔 승차권에는 행선지인 고텐바라는 글씨가 쓰여 있었지만, 미츠는 앞으로 자신이 갈 곳이 정말 땅 끝처럼 느껴졌다. 땅 끝—거기에는 사회와 세상에서 격리된 얼마 안 되는 사람들이 서로 몸을 의지하며 조용히 살아가고 있다. 병이 육체를 망가뜨리고, 얼굴과 손가락을 뭉그러뜨리고 있다. 밀랍이 녹은 흔적처럼 해골만 남았지만, 그래도 그들은 생명의 불꽃을 태우면서 살아가지 않으면 안 된다. 미츠도 오늘부터 그 무리 가운데 속하게 된다.

"곧 고즈, 고텐바행 열차가 출발하겠습니다."

한 방울, 두 방울…… 빗방울이 플랫폼 바로 아래의 자갈과 선로에 떨어지며 새까만 얼룩을 만들었고, 스피커에서는 지루한 듯한 남자의 목소리가 들려왔다.

"곧, 고즈, 고텐바행……."

예상 외로 혼잡한 열차 안, 살짝 열린 화장실 문에서 달걀 썩은 듯한 냄새가 흘러 들어왔고, 담배 연기와 사람들의 옷에 배인 바깥의 습기 냄새가 뒤섞였다.

네 귀퉁이가 완전히 벗겨진 낡고 작은 트렁크와 우산을 손에 든 미츠는 비틀거리면서 가까스로 빈 좌석을 발견했다.

월급쟁이처럼 보이는 젊은 부부가 맞은편 좌석에 앉아 도시락을 먹고 있었는데, 젊은 부인이 젓가락질을 멈추고, 갑자기 화가 난 듯한 시선으로 미츠의 낡은 트렁크와 우산을 내려다보았다. 미츠는 양손으로 우산 손잡이를 꽉 쥔 채 몸을 움츠리고 가만히 앉아 있었다.

벨소리가 그치더니 열차가 움직이기 시작했고, 잿빛 연기가 손가락 흔적이 남아 있는 삼등열차의 창을 스쳐지나갔다. 오후 햇살을 받은 유락쵸의 빌딩들이 천천히 사라졌고, 오늘도 거리는 많은 행인들로 넘치고 있었다. 미츠가 요츠야 역 다리에서 자살을 생각했던 일주일 전과 마찬가지로, 일상의 풍경을 멍하니 바라보고 있는 그녀에게는 무관심한 채 흘러가고 있었다. 미츠는 이제 다시 이 도쿄에 올 일이 없었다. 두 번 다시 미츠는 이 사람들이 커피를 마시고, 연인과 산책하고, 영화관 입장권을 사고, 행복을 꿈꾸는 곳으로 돌아올 일이 없었다. 한없는 어둠이 잡목 숲을 에워쌌고, 병동의 어두운 등만이 문드러진 손가락 끝을 비추는 그 세계가 저쪽에 있었다.

기차가 시나가와를 지나칠 때 미츠는 발돋움 하듯 상체를 꼿꼿이 세워, 공장 지붕, 검은 집들의 지붕 저쪽을 바라보았다. 그쪽에서 미츠가 허무하게 찾았던 것은 시부야였다. 비에 젖은 비탈길. 그날 그녀가 처음으로 자신을 준 남자.

안녕이라는 말이 목구멍까지 치밀어 올라왔지만, 미츠는 입술에 주먹을 대며 참았다. 바로 맞은편에 앉은 젊은 부인이 다시 날카로운 시선을 그녀에게 보냈다.

요코하마부터 다시 승객들이 올라탔다. 통로에도 서 있는 사람들이 늘었다.

"미안합니다만, 자리 좀 양보해 주시겠어요?"

중년 여자의 애처로운 목소리가 입구 쪽에서 들려왔다.

"몸이 불편하신 할아버지가 계세요."

하지만 지친 승객들은 불쾌하다는 듯이 그 목소리를 외면했다. 남자들은 접었던 경마신문을 다시 펼쳐 읽었고, 여자들은 눈을 감고 자는 척했다.

"미안하지만, 누가……."

물론 그 목소리는 미츠의 귓가에도 들려왔다. 병? 무슨 병? 어떤 병이라도 지금 그녀 자신의 병에 비한다면 별거 아니잖

은가? 영감님이 몸이 아프다면 자신은 더욱 비참한 처지였다.

다른 승객들처럼 미츠도 눈을 감고, 그 소리를 듣지 않으려 했다. 매정하게 외면하려 했다. 빵 한 조각을 갖고 있는 사람이 굶주린 사람에게 요구할 권리가 없었고, 굶주린 사람이 상대방에게 주기를 거부하는 것이 무리는 아니었다.

하지만 중년 여자의 애절한 목소리가 다시 입구에서 들려왔다.

'오늘만큼은 내버려둬요.'

미츠는 양손으로 우산 손잡이를 꽉 쥐며 중얼거렸다.

'할아버지보다 내가 더 아파요. 나도 지쳤어요.'

정말 미츠는 지쳐 있었다. 몸뿐만 아니라 마음까지도 꼼짝할 수 없을 만큼 지쳤고, 피곤했다. 빗방울이 세차게 먼지 낀 차창 유리를 때리고 있었고, 때마침 창 저쪽으로 보이기 시작한 바다도 검푸르렀고, 차갑고, 고독했다.

그녀는 화장실에 가고 싶어져, 트렁크와 우산을 자리에 두고 비틀거리며 출구 쪽으로 갔다. 출구에도 사람들이 4, 5명 서 있었다. 양복 차림의 노신사가 지친 듯한 표정으로 세면실 문에 기대어 있었고, 중년의 여자가 손수건을 물에 적셔 그의 얼굴을 닦아주고 있었다.

"저기……."

미츠는 말을 건네고는 입을 다물었다. 늘 그렇듯이 그녀는 이 노인 같은 불쌍한 사람을 보기만 해도 즉시 어린 감정을 얼굴에 드러내는 것이다.

"저……, 여기 앉으세요."

결국 그렇게 말하고는, 미츠는 자신이 정말 바보라고 생각했다.

"하지만……."

"전 괜찮아요. 젊은 걸요."

"그래요?"

살았다는 듯이 중년 여자는 금니를 잔뜩 드러내 보이며 말했다.

"미안해요. 할아버지, 앉으세요."

미츠는 승강구 문에 기대어 스쳐지나가는 선로를 바라보았다. 빛나는 선로, 녹슨 선로. 어린 시절 그녀는 남동생을 등에 업고 가와고에서 근처에 있는 선로에 놀러간 일을 떠올렸다. 선로 위에 못을 올려놓고, 화물열차가 멀리서 다가오는 것을 숲에 숨어서 기다렸다. 열차가 지나간 후, 못은 마치 새 칼처럼 납작해져 있었다.

빛나는 선로. 녹슨 선로. 눈을 감고 선 채로 미츠는 잠을 청했지만, 잠이 오지 않았다. 논 위로 잿빛의 비구름이 퍼져 있었고, 농부 두 사람이 허리를 굽힌 채 일을 하고 있었다. 그 구름 왼쪽 끝의 잿빛을 띤 구름 틈새가 빛나고 있었다. 그녀는 그것을 바라보며, 이제부터 자신이 고텐바로 가서, 거기서 다시 가미야마라는 병원을 찾아가는 이 모든 것이 현실이 아니라고 생각하고 싶었다.

'전부 거짓말이야. 거짓말. 거짓말. 거짓말.'

선로 위를 달리는 기차 바퀴 소리에 맞춰 그녀는 필사적으로 거짓말이란 단어를 되뇌었다.

'기차를 타고 가와고에에 있는 고향을 찾아가는 중이라고 생각하자. 보렴. 트렁크 속에는 남동생과 여동생에게 줄 선물이 들어 있어. 이틀간 집에 묵으며 이웃 사람들에게 인사하고, 다시 도쿄로 되돌아올 예정이야. 돌아가신 엄마 묘소에 꽃을 들고 참배해야 하고, 바쁜 일정이야. 아빠는 오랜만에 온 자신을 보고 놀라겠지. 아빠는 생활하기가 점점 어렵다고, 남동생인 겐키치를 도쿄에 있는 공장에 취직시켜주지 않겠느냐고, 이야기를 하겠지.'

열차 문이 열리고, 승무원이라고 쓴 완장을 두른 차장이 미츠를 보고 멈춰 섰다.

"표를 보여 주십시오."

그리고 미츠가 손에 쥔 승차권에 구멍을 뚫었다.

"이제 곧 고텐바입니다."

차장은 묻지도 않았는데도 알려주고는, 딸깍, 딸깍, 검표기 소리를 내면서 사라져 갔다.

고텐바에는 이슬비가 내리고 있었다. 후지산 등반을 하려는지, 작은 역 대합실에서 등산지팡이를 들고 모자를 쓴 젊은 남녀가 창으로 하늘을 올려다보며 말했다.

"날씨가 이래선 해돋이를 볼 수 없겠어요."

"적어도 고고매 정도 까지는 올라가자."

미츠는 그들이 배낭 속에서 주스와 과자를 꺼내어 나누어 먹는 것을 부러운 듯이 바라보았다. 목이 마르기도 했지만, 그보다 한 번도 이런 식으로 모두와 어울려 소풍이나 등산을 한 경험이 그녀에게는 없었다. 그들과 한 팀인, 헐거운 등산용 바지를 입은 처녀가 대합실 의자에 앉아 작은 소리로 노래를 부르고 있었다.

달려라 트로이카
달려라 트로이카

어디선가 들은 기억이 있었다. 아, 이 노래는 요시오카에게 이끌려 간 그 시부야의 '지하생활'이라는 술집에서 모두가 합창하던 그 노래였다.

처녀는 노래를 하면서 문득 미츠가 부러운 듯 자신을 쳐다보고 있는 것을 알아채고는 보조개를 보이며 붙임성 있게 웃었다.

"여기 사세요?"

그녀는 미츠의 우산과 트렁크를 보며 그렇게 물었다.

"아니에요."

"우린 후지산 등반을 하려고 했는데, 날씨가 영 따라주지를 않네요."

"학생이세요?"

미츠는 요시오카를 떠올리며, 주뼛거리며 물었다.

"아니요. 모두들 도쿄에 있는 회사에서 근무하고 있어요."

그리고 그녀는 캐러멜을 손바닥 위에 올려놓고 미츠에게 내밀었다.

"드세요."

그때 누군가가 소리쳤다.

"버스가 왔어!"

버스는 빗속을 달리기 시작했다. 젊은 남녀들은 버스 안에서도 유쾌하게 웃거나 작은 소리로 노래를 부르고 있었는데, 캐러멜을 준 처녀가 말을 건넸다.

"어디서 내려요?"

"가미야마에서요."

"아, 거기서 축제가 있지요. 역 앞에 전단지가 붙어 있었어요. 그래서 축제 때문에 친척집에 가는 거군요."

이쪽은 아무 말도 하지 않았는데도 그녀는 그렇게 단정적으로 말하고는, 다시 볼에 보조개를 지으며 웃었다.

고마토메라는 부락을 지나자, 이윽고 인가는 보이지 않았고, 비구름에 덮인 북쪽 지평선에 후지산 기슭이 계속 펼쳐졌다. 바람이 부는지, 버스가 달리는 가도를 에워싼 잡목 숲과 초원이 좌우로 크게 흔들렸다. 밤이 되면 틀림없이 이 부근은 암흑에 휩싸일 것이다. 이 잡목 숲 저쪽에 미츠가 찾아가는 병원이 자리하고 있었다.

"날씨가 따라주지 않네요."

처녀는 다시 불만스럽게 말했다.

"갤 것 같지가 않아요."

"괜찮아요. 내일……."

가슴속에 무겁게 가라앉은 슬픔을 억제하면서 미츠는 그녀에게 위로의 말을 건넸다. 이 여자가 이 속세에서 마지막으로 이야기하는 사람일지도 모른다는 생각이 불현듯 미츠의 머리에 스쳐갔다.

"무슨 일 있어요?…… 기분이 언짢아요?"

"아, 아니에요."

미츠는 가냘프게 고개를 흔들고는 말했다.

"내려야 해요……."

처녀는 미츠가 트렁크를 선반에서 끌어내리는 동안 우산을 들어주었다.

"안녕히 가세요. 건강하시고요."

그녀는 작은 소리로 중얼거렸다.

빗물이 작은 물줄기를 이루며 흐르는 차도에 미츠를 내려놓고, 버스는 진흙을 튀기면서 달리기 시작했다. 젊은 남녀들이 다시 합창을 시작했는지, 유쾌한 노랫소리와 웃음소리가 바람에 실려 홀로 남겨진 미츠의 귀에 들려왔다.

가만히 서서 막대기처럼 가만히 선 채, 비에 젖는 것도 개의치 않고, 미츠는 그 버스가 잿빛으로 물든 저쪽으로 점점 작아져 가는 것을 바라보았다. 바람은 초원을 가로질러, 사나운 기세로 잿빛의 구름을 잘게 찢고, 황량한 들판 위에 늘어선 고압선을 소리 내며 스쳐갔다. 오른쪽에도 왼쪽에도 전혀 인기척이 없었다.

모든 것이 끝난 듯한 절망감이 미츠를 엄습했다. 자신은 이제 외톨이였다. 외톨이란 누구와도 만날 수 없는 것은 아니었다. 지금까지 미츠는 외톨이였음에 틀림없지만, 지금 엄습한 고독감에 비한다면 그것은 아무것도 아니었다. 외톨이란 과거의 즐거웠던 추억과도 이제는 이별을 고하는 것이었다.

"요시오카."

미츠는 걸으면서 입술을 떨었다.

"안녕, 요시오카."

트렁크는 무거웠고 우산을 든 손가락은 미끈거렸다. 미츠는 멈춰 서서, 비로소 밤나무 숲에 세워진 '부활병원 입구'라고 쓴 하얀 팻말을 쳐다보았다.

도로와 그 팻말 사이에는 작은 하천이 흐르고 있었는데, 이 작은 다리가 세상과 병원을 잇는 유일한 통로였다. 작은 하천은 돌멩이에 부딪쳐 소리내어 흐르고 있었고, 신문지와 지푸라기가 떠 있었다. 그것은 조금 전의 그 고마토메 부락으로부터 떠내려 온 것임에 틀림없었다. 습기를 머금은 바람이 커다란 아카시아 나무를 스치는 소리가 부락 쪽에서 들려왔고, 그 맞은편에 무엇을 심었는지 밭 같은 것이 펼쳐져 있었다.

'돌아가지. 응. 돌아가.'

누군가가 귓가에 대고 계속 그렇게 졸라댔다.

'지금 이대로 돌아가면 된다. 이제까지 그렇게 살아왔으니까 앞으로도 모른 척하고 살아가면 된다. 자, 돌아가자. 돌아가면 된다.'

미츠는 밤나무 숲 속에 웅크리고 앉아 낡은 트렁크를 땅에 내려놓고, 손목을 쳐다보았다. 검붉은 반점은 차가운 비 때문인지 약간 오그라든 것처럼 보였다. 이거뿐이잖아? 감추고 있으면 남에게 폐를 끼칠 일은 없었다. 감춘 채 또 다시 어딘가에서 일하고, 그리고······.

숲에서 일어섰을 때, 미츠는 하얀 수도복 차림의 외국 여자가 검은 우산을 받치고 길에 서 있는 것을 보았다.

"안녕하세요?"

그녀는 미츠의 트렁크, 우산, 그리고 비에 젖은 얼굴을 응시했는데, 오랜 경험에서 이 몸집이 작은 일본인 처녀가 무슨 이유로 이곳에 웅크리고 있는지를 알고 있는 듯했다.

"자, 기운을 냅시다."

그녀는 한 마디 한 마디 끊어가며 일본어로 인사를 건네고는, 손을 내밀어 미츠의 낡은 트렁크를 들고 걷기 시작했다.

"걱정할 필요 없어요. 아무것도, 아무것도 걱정할 필요 없어요."

잡목 숲 속에 군인 막사처럼 생긴 건물이 나타났다. 그것이 병동이었다.

처음에 미츠가 이끌려간 곳은 2열로 늘어선 목조 병동이 아니라 진찰실의 어느 방이었다. 그녀는 그곳에서 먼저 뜨거운 홍차 대접을 받았다. 그녀가 홍차를 마시는 동안 일본인 수녀 둘이 옆에 앉아, 겁먹은 미츠의 기분을 풀어주려는 듯 여러 가지 이야기를 건넸다.

"피곤했지요? 피곤하면 옆방에서 잠깐 쉬세요."

안경을 쓴 젊은 일본인 수녀는 웃으면서 말을 이었다.

"그런 다음 병동으로 갑시다. 여기서는 모두 가족처럼 지내요. 병이 들어서 괴롭겠지만, 여기서는 부담 가질 필요가 없어요. 아참. 이 핫케익의 원료인 밀도 누가 가꾸었는지 알아요?

남자 환자들이에요."

하지만 미츠에게 있어 수녀를 보는 것은 처음이었다. 너른 테의 이상한 모자를 쓰고, 하얀 수도복 허리춤에 검은 염주 같은 것을 늘어뜨리고 있는 그녀들의 모습은 미츠를 거북하게 했다. 그녀는 어떻게 답변을 해야 좋을지 몰랐다.

"여자 환자들은 이곳에서 자수를 해요. 그것을 팔아 용돈을 마련하지요. 자수해본 적 있어요? 분명히 좋아할 거예요."

그 수녀는 수도복만 벗으면 거리 어디서나 볼 수 있는 품위 있는 부인처럼 생겼다. 미츠의 긴장된 기분도 조금씩 풀려갔다.

"어떻게 하실래요? 잠깐 이곳에서 쉴까요, 아니면 병동으로 가실까요? 그래요. 그럼 나갑시다."

바깥은 이미 어두워져 있었다. 비는 그쳤지만 때때로 몸부림치듯 물방울을 떨구고 있는 잡목 숲의 길을 수녀들은 우산도 받치지 않고 걷기 시작했다.

도중에 그녀들은 멈춰 서서, 숲 한 귀퉁이의 나무를 베어낸 자리를 가리켰다. 나무 밑동에는 갈색의 표고버섯이 다닥다닥 붙어 있었다.

"보세요. 이 표고버섯도 환자들이 가꾼 거예요. 환자들이 만든 것은 여러 가지가 있어요. 저쪽에 보이는 연못도 그래요. 손발이 부자유스럽지만, 모두들 위축되지 않아요. 당신도 병을 이겨내야 해요."

 잡목 숲이 끝나는 곳에 이르자, 조금 전 미츠가 본 군인 막사처럼 생긴 병동이 나타났다. 세탁물을 말리고 있는 중정을 사이에 둔 凹자 모양의 병동은 상당히 오래 전에 세워진 듯한데, 미츠는 그것을 바라보면서 다시 마음이 무거워졌다.

 왠지 병동은 텅 빈 채로 인기척이 없었다. 방은 판자문으로 둘러쳐졌고, 그 판자문 뒤에 세 평 정도 되는, 햇볕에 바란 다다미가 깔려 있었다.

 "여기가 당신 방이에요."

 수녀가 멈춰선 그 방은 창 밑에 작은 책상이 있었고, 책상 밑에는 인형 하나가 장식되어 있었다. 그 인형도, 핑크빛의 손수건이 창에 걸려 있는 것도, 미츠로서는 슬펐다.

 "방을 같이 쓰실 분은 다에코 씨라고, 2년 전부터 입원해 있는 분이에요. 그 분에게 일과 같은 걸 물어보세요. 어려운 일이 있으면 저한테 이야기하고요. 병도 의지만은 꺾지 못해요."

 그녀는 허리춤의 검은 알을 손가락으로 만지작거리며 미소를 짓고는 말을 이었다.

 "참, 이름을 얘기 안 했네요. 저는 스루* 야마가타, 이쪽은

---

*역주 — 스루란 불어로서 수녀란 뜻이다. 샤르트르 성바오르 등 프랑스에 본원이 있는 수도회에서는 이 용어를 쓰고 있다. 보통은 영어식의 시스터를 사용한다.

스루 이나무라, 스루란 수녀라는 뜻이에요."

두 수녀가 가방을 놓고 나간 후, 미츠는 다다미 위에 두 다리를 비스듬히 뻗고 앉아, 잠시 고개를 떨구고 있었다.

'드디어 왔구나. 이것이⋯⋯ 병원이었군. 비 내리는 오후, 이렇게 아무도 없고 텅 비었어. 모두가 퇴근한 후의 공장과 비슷해.'

그러나 이곳은 공장과는 달랐다. 한센씨병 병원이었다. 그리고 이곳에 왔기 때문에 이제 자신이 한센씨병에 걸렸다는 것은 분명한 사실이 되었다. 조금 전에 수녀들에게 대학병원에서 써준 편지를 보였을 때, 자신이 한센씨병에 걸렸다는 것을 확실히 알 수 있었다. 그렇지 않았다면 그 일본인 수녀들은 이 방에 미츠를 들여보내지 않았을 것이다.

조용한 복도 저쪽에서 발소리가 들리더니 방 앞에서 멈춰섰다. 젊은 여자 하나가 서 있었다.

그녀의 얼굴은 열이 있는 듯 벌겋고, 그뿐 아니라 부었다. 그리고 피부 어딘가에 형언할 수 없는 광택이 있었다. 미츠는 앉은 채 그녀를 올려다보았고, 그녀는 복도에 우뚝 선 채 미츠를 내려다보았다. 두 사람은 오랫동안 그런 모습으로 가만히 있었다.

"입원하는 분이군요?"

"네."

"이 방이라면 나하고 함께 쓰겠군요. 전 가노 다에코라고 하는데…… 당신은?"

"모리타 미츠."

다에코는 창에 말리고 있던 핑크빛 손수건을 걷어 정리하고, 수납장을 열며 말했다.

"난, 이 밑의 단을 쓰고 있으니까 윗 단에 짐을 정리하시면 돼요. 이불은 가져왔나요?"

이불도 가져오지 않았다. 고개를 젖는 미츠에게 다에코는 이나무라 수녀에게 부탁하라고 가르쳐주었다.

"나하고 함께 지내는 거 싫지 않아요?"

다에코는 약간 괴로운 듯이 말했다.

"당신은 아직 괜찮지만…… 난, 벌써 얼굴 신경에 균이 침입했어요."

"열이 있어요?"

"열이 아니에요. 이 얼굴이 붉은 건 병 때문이에요. 미안해요. 좋지 않은 이야기를 해서……."

"아니에요."

미츠는 고개를 저었다. 누군가가 바깥에 나갔다가 돌아왔는지, 창 맞은편의 병동에서 라디오 소리가 들려왔다. 라디오는 아마추어 노래대항을 중계하고 있는 듯 아코디언 반주와 남자의 노래에 이어서 "안됐습니다."라는 아나운서의 비아냥

거리는 목소리가 들렸다.

미츠는 비로소 오늘이 일요일이라는 것을 알아차렸다. 2주 전 일요일, 아직 손목의 반점에 신경 쓰지 않았을 때, 미츠는 하숙집에서 이 방송을 들었던 일을 떠올렸다.

"고향은 어디에요?"

"가와고에에요. ……하지만 도쿄의 공장에서 일했어요."

"난, 교토에요. 그때는 병에 걸리리라고는 생각지도 못했죠."

다에코는 옥죄어진 입을 일그러뜨리며 웃었다.

"하지만…… 이곳 생활에 금방 익숙해질 거에요. 아참. 여기 일과에 대해 이야기해야겠군요."

일과는 아침 6시에 기상, 식사가 끝나면 점심때까지 진찰과 치료 시간이다. 진찰이 끝난 경증 환자는, 남자의 경우에는 밭으로 작업하러 가고, 여자는 진료소의 일을 돕거나 문화 자수를 한다. 점심식사 후 2시부터 5시까지 일하고, 그 다음은 자유 시간이다.

"한달에 한 번 영화도 봐요."

"정말이에요?"

"고텐바에서 필름을 빌려와요. 하지만 화면 상태가 안 좋고, 소리도 잘 알아들을 수 없어요."

"그리고……."

"그 외에는 아무것도 없지만……. 익숙해질 거예요. 무엇보다도 모두들 같은 병이기 때문에 걱정 안 해도 돼요."

환자들이 돌아온 듯 복도의 발소리가 시끄러워졌다. 다에코는 가만히 일어서서 방문을 닫았다.

"닫아두죠."

환자들 가운데는 얼굴까지 심하게 변형된 사람도 있다. 그 모습에 익숙지 않은 미츠에게 첫날부터 큰 충격을 주지 않으려는 배려에서였다.

"식사는 여기서 해도 돼요. 피곤하죠? 여기서 식사해요."

언니처럼 상냥하게 말하고 다에코는 일어섰다.

"그럼 식사를 가져다줄게요."

사실 미츠는 식욕이 없었다. 다에코에게는 미안하지만, 얼굴이 부은 그녀가 가져오는 음식을 먹을 생각이 없었다.

그러한 미츠의 기분을 다에코는 예민하게 알아챈 듯했다. 그녀는 슬픈 표정으로 미츠를 바라보더니 조용히 방을 나갔다. 미츠는 다시 고개를 숙이고, 햇살에 바랜 다다미를 바라보고 있었다.

"그 근처예요. 다나카 씨."

누군가의 목소리가 복도 쪽에서 들려왔다.

이윽고 문이 열리고…… 예상과는 달리, 야마가타 수녀가 얼굴을 드러냈다.

"어때요? 미츠 씨, 기분이 좀 가라앉았어요? 식사 가져왔어요."

수녀가 들고 온 알루미늄 쟁반 위에는 수북이 담은 밥, 생선조림, 그리고 국이 쓸쓸히 놓여 있었다.

"다에코 씨는요?"

"다에코 씨는 다른 사람들과 함께 먹겠데요. ……신경 쓰지 않아도 돼요. 그 사람, 기분 나빠하는 거 아니에요. 오히려 오늘은 미츠가 천천히 식사하도록 해달라고 내게 부탁했어요. 자, 들어요. 먹어야 해요. 용기를 내야 해요. 여기서는 모두들 싸워야 해요. 바로 자신과 싸우는 곳이지요."

야마가타 수녀는 열띤 표정으로 말을 계속했다.

"모두들 이곳에서는 같은 운명을 서로 나누고 있는 거에요. 운명만이 아니죠. 고통과 괴로움을 서로 나누고 있어요. 다에코도 2년 전에 교토에서 이곳으로 왔을 때 미츠와 마찬가지로 식사도 제대로 못했어요. 그 사람, 교토에서 뭘 하던 분인 줄 알아요? 피아니스트였어요."

"……"

"피아노를 치던 사람이었지요. 연주회도 두 차례 하고, 결혼할 상대도 있었는데…… 발병했던 거에요. 이 병은 손가락의 신경도 서서히 마비시키는 경우가 있기 때문에 피아노를 단념하지 않으면 안 되었어요. 약혼 상대도 병에 걸렸다는 것을 알고는 떠나갔지요. 하지만 그 사람은 용기를 잃지 않고 싸우고 있어요. 모두들 여기서는 병과 싸우지 않으면 안 돼요."

이어서 수녀는 약간 엄한 목소리로 말했다.

"자, 먹읍시다. 먹는 거에요. 그것이 치료에요."

미츠는 한 입, 두 입, 억지로 생선조림을 입에 넣었다. 평상시에는 아무렇지도 않던 생선 비린내가 입 안에 그득히 떠돌았다. 토할 것 같았다.

"더 먹고 싶지 않아요."

미츠는 어깨를 떨었다.

"더 이상 안 되겠어요."

"그래. 잘 했어요. ……그럼 내일은 좀 더 먹도록 해요."

갓난아기라도 달래듯 하며 수녀가 알루미늄 쟁반을 들고 방을 나가자, 교대라도 하듯 다에코가 방으로 돌아왔다.

"미안해요."

양손을 무릎 위에 놓고, 미츠는 머리를 수그렸다. 미츠로서는 다에코의 마음을 아프게 한 것이 괴로웠다. 자신은 정말 구제받지 못할 나쁜 여자라고 그녀는 마음속으로 중얼거렸다.

"괜찮아요. 나도 처음엔 그랬어요. 하지만요……."

다에코는 옥죄어진 얼굴에 미소를 띠며 말했다.

"처음에는 그렇다는 걸 잘 알고 있어요. 비꼬는 거 아니에요. 나도 입원 첫날에는 그랬었기 때문에 알아요. 그 기분."

그리고 두 사람은 할 일이 없었다. 미츠는 낡은 트렁크를 열어 천천히 몇 벌 안 되는 속옷과 스웨터, 그리고 스커트를 수납장 속에 챙겨넣었다.

'호우, 호우' 하고 마치 휘파람을 부는 듯한 소리가 들려왔다.

"저 소린 뭐예요?"

"아, 산비둘기에요. 숲 속에서 우는 소리에요."

"평상시 밤에 뭘 해요?"

"별실에 가서 이야기를 하거나 라디오를 듣거나……."

"고마워요."

"뭐가요?"

"나 때문에 여기에 있는 거죠?"

"아니에요. 신경 쓰지 않아도 돼요."

어두운 전등 밑에서 미츠는 살그머니 부어오른 다에코의 얼굴을 살폈다. 전기 불빛으로 인해 그 붉은 기운은 눈에 띄지 않았지만, 반들거리는 광택은 조금 전보다 한층 심해 보였다.

옛날 피아노를 치던 사람이라고 수녀님은 가르쳐주었다. 피아노를 쳤다면 부잣집 아가씨임에 틀림없었다. 결혼할 상대도 있었다. 그 당시 이 사람은 마리코처럼 예뻤음에 틀림없다. 그런 사람이 지금 이렇게 혼자서, 산비둘기 울음소리밖에 들리지 않는 병원에 있다. 그런 생각을 하자, 미츠는 자신의 일을 싹 잊고 왠지 소리내어 울고 싶은 충동에 사로잡혔다.

"고마워요."

미츠는 다시 양손을 무릎 위에 놓고, 머리를 수그렸다.

"당신도 참."

다에코는 마침내 웃음을 터트리며 말했다.

"이상한 분이군요."

그런데 이때 또 다른 상상이 미츠를 엄습해 왔다. 자신도 이윽고 다에코처럼 얼굴이 부을 거라는 공포였다. 불현듯 미츠는 옆으로 돌린 얼굴을 손으로 가렸다.

"눕죠."

다에코는 상대방의 마음 상태를 손에 잡듯 잘 알고 있었다. 2년 전 가을 해질녘, 자신은 이 처녀보다 더 몸을 가눌 수 없을 정도로 절망하며 이곳에 왔었는데, 그때의 자신처럼 머리를 세 갈래로 따 내리고 수수한 스커트를 입은 처녀는 고통스러워하고 있었다.

반쯤 마비된 손으로 그녀는 자신의 이불을 깔며, 미츠가 침구를 가져오지 않았다는 것을 떠올렸다. 그녀는 야마가타 수녀에게 연락하러 방을 나갔다.

반시간 후, 두 사람은 베개를 나란히 하고, 하지만 몸과 몸은 가능한 거리를 두면서, 이불 속에 누워 있었다.

어둠 속 저쪽의, 숲을 사이에 둔 다른 병동에서 신음소리가 희미하게 들려왔다. 그것은 중증 환자가 고통스러워하는 소리였다. 이 병이 불치병인 이상, 이윽고 자신들도 5년 후, 7년 후에는 그 병실에 수용되어, 격심한 통증과 싸워야 했다. 운명은 언젠가 반드시 다가온다. 그리고 그 후, 병원 뒤편에 있는 이끼가 낀 작은 묘지가 모두를 기다리고 있다.

"울고 있어요?"

다에코는 물었다.

"아, 아니요."

"고통스러운 것은 몸 때문이 아니에요. 2년 동안 여기서 지내면서 깨달은 건데요. 고통스러운 것은…… 이젠 아무에게도 사랑받지 못한다는 것을 견뎌내는 거예요."

하지만 미츠는 다에코가 자기 자신에게 타이르는 듯 중얼거린 말의 의미를 알지 못했다. 그녀는 이불 테두리를 손으로 붙잡으며, 병원을 에워싼 어둠의 깊이를 헤아리고 있었던 것이다. 그렇다. ……어둠에도 소리가 있다는 것을 그녀는 비로소 깨달았다. 그것은 가지와 잎사귀에 묻은 빗방울을 떨구는 잡목 숲의 술렁거리는 소리나 산비둘기 울음소리는 아니었다. 어둠의 소리라는 것은 정적에 가깝긴 하지만 그것과는 전혀 다르며, 이런 밤에 고독에 처한 사람의 심장 고동소리만이 뚜렷하게 들린다는 그것이었다.

# 손목의 반점 4

평상시와 마찬가지로 하루가 지났다.

처음 이틀 동안 미츠는 방에 틀어박혀 화장실 외에는 바깥 출입을 하지 않았다. 복도에서 무슨 소리가 나면 흠칫 몸을 떨며, 쫓기는 토끼처럼 불안하고 겁먹은 눈으로 그쪽을 바라보았다.

다에코가 한 차례 산책하러 가자고 한 적이 있었지만, 미츠는 싫다며 고개를 젖고는 사과했다.

"미안해요."

"괜찮아요."

슬픈 듯이 다에코는 미소를 지으며 고개를 끄덕였다.

처음 입원한 환자가 얼마나 충격을 받는지 수녀들도 잘 알고 있었다. 그러나 그녀들은 환자에게 부질없이 가련히 여기거나 동정적인 태도를 취하지는 않았다.

다에코나 야마가타 수녀가 세끼 식사를 갖다 주는 외에 미츠는 아무 간섭도 받지 않았다.

위로의 말을 건네는 것은 오히려 신입 환자의 정신상태에 해를 끼치는 결과를 초래한다. 이 병은 다른 병과 달리 투병뿐만 아니라, 삶에 대한 처절한 의지와 절망감을 딛고 일어서는 용기가 필요하다. 그것은 타인이 줄 수 있는 것이 아니라, 자신이 만들어야 하는 것이다. 이것이 신입 환자에 대한 병원의 방침이었다.

다른 환자들도 미츠에게 동정적인 눈길을 보내지 않았다. 여기서는 누구나 같은 슬픔과 고뇌를 지니고, 처음 한 주간의 밤을 지내기 때문이다.

미츠가 병원에 온 후부터 3일 동안, 매일 비가 내렸다.

오전에 눈을 뜨면 이미 이불을 개고 세면을 끝낸 다에코는 치료실이나 작업장에 나가 있었다. 미츠는 혼자서 방 안에 틀어박힌 채, 나뭇잎에 떨어지는 빗소리를 가만히 들었다.

귀를 기울이면서, 그녀는 자신의 앞으로의 일과 지난 일을 그 작은 머릿속에 몇 번이고 되풀이해 되뇌어봤다.

그럴 때, 미츠는 늘 처음으로 요시오카와 만났던 일요일을 떠올렸다. 지금까지 수없이 가슴속에 떠올렸다 지워버렸지만,

그날 그 거리의 풍경 하나 하나 뚜렷이 기억에 남아 있었다.

그 당시 대학생 같은 훌륭한 사람한테서 편지를 받으리라고는 생각지도 못했다. 그 편지를 같이 하숙하고 있는 요시코에게 보이며 함께 가달라고 부탁했을 때, 요시코는 약간 질투하는 듯한 눈초리로 말했다.

"너 정신 나갔구나. 우리 같은 사람은 상대해주지 않아. 장난치는 거야."

하지만 그날 오후에 둘이서 시모키타자와 역에 나가보니, 대학생은 와 있었다.

미츠는 그 순간부터 이 대학생을 좋아하게 되었다. 오래 전부터 영화나 오락잡지에서 영화배우인 이시하마 로가 대학생 제복을 입은 것을 보고, 멋지다며 요시코와 함께 한숨을 내쉬곤 했다. 모든 여자와 마찬가지로 사랑이라는 것을 동경하고 있던 미츠는 유행가를 흥얼거릴 때, 자신이 그런 대학생하고 포플러 가로수 길을 걷는다면 얼마나 좋을지 세 갈래로 딴 자은 머릿속으로 줄곧 생각하고 있었다.

그렇기 때문에 요시오카와 거리로 나갔을 때도 그녀는 불안과 기쁨으로 마치 가슴이 터질 것 같았다. 대학생과 함께 걷는다는 것만으로도 자신이 이시하마 로의 상대 배역인 와카야마 세츠코가 된 듯한 느낌이 들었지만, 문득 자신이 초라한 스웨터와 낡은 구두 차림인 것을 알아채고는 그런 차림새 때문에 요시오카가 자신을 싫어하지 않을까 불안해했던 것이다.

미츠는 일어서서 창을 열었다. 맞은편 병동 창으로 야마가타 수녀가 지팡이를 짚은 환자를 부축하며 걷고 있는 모습이 눈에 띄었다. 하늘은 낡은 솜 빛으로 흐렸고, 계속 비가 내리고 있었다.

비…… 비를 보면 역시 그 시부야의 여관 일을 떠올리게 되었다. 그때 미츠는 요시오카가 한없이 불쌍하게 느껴졌다. 소아마비로 말미암아 오른쪽 팔을 제대로 못 쓰는 요시오카가 자신 때문에 외로운 표정을 짓고 있는 것을 보자, 가슴이 조여 올 정도로 고통스러웠다. 그런 여관에 가는 것은 싫었지만, 그러나 그의 요구를 거부하는 자신은 요시오카를 더욱 외롭게 하는 못된 여자라고 생각했다. 그날도 비가 내렸고, 나른한 모습으로 비탈길을 걸어 올라가는 중년 여자의 모습이 그 여관의 창에서 보였던 것을 기억하고 있다.

그리고 지금 한 가지, 오차노미즈에 있는 요시오카의 아파트를 찾아갔다가 만나지 못한 해질녘의 일이 슬픈 추억으로 가슴에 남았다. 츠루가다이의 비탈길을 두리번거리며 걸어 올라가며 비탈길을 걷고 있는 학생들 속에 혹시 요시오카가 있지 않을까 절망적인 기분으로 찾아다니던 일……. 그가 자신을 싫어한다는 것을 처음으로 알게 된 것은 그때였다.

다다미 위에 다리를 비스듬히 하고 앉아 그런 일들을 떠올리면서 미츠는 다시 어린애처럼 울기 시작했다. 오늘만이 아니었다. 그 츠루가다이의 비탈길을 걸어 다니던 추억을 되씹을 때 그녀는 언제나 자신이 불쌍했고 비참한 생각이 들어 눈물이 나왔다.

눈물을 흘리며 흐느껴 울고 나면 조금 기분이 나아졌다.

문이 열리고 다에코가 들어왔다.

그녀는 울고 있는 미츠를 약간 곤혹스럽다는 듯이 내려다보며 말을 건넸다.

"하늘이 약간 밝아졌어요. 날씨가 갤 수도 있겠네요."

미츠는 뒤를 돌아보며 어젯밤 어두운 전깃불 아래라서 잘 볼 수 없었던 다에코의 입술이 오른쪽으로 일그러진 것을 알아챘다. 마치 화상 입은 얼굴처럼 그 부분은 일그러졌고 피부 광택이 달랐다.

"기운 좀 났어요?"

"……."

"나도 그랬어요. 입원하고 한 주간, 미츠와 마찬가지로 방에 틀어박혀서…… 사람을 만나는 게 두려웠고, 만나고 싶지 않았어요. 생각나는 건 건강했을 때의 즐거웠던 추억뿐…… 미츠 씨도 지금 그럴 거예요."

미츠는 아무 말 없이 고개를 숙이고 있었는데, 상대방이 자신의 속마음을 꿰뚫어보고 있다는 생각이 들자 더욱 고통스러워졌다.

"난 피아니스트가 되려고 했었어요."

미츠의 옆에 앉으면서 다에코는 갑자기 낮은 목소리로 말했다. 그리고 자신의 손가락을 가만히 바라보았다.

"그때 정말 열심히 공부했었어요. 하루 종일 피아노를 떠나지 않을 정도로…… 때마침 첫 연주회가 있었는데 어깨와 팔이 노출되는 이브닝드레스를 입을 생각이었지요. 그것 때문에 팔에 생긴 붉은 반점을 어머니가 알아냈고, 교토 대학 부속병원에 데리고 갔어요."

말을 끊고, 다에코는 마치 우스운 이야기라도 하듯 미소를 지었다.

"그랬는데, 아웃이었어요."

"아웃?"

미츠가 눈을 동그랗게 뜨며 묻자 다에코는 말을 이었다.

"어머니와 의사 선생님이 복도에서 긴 이야기를 하더군요. 복도에서 돌아온 어머니의 얼굴은 종잇장처럼 새하얗게 되었는데 나는 아무것도 몰랐어요. 평상시의 표정으로 며칠이면 낫겠느냐고 물을 정도였지요."

미츠는 어젯밤 침대를 나란히 하고 누웠을 때, 나뭇잎 가지와 잎사귀에 묻은 빗방울을 떨구는 잡목 숲의 술렁거리는 소리를 들으며 다에코가 불쑥 중얼거리던 말을 떠올렸다.

'고통스러운 것은 몸 때문이 아니에요. 2년 동안 여기서 지내면서 깨달은 건데요. 고통스러운 것은…… 이젠 아무에게도 사랑받지 못한다는 것을 견뎌내는 거예요.'

"애인 있었어요?"

요시오카와의 일을 떠올리며, 미츠는 다에코에게 물었다.

"네. 있었어요."

다에코의 얼굴은 순간적으로 어두워졌다.

"하지만 어쩔 수 없는 일이에요. 누구라도 이런 병에 걸린 여자와 결혼하려고 하지 않아요. 내게는 그 사람을 원망하거나 책망할 권리가 없어요."

"……."

"하지만 미츠 씨, 우리는 불행에 대해서도 익숙해져요. 아니, 익숙해진다기보다는 이 생활에도 즐거움과 기쁨이 있지요 나는 지금 나 자신이 버려진 곳에 있다고는 생각하지 않아요. 일반 세계와는 차원이 다른 세계에 들어왔다고 생각하고 있어요. 여기서는 일반 세계의 기쁨이나 행복은 거부되어 있지만 그곳에는 없는 삶의 의미도 여기서는 찾아질 거예요."

붉게 부어오른 볼에 손바닥을 대면서 다에코는 미츠에게 자신의 이야기를 들려준다기보다는 자기 자신에게 말하듯 그렇게 중얼거렸다.

"미츠 씨도 2주일 정도가 지나면 조금씩 용기가 생길 거예요. 용기를 내야 해요."

 나흘째 되는 날, 마치 조심스럽게 바깥을 살피며 굴에서 나오는 동물처럼 미츠는 다에코와 함께 병동 바깥으로 나왔다.
 3일 동안 계속 내리던 비가 그쳤고, 숲 위의 하늘에는 우윳빛 구름이 흘러가는 날이었다.
 병동 바깥에서 환자들의 웃음소리가 울려 퍼졌다.
 "무슨 일이에요?"
 미츠는 다에코에게 물었다.
 "아, 저거? 모두들 닭장에 모여 있는 거예요. 가볼까요?"
 미츠는 다에코를 따라 닭장으로 갔다.
 환자들은 닭을 키우고 있었다. 이 병은 보험이 적용되지 않았고, 국가에서 나오는 돈으로는 병원 경영이 안 되었다. 때문에 수녀들의 가장 큰 일거리 중의 하나는 독지가로부터 기부를 받는 일이었다. 물론 그것만으로도 부족했기 때문에 남자 경증 환자들은 각각 양계와 농사일을 하기도 했고, 여자 환자들은 자수를 해서 팔아야 했다.
 닭장은 낡아빠진 창고를 개조한 것인데, 그 앞에 10명 정도의 남녀 환자들이 모여 있었다.
 "나카노 씨, 꽉 잡아요."
 "어라, 오른쪽으로 도망쳤어."

환자들은 소리치며, 나카노라는 아저씨를 응원하고 있었다.

닭장에서 병아리 5, 6마리가 도망쳐 나왔다. 나카노는 병아리 책임자였기 때문에 열심히 잡으려고 쫓아갔다. 손가락이 마비된 아저씨는 모처럼 병아리를 잡을 수 있는 거리까지 접근했지만 병아리는 교묘하게 그 양손 사이를 빠져 도망쳐 버렸다.

삐약 삐약

삐약 삐약

"아저씨. 뒤에 있어요."
"안 되겠어요. 나카노 씨, 잡을 놈 하나를 정해요."

모두로부터 그런 놀림을 받은 나카노 씨는 얼굴을 붉히고, 땀을 닦으면서 벌컥 성을 냈다.

"어른을 놀리면 못 써."

그는 몸을 오른쪽으로 움직였다가, 왼쪽으로 손을 뻗었다, 했다.

나카노의 얼굴도 다에코처럼 부어 있었다. 환자들 가운데는 머리에 붕대를 감은 남자, 안대를 한 여자도 있었다.

다에코와 미츠가 다가가자, 모두들 웃으며 두 사람을 바라보았다.

"다에코 씨. 나카노 씨가 병아리와 술래잡기하고 있어요."

"그렇군요."

다에코는 웃으며 말했다.

"소개할게요. 사흘 전에 온 미츠 씨에요. 오늘 비로소 바깥에 나오게 됐어요."

"축하합니다."

누군가가 외치자, 다른 환자들은 기쁜 듯이 소리 높여 웃었다. 미츠는 부끄럽기도 하고 슬프기도 해서 시선을 떨구었다.

"뭘, 넌 2주일 동안 방에서 울었잖아?"

"그래. 이마이 군은 한 달이나 그랬어. 그러니 미츠 씨는 빠른 셈이지."

모두들 저마다 자신들의 옛 경험을 이야기했다. 미츠도 점차 그들의 웃음에 이끌려 미소를 지었다.

"어라. 미츠 씨도 기분이 좋아졌네요."

머리에 붕대를 감고, 입술이 오른쪽으로 치켜 올라간 남자 환자가 미소 짓는 미츠의 얼굴을 가리키자, 모두들 또 다시 한바탕 웃었다.

"어머! 미츠 씨, 나왔어요?"

어느새 야마가타 수녀가 등 뒤에 나타나 수도복 허리춤에 달린 검은 로사리오를 손가락으로 만지작거리며 말했다.

"드디어 기운을 차렸네요. 이제 괜찮아요. 친구들도 서서히 생길 거에요. 그럼, 기운이 났을 때 함께 의료실에 가요. 정밀 검사를 하고 싶으니까."

"다에코 씨."

미츠는 다에코를 돌아보며, 동생이 언니에게 부탁하듯 작은 소리로 말했다.

"같이 가요."

"철부지 같아. 미츠 씨는."

그러나 다에코는 가까스로 자신을 신뢰하기 시작한 이 처녀의 간절한 청을 기쁘게 받아들였다.

의료실은 병동 끝에 있었다. 옆방은 온욕요법실이었다. 뜨거운 물에 마비된 팔다리를 담가 치료하는 곳이었다.

의료실에는 나이든, 안경 낀 의사 한 사람이 책상에 앉아, 진료기록부에 뭔가를 써넣고 있었다.

"모리타 미츠 씨입니다."

동행한 아마가타 수녀가 그렇게 말하자, 의사는 머리를 끄덕이고는 붙임성 있게 웃으며 말을 건넸다.

"어때요? 병원 생활에 익숙해졌나요? 지금부터 하는 것은 광전식 반응으로, 아가씨의 병이 어느 정도인지를 조사하는 거에요. 피를 좀 뽑겠지만 별로 아프지 않으니까 안심해요."

의사는 미츠의 손목을 잡고, 검붉은 반점에 눈길을 주었다.

그는 오랫동안 반점을 쳐다보았다.

"허……."

이윽고 그의 입에서 탄성이라고도 한숨이라고도 할 수 없는 소리가 새어나왔다.

도쿄의 대학병원에서도 많은 의사들이 이 반점을 뚫어지게 쳐다보았었다. 그 의사들도 지금과 마찬가지로 탄식과 비슷한 소리를 냈었다. 그리고 지금의 의사처럼 고개를 갸웃거리고, 회전의자를 삐걱거리며 진찰기록부에 뭔가를 써넣었다. 미츠는 모든 것을 포기한 채 진찰대에 앉아 있었다.

앰플 두 병 분량의 피를 뽑고, 청진기로 가슴과 등을 진찰받은 후에 복도로 나오자, 다에코가 벽에 기대어 기다리고 있다가 걱정스러운 표정으로 물었다.

"어땠어요?"

의사는 나가려는 야마가타 수녀를 불러 세우고, 뭔가 작은 소리로 계속 설명했다. 때때로 야마가타 수녀가 복도에 있는 미츠 쪽으로 시선을 던졌다. 1개월 전이라면 그것만으로도 미츠의 작은 가슴은 공포와 불안으로 떨었겠지만, 이제 그녀는 그럴 힘조차 없었다. 자신은 이제 불행의 밑바닥에 떨어졌다, 더 이상 떨어질 데가 없다, 라는 절망과 고통스러운 체념이 미츠의 마음을 지배하고 있었기 때문이다.

일주일이 지나자, 미츠는 가까스로 경증 환자를 위한 식당에 나갈 수 있게 되었다.

다에코는 여자가 하는 작업 가운데서 자수를 미츠에게 권했다. 미츠의 손가락은 아직 신경마비 상태가 아니었고, 건강한 사람처럼 바늘을 쥘 수가 있었다. 손가락이 더 구부러진 여성 환자는 문화자수라고 해서, 손바닥으로 작업하는 특별한 바늘을 사용한다고 다에코는 일러주었다.

이 일은 자신의 방에서도 할 수 있었기 때문에 미츠는 다에코에게 배우면서, 후지산과 야마나카코를 도안한 그림을 바라보며, 한 뜸 한 뜸 자수를 하기 시작했다.

"잘 하네요."

야마가타 수녀도 이따금 방에 들어와서 마음이 놓인다는 듯이 말을 건넸다.

비가 그친 오늘, 여느 날보다 화사하게 오후의 부드러운 햇살이 방 안에 비춰 들어오고 있었다. 바느질을 하면서 그 햇살을 바라보던 미츠는 어느덧 자신이 이 생활에 적응하기 시작했다는 것을 알아차렸다.

"미츠 씨는 입원 전에 어디서 일했어요?"

야마가타 수녀의 물음에 미츠는 얼굴을 붉히며, 공장과 빠칭코 가게, 그리고 술집에서 일했다고 답했다.

"그래요."

수녀는 머리를 끄덕이며 말했다.

"여기엔 다양한 사람이 모여 있어요. 어제 병아리를 뒤쫓던 나카노 씨. 그 사람은 그렇게 보여도 시즈오카에서 큰 양복점을 하던 주인이었어요. 안대를 한 여자는 나가노 사람으로, 아이가 둘이나 있는 부인이었지요. 모두들 각각 다른 과거와 생활을 지니고 있었어요. 그러나 지금은 모두 같은 불행과 슬픔으로 연결되어 있는 거예요. 알겠어요? 미츠 씨?"

"……."

"이 병은 병 자체 때문에 불행한 게 아니에요. 이 병에 걸린 사람은 다른 병에 걸린 사람들하고 달리 이제까지 자신을 사랑해 주던 가족에게도, 남편에게도, 연인에게도, 아이에게도 버림받고 외톨이가 되기 때문에 불행한 거예요. 하지만 불행한 사람들끼리는 서로 불행하다는 유대감이 생기게 되지요. 이곳에 사는 사람들은 서로 고통과 슬픔을 나누고 있어요. 지난번에 미츠 씨가 처음으로 바깥에 나갔을 때 모두들 어떤 표정으로 맞이했는지 알지요? 모두들 자신들도 같은 경험을 했기 때문에 미츠가 하루빨리 자신들과 어울리기를 기다리고 있었던 거예요. 그런 유대감은 일반 세계에서는 찾아볼 수 없지요. 이곳에서도 마음먹기에 따라서는 나름대로 행복을 찾을 수가 있어요."

미츠는 답을 하지 않았지만, 야마가타 수녀의 말을 귀 기울여 듣고 있었다. 오늘날까지 그녀는 이런 이야기를 들은 적이 없었다. 물론 야마가타 수녀의 이야기를 모두 이해한 것은 아니었다. 그러나 미츠야말로 오늘날까지 타인의 불행을 보면 자신의 불행처럼 느끼며 도와주려고 한 여자였다. 그리고 다른 환자들이 자신을 따뜻하게 맞아주려고 한 것이라는 수녀의 이야기를 듣자, 그녀는 울고 싶을 정도로 기뻤다. 그들을 혐오하고, 그들의 추한 용모를 두려워했던 자신이 나빴다고 생각되었다.

"저기……."

바늘과 천을 무릎 위에 놓으며, 미츠는 그 환자들이 한없이 가엾게 느껴져, 그녀 자신이 같은 병에 걸렸다는 사실을 잊은 채 야마가타 수녀에게 물었다.

"그 사람들 좋은 사람들인데, 왜 고통을 당하죠? 이렇게 착한 사람들인데, 왜 이렇게 되었나요?"

"나도 매일 밤 그 문제를 생각해요."

야마가타 수녀는 미츠의 눈을 가만히 쳐다보며 말을 이었다.

"잠이 안 오는 밤에 생각해 보지요. 세상에는 착한 사람일수록 괴로운 일을 당하거나 고통스런 병에 걸리거나 해요. 무슨 이유로 하느님이 그런 시련을 주시는지 나도 자주 생각해요. 이 병원에는 놀랄 만큼 마음이 아름다운 환자가 많이 있어요. 사회에서 살 때에도 그 사람들은 나쁜 짓을 하나도 하지 않았을 거예요. 그런데 왜 이 사람들만이 이런 병에 걸려 가족에게 버림받고 눈물을 흘려야 하는지 생각해 보고는 해요. 그럴 땐 내가 믿고 있는 하느님마저 알 수 없게 되는 경우가 있어요. 하지만 나중에 생각을 바꾸지요. 이 불행이나 눈물에도 결코 의미가 없지는 않을 거라고, 반드시 큰 의미가 있을 거라고."

"그럴까요?"

미츠는 햇살이 내리쬐는 창을 멍하니 바라보며, 한숨을 내쉬었다. 그녀가 그때 생각한 것은 자신의 인생이었다. 자신은 이제까지 주위 사람들에게 나쁜 짓을 별로 하지 않았다. 가와고에의 아버지가 새엄마를 데리고 왔을 때도 자신이 있으면 방해가 되리라고 생각하여 일하러 도쿄로 나왔다. 그리고 공장에서도 열심히 약 포장 일을 했다. 요시오카를 좋아했지만, 폐가 되지 않게끔 슬픔을 참으며 헤어졌다. 그런데도 불구하고 이런 비참한 병에 걸려 버렸다. 이제까지 손해만 보았다. 미츠는 자신이 바보라서 그렇다고 생각해 왔는데, 야마가타 수녀는 '큰 의미가 있다'고 말했다.

미츠는 완성된 자수를 손에 들고 병동을 나왔다. 작업실에 있는 다에코에게 보이려는 생각에서였다.

느티나무와 칠엽수 위로 하얀 구름이 흘러갔다. 무성한 나뭇잎 속에서 새가 울고 있었고, 멀리서 개 짖는 소리가 들렸다.

하얀 구름을 보고 있자, 미츠는 갑자기 작업장에 가고 싶은 마음이 사라졌다. 그녀는 주위를 둘러보며 다른 환자나 수녀가 없는 것을 확인하고, 길이 나 있지 않은 숲 속에 몸을 숨겼다.

이 병원에서 도망칠 정도의 용기는 아직 없었다. 그러나 병원 주위를 에워싼 잡목 숲을 빠져나가서 다시 한 번 보통의 삶, 그렇다, 이곳 환자들이 세속이라고 부르고, 미츠 또한 10여 일 전만 해도 살고 있었던 세상의 냄새를 맡고 싶었다. 그 세계에서는 오늘도 요시오카가 일하고 있다. 가와사키 역 앞에서 마지막으로 만났을 때 요시오카는 멋진 회사원이 되어 있었는데, 그런 그가 일하고 있는 세계로 잠시만이라도 돌아가고 싶었다.

비가 그치고 일주일이 지났는데도, 잡목 숲은 아직 축축했다. 축축한 흙냄새와 풀냄새가 떠돌았고, 발밑에는 옅은 자색의 잔대 꽃과 붉은 이삭여뀌 꽃이 피어 있었다.

나무들 사이로 남자 경증 환자들이 가꾸는 밭이 보였다. 소를 몰고 있는 두 명의 환자 가운데 머리에 붕대를 감은 사람은 병아리가 도망쳤을 때 미츠를 웃기려고 열심히 익살을 떨던 와타나베였다. 두 사람은 지금 미츠가 잡목 숲 속에 숨어 있다는 것을 눈치 채지 못하고 있었다.

이름을 알 수 없는 깃이 노란 작은 새가 거친 목소리로 지저귀면서 가지 사이를 날아다니고 있었다. 파리 한 마리가 계속 미츠를 쫓아왔다.

조용했다.

만일 저쪽에 있는 잿빛의 병동조차 보이지 않으면 아무도 이곳이 한센씨병 병원이라고 생각하지 않을 것이다. 미츠는 나무기둥에 몸을 기대어 숲의 냄새를 마음껏 들이마시고, 숲을 둘러보았다.

이때, 숲에 가려진 2열의 묘석이 미츠의 눈에 띄었다. 하얗고 새 것인 듯한 묘석이 2, 3개 있었고, 그밖에 다른 것들은 오랫동안 비와 진흙에 노출되어, 이미 거무스름해지고 푸른 이끼가 낀 묘였다.

1946년 5월 사망. 이도구치 에이지
1941년 9월 사망. 아오스딩 타무라
1945년 7월 사망. 스기무라 요시코

처음엔 2열로 늘어선 묘석 밑에 잠들어 있는 이들이 이곳의 환자들이라는 것을 몰랐다.

그러나 나중에 그것을 알아차린 그녀는 오른손으로 나무기둥을 붙들고, 목구멍까지 치밀어 오르는 소리를 삼켰다. 머지 않아 이 병이 자신에게도 죽음을 안겨준다는 것, 그리고 이 어두운 잡목 숲 속에 묻힌다는 것을 알아버렸다.

이삭여귀 꽃을 밟으며, 미츠는 숲에서 달려 나갔다. 숲이 끝나고, 하얀 버스길과 마주친 그녀는 어깨를 헐떡이면서 멈춰

섰다. 봐서는 안 될 것을 본 듯한 느낌이었다. 병원의 환자들이 왜 숲에 접근하지 않는지, 그리고 밤마다 숲이 빗방울을 흔들어 떨어뜨리며 술렁거리는 이유도 이제는 알 듯했다.

'아, 버스길이다.'

버스길은 밭을 사이로 두고 고텐바를 향해 일직선으로 뻗어 있었다. 멀리서 트럭처럼 보이는 차가 하얀 흙먼지를 일으키며 달려오고 있었고, 초등학생 4, 5명이 길가의 풀을 손으로 뜯으면서 이쪽으로 걸어왔다.

이제까지 눈에 들어오지 않았던 이 평범한 풍경이 미츠에게는 사막의 오아시스처럼 신선하게 느껴졌다. 어쨌든 이곳은 살아있는 사람들의 세계였다. 병의 악취가 나지 않는 세계였다. 얼굴이 붓고 입술이 일그러진 사람들이 없는 세계였다.

밭 저쪽, 하얀 새털구름이 흘러가는 쪽을 미츠는 뚫어지게 바라보았다.

'저쪽이 도쿄다. 요시오카 씨가 살고 있는 곳이다.'

미츠의 가슴은 조여 오는 듯했다.

'요시오카 씨, 요시오카 씨.'

말똥과 작은 돌멩이가 미츠의 발 근처에 떨어졌다. 미츠를 향하여 초등학생들이 그것들을 던지고 있었다.

"너희들, 무슨 짓이니?"

미츠는 무심코 소리를 질렀다.

"거지."

"거지는 길거리에 나오면 안 돼."

아이들은 밭 귀퉁이에 모여, 돌멩이를 쥔 작은 손을 처들면서 합창을 하듯 그렇게 소리쳤다.

"미츠 씨, 의료실로 잠깐 오세요."

부산한 발걸음으로 복도에 나타난 야마가타 수녀는 창에 서서, 마침 병동 정원에서 세탁물을 널고 있는 미츠에게 말을 건넸다.

"또 검사인가요?"

"아닐 거예요."

야마가타 수녀는 매우 무서운 표정을 하고 있었다. 평상시에는 언니가 동생을 대하듯이 미소를 띠었는데, 지금은 왠지 굳은 표정으로 이쪽을 보았다.

"하여튼 바로 오세요."

미츠는 손에 묻은 물기를 닦고, 불안한 마음을 누르며 수녀 뒤를 따라갔다.

의사의 말에 의하면 지난번의 검사는 증세가 어느 정도인지를 조사하는 것이었다. 야마가타 수녀의 엄한 표정을 봤을 때 검사 결과가 나쁜 게 아닐까, 그녀는 좋지 않은 예감이 검은 구름처럼 가슴속에 퍼져가는 것을 느꼈다.

"미츠 씨, 어디 가요?"

지나치는 환자가 미츠를 보고 말을 건넸다.

2주 가까이 되어오는 동안 미츠는 많은 경증 환자와 친해졌다. 그 뭉그러진 얼굴도, 붕대도, 이제는 그다지 기분 나쁘게 느껴지지 않았다.

"의료실에요."

"아, 그래요. 드디어 주사가 시작되는군요."

'그런가? 다에코가 3일마다 주사 맞으러 가는데, 나도 그 주사를 맞는 건가?'

그런 생각을 하며 그녀는 자신을 달랬다.

야마가타 수녀는 먼저 의료실 문을 열더니 "자" 하고 미츠를 재촉했다.

의사는 회전의자 소리를 내면서 이쪽을 돌아보더니, 안경 속으로 상냥한 웃음을 띠며 말했다.

"아, 미츠 씬가? 거기 앉아요."

그는 진찰대를 가리키고는 진찰기록부를 가만히 쳐다보았다.

"미츠 씨."

"네."

"지난번의 검사 결과가 나왔어요."

미츠는 선고를 기다리듯 양손을 스커트 위에 놓고, 고개를 끄덕였다.

"광전식 반응이라고 해서, 이 병의 정도를 측정하는 반응검사를 했는데 의외의 결과가 나왔어요."

"……."

"아가씬 한센씨병이 아니에요."

"네?!"

"혹시나 해서 3번이나 검사했는데, 반응이 전혀 없어요. 상당히 괴로웠을 텐데 정말 미안해요."

안경 안쪽에서 의사는 눈을 깜박거렸다.

"대학병원에서의 오진은 내가 대신하여 사과할게요."

미츠의 머릿속에 소용돌이가 일기 시작했다. 소용돌이는 속도를 더해 구름처럼 눈앞에 퍼져갔다. 야마가타 수녀가 뒤에서 부축해 주지 않았더라면 미츠는 쓰러졌을 것이다.

의사는 아무 말 없이 묵묵히 있었다. 야마가타 수녀도 아무 말 없었다.

이윽고 작은 소리로 미츠는 울기 시작했다. 손으로 얼굴을 감싸고, 점차 소리를 높이며 계속 울었다.

"괜찮아요. 괜찮아요."

야마가타 수녀는 그녀의 어깨를 부축한 채 말했다.

"실컷 울어요. 괴로웠을 거예요. 정말 고통스러웠을 거예요."

# 손목의 반점 5

야마가타 수녀의 부축을 받으며 미츠는 진찰실을 나왔다. 창으로 비춰든 햇살이 복도 마루 위에 얼룩무늬 모양을 만들고 있었다.

"괜찮아요?"

"네."

"부축하지 않아도 되겠어요?"

혼자서 서자 현기증이 났다. 그 현기증이 사라지자 갑자기 물줄기가 솟구치듯 가슴속 깊은 곳에서 환희가 솟구쳤다.

그 느낌은 처음에는 꿈처럼 아련하게 느껴지더니, 복도 벽에 기대고 서 있자 점차 현실감 있게 온몸을 조여 왔다. 하지만 묘하게도 미츠는 이 현실감과 기쁨을 어떻게 처리해야 좋을지 알 수 없었다.

"아아."

그녀의 입에서는 비명 같은 소리가 흘러나왔다. 그녀는 자신의 머리카락을 힘껏 잡아당기면서 갑자기 뒤를 돌아보았다.

"미츠 씨."

야마가타 수녀가 놀라며 말했다.

"미츠 씨. 정신 차려요."

"……."

"정신 차려요."

미츠는 다시 소리내어 울기 시작했다. 그 소리는 진찰실 주위가 울릴 정도로 컸다.

'나는 건강해. 건강하다고.'

미츠는 야마가타 수녀가 손을 놓자 복도를 달리기 시작했다. 맞은편에서 지팡이를 짚은 환자가 자기 쪽으로 달려오는 미츠를 보고 놀라 멈춰 섰다. 병동 바깥의 찬란한 햇살이 그녀의 이마에 와 닿았다. 그녀는 온몸을 한껏 펴고 그 햇살과 상쾌한 공기를 들이마셨다. 이제까지 살아있다는 것, 건강하다는 것이 이렇게 좋은 것인 줄 몰랐었다. 지금까지 햇살이 이렇게 아름답고, 공기가 이렇게 감미롭다는 것을 몰랐었다.

'요시오카 씨!'

병동 저쪽의 잡목 숲 끝으로 창공이 펼쳐져 있었고, 그 창공

위로 흰 구름이 흘러가고 있었다.

'요시오카 씨를 다시 만날 수 있어!'

요시오카 씨를 다시 만날 수 있다. 다시는 만날 수 없다고 생각했던 요시오카 씨를 만날 수 있다. 가와사키까지 일부러 와준 요시오카 씨는 다시 사귀고 싶다고 말했었다. 건강한 이상 나는 떳떳하게 그 사람을 만나러 갈 수 있다. 공장의 컨베이어벨트에서 부품이 쏟아져 나오듯이 연이어 그런 상념이 그녀의 마음속을 스쳐갔다.

야마가타 수녀는 당혹스럽다는 듯이 미츠를 바라보았다. 이제까지 이처럼 오진으로 인해 입원한 환자가 없었기 때문이다. 어떻게 하면 좋을지 몰라 망설이던 수녀는 조심스럽게 말을 건넸다.

"미츠 씨. 바로 짐을 쌀 거예요?"

"네?"

"미츠 씨는 이제 환자가 아니기 때문에 병원을 나가도 괜찮아요. 바로 짐 쌀 건가요?"

미츠는 머리를 크게 끄덕였다. 한시라도 빨리 이 별세계에서 — 일그러진 손가락과 부은 얼굴밖에 없는 세계로부터 도망치고 싶었다. 비가 내리는 밤, 잡목 숲의 나무들이 몸부림을 치듯이 술렁거리고, 중증 환자들의 신음소리가 새어나오는 이 건물로부터 멀리 떠나가고 싶었다.

"이제 두 번 다시 여기 오진 않겠지."

자신에게 타이르듯이 그렇게 중얼거리며, 야마가타 수녀는 약간 슬픈 듯한 표정으로 말을 이었다.

"물론 두 번 다시 여기에 올 필요는 없어요. 미츠 씨를 만나지 못하는 것은 유감스럽지만 그것이 당연하지요. 하지만 편지 정도는 주겠지요?"

"네."

"낮 기차 탈 거예요? 그렇다면 서둘러야 해요."

"그 다음 차는요?"

"다음 차는 2시에도 3시에도 있지만, 역까지 가는 버스는 그렇게 많지 않을 거예요."

2시 기차라면 지금부터 준비해도 충분했다. 그 기차를 타고 도쿄로 돌아간 다음, 어떤 곳에 살고 어떤 일을 할 지 알 수 없었지만, 지금은 기쁨이 불안 같은 것을 압도했다.

미츠가 퇴원한다는 소식이 전해진 듯, 환자들이 하나둘씩 모여들었다.

"미츠 씨, 퇴원한다고?"

언젠가 병아리를 뒤쫓던 나카노가 발을 질질 끌며 옆으로 다가오더니 말을 건넸다.

"잘 됐네."

"네."

미츠는 순진하게 머리를 끄덕이며 답했다.

"고마워요."

"퇴원이 결정되었다면, 계속 이런 곳에 있을 필요 없지."

"하지만 이제부터 어떻게 할 지 생각하고 있어요."

"뭐든지 할 수 있을 거야. 세상이 힘들다고는 해도 여기보다는 낫지."

그렇게 말하고 나카노 씨는 자신의 굽은 손가락을 바라보며 쓸쓸히 웃었다.

그때 미츠는 병동의 창에서 이쪽을 쳐다보고 있는 눈길들을 따갑게 느꼈다.

그들은 여자 환자들이었다. 여자 환자들은 창을 살짝 열고, 아침과는 다른, 굳은 표정으로 미츠를 훔쳐보고 있었다.

그 눈에서는 선망과 적의가 느껴졌다. 미츠가 돌아본 순간, 큰 소리를 내며 창을 닫는 사람도 있었다. 갑자기 일어나 창에서 떠나는 이도 있었다. 자신들에게 주어지지 않은 행복을 미츠가 얻는 것이 그녀들로서는 이해할 수도 용납할 수도 없었다.

하지만 그 가운데는 나카노처럼 쓸쓸히 이쪽을 응시하는 나이든 환자들도 있었다. 체념과 인내의 깊은 주름이 그 얼굴에 새겨져 있었다.

"자, 어서 방에 가서 준비합시다."

야마가타 수녀는 병동의 미묘한 분위기를 알아채고는 서둘러 미츠를 이곳에서 데리고 떠나고자 했다.

방으로 돌아오니, 다에코가 창으로 흘러 들어오는 햇살을 받으며 자수를 하고 있었다. 미츠의 발소리가 들리자, 그녀는 얼굴을 들고 말했다.

"축하해요. 잘 됐어요."

그녀는 애써 미소를 지어보이며, 퇴원을 축하해 주었다. 그러나 그녀가 애써 미소를 지으면 지을수록 웃는 얼굴 이면에는 남겨진 자의 고통과 슬픔이 나타났다.

"미안해요……."

미츠는 옆으로 다리를 모아 다다미 위에 앉으며, 무심코 한숨을 내쉬었다.

"뭐가요."

"죄송한 느낌이 드는 걸요."

"바보 같은 소리 하지 말아요."

다에코는 소리 높여 말했다.

"쓸데없는 걸 가지고 어렵게 여길 게 아니에요. 우리에겐 우리 운명이 있어요. 시샘하거나 질투하거나 하는 것은 이쪽에서 잘못하는 거예요. 누구든 이런 곳에 단 하루도 있고 싶지 않으니까요. 그게 당연하잖아요? 자, 짐 챙겨요 어서."

다에코의 독촉에 미츠는 수납장을 열고, 낡은 트렁크를 끌어냈다. 하지만 짐이라고 해야 트렁크 속에 속옷 몇 벌과 겉옷을 챙겨넣으면 되었다.

"아, 잠깐만요."

"무슨 일인데요?"

"미츠에게."

다에코는 자신의 서랍을 열고 은빛 나는 반지를 꺼냈다.

"이거 주고 싶어요."

"저한테요?"

눈을 동그랗게 뜨며 미츠는 반문했다.

"그래요."

"왜 나한테…… 이런 걸 줘요?"

다에코는 슬픈 듯이 미소를 지었다.

"이제 내게는 필요 없어요. 그것을 끼고 첫 연주회에 나갈 생각이었지만…… 그 반지는 병든 내게는 이제 필요 없어요. 무엇보다도 그걸 낄 손가락이 이렇게 뭉그러졌는걸요."

다에코는 마비되어 굽은 손가락을 내려다보았다. 미츠는 엉겁결에 옅은 햇살을 받고 있는 그녀의 모습에서 눈길을 돌렸다.

"자, 싫지 않으면 받아요."

"싫다뇨. ……이렇게 멋진 걸요…… 비싸겠네요. 이 반지."

"그럼, 손가락에 껴요."

"정말, 정말로 주시는 거예요?"

다에코는 머리를 끄덕이며 테두리가 닳아빠진 낡은 트렁크 위에 반지를 놓았다.

속옷과 스웨터를 넣자 할 일이 없었다. 점심시간이 가까웠다. 이제 곧 작업장이나 밭에 나갔던 환자들이 돌아온다. 오늘도 어제나 그제처럼 병동은 하루 일과가 계속된다. 어떤 세계에 살더라도 사람들은 초라한 일상을 짊어지지 않으면 안 된다. 그리고 그것이 끝날 때, 잡목 숲 속의 진흙으로 더럽혀진 묘지가 그들을 기다리고 있다.

"이제 떠날 거예요?"

"네."

두 사람은 서로 눈을 쳐다보면서 일어섰다.

"배웅하지 않을게요. 배웅하면 고통스러우니까."

"그래요……."

미츠는 한 손에 트렁크를 들고 문지방에 멈춰 섰다. 멈춰선 채로 작은 소리로 중얼거렸다.

"안녕."

"안녕."

다에코는 등을 돌리고 있었는데, 그녀의 등이 가늘게 떨리는 것으로 보아 그녀가 울고 있다는 것을 확실히 알 수 있었다.

이곳에 도착한 날은 이슬비가 내리고 있었다. 그날처럼 트렁크를 한 손에 들고 병동을 떠나는 지금, 하늘은 미츠의 마음처럼 밝고 맑았다.

병동에서 버스 도로에 이르는 길 양쪽에 늘어선 아카시아 나무 잎사귀가 바람에 날려 은빛으로 빛났다. 밤나무 숲 뒤쪽에서 작은 도랑물 소리가 상쾌하게 들려왔다. 이 밤나무 숲 앞에 웅크리고 앉아 있다가, 어떤 수녀의 눈에 띄었던 것이다.

작은 도랑을 건너자 그녀는 다시 한 번 병동 쪽을 돌아보았다. 작은 도랑이 세상과 그 비참한 병동 간의 경계선이라면, 지금 미츠는 다시 자유로운 세계에 발을 디딜 수 있었던 것이다.

병동 쪽에서는 아무 소리도 들리지 않았다. 수녀들이 살고 있는 숙소의 굴뚝에서 검고 가는 한 줄기의 연기가 푸른 하늘로 올라갔다. 하지만 조용한 그 안쪽에 사는 사람들의 모습이 어떠하고, 어떤 생활을 하고 있는지를 미츠는 알고 있었다. 그들의 고통, 잠을 이룰 수 없는 밤도 미츠는 알고 있었.

'이제 나하곤 아무 상관없어.'

버스 정류장에 트렁크를 내려놓고, 그녀는 병원 쪽을 외면하며 일부러 실쭉한 표정을 지어보였다. 그녀와 마찬가지로 버스를 기다리는 농부 두 사람이 호기심 어린 눈으로 미츠를 이리저리 쳐다보았기 때문이다.

'그렇게 쳐다보지 말아요. 저 병원에서 온 거 아니니까요.'

미츠는 속으로 그 농부들에게 말했다.

'저곳의 환자라고 생각하지 마세요. 나는 병이 든 게 아니니까요. 거짓말이라고 생각된다면 물어보세요.'

그런데 그때, 이쪽으로 등을 돌리고, 어깨를 들썩이며 울음을 참고 있던 다에코의 모습이 미츠의 가슴속에 떠올랐다.

문을 살짝 열고, 창유리를 통해 선망과 질투에 찬 눈으로 미츠를 바라보던 몇몇 여자 환자의 얼굴도 떠올랐다.

그들은 어제까지만 해도 미츠에게 다정하게 말을 걸기도 하고, 자수를 가르쳐주기도 하던 사람들이었다.

마치 그 환자들을 배신한 듯한 통증을 가슴에 느꼈다. 자신이 나쁜 여자라고 생각하면서……. 

버스를 기다리는 동안, 머리를 숙인 채 그녀는 구두 끝으로 땅을 열심히 파고 있었다.


버스가 고텐바 역에 도착했다. 광장 주위의 토산품점에 오후의 햇살이 눈부시게 비쳤고, 가게 앞쪽에 늘어놓은 죽세공품과 떡 포장에 묻은 먼지를 점원이 털고 있었다. 은빛의 버스가 천천히 그 사이를 빠져 지나갔다. 찢겨진 영화관의 포스터가 바람에 날려 왔다.

미츠는 다시 언 세상의 냄새를 가슴속 깊이 들이마셨다. 역의 시계는 정확히 1시 반을 가리키고 있었다.

'괜찮아. 바로 도쿄에 돌아가지 않아도 상관없으니까.'

도쿄에 돌아간다 하더라도 가족도 집도 없었다. 가와사키의 술집으로 되돌아가 그 하숙집에 얼굴을 내미는 것은 괴로웠다. 병에 걸리지 않았다고 설명하더라도 주인도, 여종업원들도 믿어주지 않을 것이다.

트렁크를 손에 든 채 그녀는 낯선 이 고텐바 거리를 돌아다녔다. 화장품 가게에는 크림과 분이 진열되어 있었고, 음식점의 지저분한 유리 속에는 밀랍으로 만든 전시용 카레라이스와 중화면이 진열되어 있었다. 옛날 같으면 쳐다보지도 않았을, 이런 흔해 빠진 물건까지 미츠는 탐욕스런 눈으로 바라보았다. 그런 것들은 소독약과 죽음의 냄새밖에 안 나는 병원 안에서 미츠가 이미 잊고 지내던 것이었다.

레코드 가게에서 유행가가 들려왔다. 가수는 미츠가 좋아하는 다바타 요시오였다.

영화관에 들어갔다. 오도모류 타로 주연의 '하얀 가면 성'과 사다 케이지 주연의 '우리는 마도로스'를 동시 상영하고 있었다. 사다 케이지는 미츠가 좋아하는 배우는 아니었지만, 지갑을 꺼내는 것이 더딜 정도로 입장권 판매소 앞에 선 미츠의 가슴은 오랜만에 영화를 본다는 생각에 두근거렸다.

화장실의 악취로 가득한 영화관 안에는 손님은 별로 없었고, 하얀 화면만이 흘러갔다. 매점에서 산 땅콩을 씹으면서 미츠는 때때로 한숨을 지었다. 관객이 얼마 안 되는 영화관 안에서 여자 관객이 데리고 온 갓난아이가 울기 시작했고, 어린애가 스크린 앞에 서서 손을 비춰 보고 있었다. 아이의 손 그림자가 확대되어 화면에 비쳤다.

영화관을 나왔을 때는 오후의 햇살이 점차 약해지기 시작한 시각이었다. 옛날 여관이 밀집해 있는 이 작은 마을의 길은 좁았다. 그 길에 옅은 햇살이 비쳤고, 어느 집 2층에서 샤미센을 연습하는 소리가 들려왔다.

역으로 돌아와, 역 직원에게 다음 상행열차 시각을 묻자, 4시 48분에 완행열차가 있다고 가르쳐 주었다.

미츠는 역 구내의 긴 의자에 트렁크를 올려놓고 그 옆에 앉았다. 등산을 마치고 돌아가는지, 삿갓을 목에 걸고 등산용 지팡이를 든 사람들이 지친 표정으로 열차 시각표를 바라보고 있었다.

'그날도 이런 사람들이 있었지.'

불과 3주 전 오후에 이 고텐바에 도착했던 일이 이제는 꿈처럼 아득하게 느껴졌다. 이슬비가 처량하게 내렸고, 지금과 마찬가지로 산을 오르는 젊은 남녀가 날씨에 신경을 쓰고 있었다. 자신에게 캐러멜을 건네준 아가씨. 그 아가씨는 처음부터 자신을 이 고장 사람으로 믿고 있었다.

'그땐…… 정말 싫었어.'

고통을 표현하는 많은 말에도 불구하고, 표현 능력이 부족한 미츠는 지옥에 떨어진 듯한 그때의 고통마저도 '싫었다'는 말로밖에 표현하지 못했다. 그녀는 손목의 검붉은 반점을 가만히 쳐다보면서 처음으로 병원에 간 날, 정원에서 고양이 한 마리가 비를 맞고 있던 것을 떠올렸다. 병원에서 신주쿠까지 앞으로 어떻게 살아가야 할 지 몰라하며 무거운 발걸음을 옮기던 일을 떠올렸다.

'무엇 때문에 그렇게 고통 받았던 걸까?'

왜 자신에게만 이런 고통이 주어졌을까? 야마가타 수녀는 어떤 고통이건 의미가 있다고 말했지만, 그러나 미츠의 작은 머리로는 이해되지 않았다.

맞은편에 하행 화물열차가 들어왔다. 검은 바퀴에 하얀 백묵으로 '멈춤'이라든가 '경계'라는 글씨가 가타카나로 쓰여 있었다.

역 직원이 열차 바퀴를 쇠망치로 두드리면서 지나가고 있었다.

"미츠, 미츠 아냐?"

갑작스런 목소리에 놀라 돌아보니, 머리에 스카프를 두른 젊은 여자가 웃으면서 서 있었다. 어깨부터 드러난 팔은 햇볕에 누렇게 그을렸고, 한쪽 손에는 골프 가방을 들었다.

"나 모르겠어? 뭘 그렇게 멍하게 쳐다보니?"

멍하니 쳐다보고 있었던 것은 아니다. 상대가 마리코라는 것은 즉시 알았지만, 그러나 왠지 한 마디도 말이 나오지 않았다.

"미츠, 무슨 일 있어?"

"아, 마리코."

"어머머. 이제 알아보네."

언젠가 신주쿠의 붐비는 사람들 속에서 마리코를 발견하고, 피하듯 몸을 숨겼을 때의 고통이 가슴에 되살아났다. 자신과 이 사람들 사이에는 뛰어넘기 힘든 강이 놓여 있다는 것을 그때 비로소 깨달았다.

"나 큰아버지와 함께 자동차로 가와구치코에 갔다 오는 길이야. 차에서 보니까 미츠잖아. 지금 어디서 일하고 있어? 아직 도쿄에 살고 있겠지?"

보고 싶었다는 감정을 얼굴에 가득히 띤 채 그녀는 미츠에게 계속해서 질문을 퍼부었다.

"편지 한 통 주지 않다니, 너도 요시코도 너무해. 난 미츠가 틀림없이 결혼했을 거라고 생각했는데."

가냘픈 미소를 띠며 미츠는 고개를 저었다. 왠지 알 수 없지만, 몸도 마음도 지쳐버려 마리코에게 대답할 기력조차 없었지만 간신히 말을 꺼냈다.

"마리코는 벌써 시집갔을 거라고 생각했어."

"아직이야. 하지만 말이야."

마리코는 약간 익살스런 표정을 지으며 말했다.

"나도 드디어 괜찮은 애인이 생겼어."

"그래……."

"같은 회사 사람이야. 좀 평범한 사내 연애지만."

역 앞에 멈춰선 자동차에서 마리코를 부르는 경적소리가 들려왔다.

"미안해. 그럼 다시 봐. 건강하고."

그녀는 스카프를 벗으며 자동차에 올라탔다. 미츠는 마리코가 탄 차가 역 앞에서 사라져가는 것을 가만히 바라보았다. 마리코를 부러워하는 마음은 조금도 없었고, 단지 자신이 사는 세계와 그녀의 세계가 태생적으로 다르다는 것을 그녀는 멍하니 느끼고 있었다.

역 구내에 갑자기 사람들이 많아지기 시작했다. 상행열차가 곧 도착하는지, 개찰구 앞에 등산용 지팡이를 든 손님 2, 3명이 늘어서기 시작했다.

미츠처럼 머리를 세 갈래로 따 늘어뜨린 토박이 소녀가 트렁크를 들고 그 뒤에 서 있었다. 배웅 나온 그녀의 어머니인 듯한 중년 여자와 남동생인 듯한 아이가 그 옆에서 불안한 표정으로 주위를 둘러보고 있었다.

"표 잘 챙겨."

"예."

"저쪽 주소, 호주머니에 있지?"

소녀가 아무리 고개를 끄덕여도, 소녀의 어머니는 걱정스러운 듯 보자기 꾸러미를 풀었다, 묶었다, 하고 있었다.

"알았지? 숙부님에게 엽서 보내."

"알았어요."

소녀의 볼은 아직 사과처럼 발갛다. 중학교를 막 나와, 도쿄로 취직하러 가는 것임에 틀림없었다.

미츠는 자신이 처음으로 도쿄로 갔을 때를 떠올렸다. 기차를 탈 때 배웅 나온 큰어머니는 미츠의 짐 보따리를 몇 번이나 풀었다가 묶었다가 했다. 이 소녀의 어머니처럼 승차권을 잘 챙겨라, 주소를 잊지 말아라, 기차가 올 때까지 장황하게 이야기를 반복하곤 했었다.

'이 아이는 도쿄 어디서 일하게 될까?'

이 소녀가 앞으로 도쿄에서 지낼 생활을 미츠는 알고 있었다. 시골뜨기라는 말을 듣지 않으려 안간힘을 쓰면서 자신의 행동과 말에 대해 조심하며 보낼 것이다. 일주일에 한 번인 휴일에는 신주쿠나 시부야에 나가서 이것저것을 보며 놀랄 것이고, 밤에는 하늘의 별을 바라보며 우두커니 남동생과 여동생을 떠올릴 것이다. 그리고 오늘부터 자신도 그 도쿄에서 옛날과 같이 외톨이로 지내야 한다.

미츠는 가와사키의 작고 싸늘한 하숙집 방을 떠올렸다. 갓이 없는 전등이 흔들릴 때마다 방에 어두운 줄무늬 그림자가 비친다. 창 밑의 오수가 흐르는 길에 취객이 방뇨를 한다. 이 소녀라면 그런 때 고향의 가족과 어머니를 떠올릴 수 있겠지만, 집을 버리고 떠난 미츠로서는 따스하게 떠올릴 것도 없다. 천장을 올려다보며 얇은 이불을 턱까지 끌어올리면서, 전등의 그림자가 흔들거리는 것을 가만히 지켜볼 뿐이다.

돌아가더라도 고독한 생활이 이어진다는 것을 미츠는 깨달았다. 버려진 고양이처럼 불씨도 별로 없는 화로에 곱은 손을 쬐면서 혼자서 지낸 작년 연말의 밤. 전철이 지나가는 소리에 신문지로 틈새를 틀어막은 유리창이 가볍게 흔들렸었다. 싫다. 이제 그런 생활은 싫다.

'하지만 별 수 없어. 거기밖에 갈 데가 없는 걸.'

미츠는 정말로 지금 자신의 몸을 따뜻하게 해줄 사람이 옆에 있었으면 싶었다. 몸뿐만 아니라 때로는 적막한 나날 가운데, 지친 자신의 머리를 기대게 해주는 어머니와 같은 상대가 필요했다. 둔하고 어리석은 자신의 푸념을 들어줄 상대. 이시하마 로의 영화를 볼 때 함께 웃을 수 있는 친구들. 그리고 그 친구들이 평생 자신의 곁에 있어주고, 떠나지 않으면 그것으로 족하다. 그런 따스한 존재가 어디 없을까?

쓸데없는 짓이라는 것을 알면서도 그녀는 그 역 안의 사람들을 눈으로 쫓았다. 하지만 아무도 이 낡은 트렁크를 들고 우두커니 서 있는 여자를 처다보지 않았다. 그들은 바쁜 듯이 승차권 판매대에 다가가고, 개찰구에 늘어서서 역을 빠져나갔다.

"곧 2번 홈에 도쿄행 열차가……."

스피커에서 강한 억양의 역원의 목소리가 들려왔다. 천천히 증기를 내뿜으며, 회색의 기관차와 낡은 객차가 홈에 미끄러져 들어왔다.

도쿄행 열차. 그러나 도쿄와 그 잡목 숲의 숙소가 무엇이 다른가? 사람들은 신주쿠에서도, 가와사키에서도, 이 역 안에서와 마찬가지로 바쁘고, 차갑고, 무관심하게 미츠 옆을 지나쳐 갈 것이다. 간혹 같이 일하던 사람도 그 마리코처럼 조만간 미츠를 잊고 떠나갈 것이다.

개찰구의 사람들이 객차를 향하여 뛰어갔다. 빈 좌석이 충분한데도, 뛰지 않으면 타지 못할 거라고 생각하는 듯했다. 조금 전의 머리를 세 갈래로 따 늘어뜨린 소녀가 맨 가운데 창밖으로 얼굴을 내밀고, 동생에게 뭐라고 이야기했다.

개찰구에 기대어 미츠는 그 소녀와 소녀의 어머니, 그리고 남동생을 가만히 바라보았다. 소녀의 어머니가 커다란 돈지갑에서 지폐 한 장을 꺼내어 소녀에게 건네주었다.

발차를 알리는 벨이 찢어질 듯 울리기 시작했다.

'지금이라도 뛰어가면 된다. 뛰어간다면 기차를 탈 수 있다.'

그녀의 마음속에서 어떤 목소리가 그렇게 필사적으로 속삭였다. 그와 동시에 또 한편으로 미츠는 비에 떨던 잡목 숲과 군인 막사처럼 생긴 병동을 떠올렸다. 자신이 버리고 온 그 병동에는 지금 여자 환자들이 문화자수를 하고 있을 것이다. 다에코는 그 병실에 혼자 앉아 있을 지도 모른다. 미츠는 가슴이 조이는 듯한 기분으로 퇴원하는 자신을 바라보던 그녀들의 얼굴을 떠올렸다.

벨소리가 그치고 잠시 침묵이 이어지더니, 기차가 둔한 소리를 내며 움직이기 시작했다. 기관차의 연기가 객차에 휘감기며 홈에 흘러들었다.

미츠는 트렁크를 든 채 역 밖으로 나왔다. 그리고 버스 정류장를 향하여 천천히 광장을 가로질렀다.

"미츠 씨 아냐?!"
야마가타 수녀는 눈을 동그랗게 뜨고, 사무실 현관에 서 있는 미츠를 응시했다.
"기차 못 탔어요?"
미츠는 예전에 그랬듯이 선량해 보이는 웃음을 안면 가득히 띠면서 고개를 저었다.

"아니에요."

"무슨 일이 있었어요?"

그러면서도 야마가타 수녀는 미츠의 낡은 트렁크를 받아들고, 아무도 없는 응접실로 들어갔다. 검붉은 저녁 햇살이 유리창에 반사되고 있었다.

"정말 무슨 일이에요?"

수녀는 불안스런 눈으로 미츠의 얼굴을 바라보았다.

"저, 돌아왔어요."

"아니…… 왜요?"

"왜냐하면……."

미츠는 부끄러운 듯이 자신의 마음을 어떻게 표현해야 좋을지 몰라 우물거렸다.

"왜냐하면……."

그녀는 토라진 듯 책상 위에 손가락으로 뭔가 글씨를 썼다.

"어딜 가나…… 결국 마찬가지인걸요."

"하지만 ……여긴 병원이에요. 환자들이 있는 데잖아요?"

"저 이제 무섭지 않아요. 처음엔 싫었지만, 익숙해졌어요."

"무섭지 않다고 해도…… 미츠 씨는 환자가 아니에요."

야마가타 수녀는 곤혹스런 표정을 짓고는 말을 이었다.

"여긴 미츠 씨가 있을 곳이 아니에요. 환자가 아닌 사람들이 살 세계가 아닌 걸요. 병과 고통밖에 없는 이곳에 일부러 눌러 살 필요는 없어요."

"하지만 수녀님도…… 여기서 살잖아요?"

그 목소리는 너무나 천진난만해서 수녀는 놀란 듯이 얼굴을 쳐들었다.

"전…… 우리 수녀들은 병자를 돌보거나 그들의 친구가 되어주는 것이 평생의 일이기 때문이에요."

"그럼 저도 환자 시중을 들겠어요. 여기서 일하면 안 되나요?"

"농담이죠. 미츠 씨."

태도가 약간 엄해지며, 야마가타 수녀는 의자에서 일어섰다.

"일시적인 감상과 우발적인 생각에서 그런 말을 해선 안 돼요. 이 병원에도 때때로 그런 감상적인 신청을 해오는 여학생이 있어요. 하지만 일단 이 병원에 와서 환자들의 모습을 보거나 거친 목소리를 듣고는 창백해져서 도망쳐 버려요."

"저는 이미 그런 목소리를 들었어요."

미츠는 무릎 위에 깍지를 끼면서 웃어 보였다. 그녀로서는 야마가타 수녀가 자신을 짐스럽게 여기는 이유를 알 수가 없었다.

"제가 이곳에 있어서는 안 된다고 하신다면 되돌아가겠지만……."

"안 되는 것은 아니지만."

수녀는 몹시 난처하다는 표정을 지으며 말했다.

"하지만 부모님이."

"아버지라면 괜찮아요. 전 혼자서 오랫동안 생활해온 걸요."

"난처하군요. ……그럼 오늘 하룻밤만 천천히 다시 한 번 생각해 봐요. 일시적인 기분이라는 것을 분명히 알게 될 테니까. 그리고 내일은 도쿄로 돌아가요. 알았죠?"

미츠는 미소를 지으며 고개를 끄덕였다. 수녀는 왜 문제를 복잡하게 만드는 걸까? 그러나 어쨌든 하룻밤 이 병원에서 지내는 것을 허락했다. 하룻밤이 이틀 밤이 되고, 일주일이 될 것이다.

"다에코 씨는요?"

"뭐라고요?"

"다에코 씨는 어디에 있어요?"

"아."

야마가타 수녀는 일어서서, 유리창을 열면서 말했다.

"미츠가 떠나고 상당히 풀이 죽어 있었는데…… 아까 밭쪽을 산책하고 있었어요."

"가 봐도 괜찮죠?"

"그럼요."

미츠는 서둘러 사무실을 달려 나왔다. 병동과 병동 사이의 정원을 지나 잡목 숲 가장자리를 따라가다가 비탈길을 내려가면 밭이 나왔다.

구름 사이에서 저녁 햇살 몇 줄기가 다발처럼 숲과 비탈에 쏟아졌다. 그 밭에서 환자 세 사람이 일하고 있는 모습이 콩알처럼 작게 보였다.

미츠는 지는 햇살을 등에 받으며 숲 가장자리에 멈춰 섰다. 그렇게도 혐오스럽게 바라보았던 이 풍경이 지금 미츠에게는 마치 고향에 돌아온 듯한 정겨움을 불러일으켰다. 숲의 나무에 기대어 미츠는 그 정겨움을 마음속 깊이 음미하면서 쏟아져 내리는 석양빛 다발을 올려다보았다.

# 나의 수기 7

 마리코와 나의 결혼식은 이듬해 9월 하순, 북적거리는 메이지 기념관에서 행해졌다.
 하늘이 맑게 갠 기분 좋은 일요일이었다. 이곳저곳의 학교에서는 운동회를 하고 있는 듯, 폭죽을 쏘아 올리는 시원한 소리가 활짝 갠 하늘에서 들려왔다. 기념관은 매우 붐볐다. 이날 결혼식을 올리는 것은 우리만이 아니었다. 식장 입구의 안내판에는 오늘 예식을 올리는 열 몇 쌍의 이름이 쭉 적혀 있었는데, 그 가운데는 요시오카와 마리코라는 글씨가 들어 있었다.
 시골에서 올라온 형님 부부의 도움을 받아 어색한 대여 예복으로 갈아입고 있는데 나가시마가 대기실 문을 열고는 말했다.

"어때? 이 왁자지껄한 분위기."

그는 옛날의 의리로 접수를 맡아주기로 했는데, 대기실 바깥을 손으로 가리켰다.

"마치 컨베이어 작업 하는 거 같아."

식장으로 향하는 복도에는 머리에 하얀 천이나 베일을 쓴 신부들이 연이어 지나갔다. 정말로 컨베이어 시스템과 비슷했다.

"어쩔 수 없지. 우리들 월급쟁이의 생활은 모두 컨베이어 작업의 한 단면과 비슷하니까."

나는 예복 바지를 입으면서 그렇게 답했다.

"지금 사회에선 각 개인의 인격 따위는 인정하지 않아. 만사가 쓰레기야. 죽으면 병원에서도 물건 취급해서 컨베이어 작업하듯 처리하잖아?"

"자, 그만해요."

옷맵시를 봐주던 형수가 말했다.

"재수 없는 말은 하는 게 아니에요. 오늘은 기쁜 날이잖아요?"

"아참, 그렇지. 나가시마, 접수 잘 부탁해."

고개를 끄덕이며 대기실에서 나가는 나가시마의 양복 차림의 뒷모습을 바라보면서, 나는 학창시절 그와 둘이서 하숙하던 때의 일을 문득 떠올렸다. 마스크를 쓰고 솜이 비어져 나온 얇은 이불 속에 누워 있던 우리. 시래기죽을 후루룩 들이키고, 명태를 뜯어 먹던 우리. 그러했던 우리도 그런대로 평범하지만 건실한 행복을 손에 넣었다. 나는 마리코와 결혼하고, 여행이 끝나면 새로운 아파트에서 출근하게 된다. 이 평범하고 확실한 행복을 나는 어떤 일이 있어도 잃지 않겠다고 생각했다.

예식은 우스꽝스러웠다. 콧수염을 기른 주례 선생님이 청소할 때 쓰는 먼지털이개 같은 것을 우리 머리 위에 이리저리 흔들고, 쉰 목소리로 축사를 할 때, 마리코는 나를 쿡 찔렀다.

"우스워요."

"정말 그렇군."

우리는 주례 선생님에게 들릴세라 웃음을 삼켰다. 우리 양측에는 양가의 친척 3, 4쌍이 나란히 자리하고 있었는데, 그 가운데는 마리코의 큰아버지인 사장도 양손을 앞으로 모으고, 엄숙한 표정으로 서 있었다.

"자네도 이로써 한 집안 식구가 되었군."

축사가 끝나자 사장은 만족스럽다는 듯이 내 어깨를 두드리며 말했다.

"여행에서 돌아오면 회사일도 열심히 해주게. 집안에서 하는 회사이니까 말일세."

내게는 사장의 이 말이 축사보다 고맙게 느껴졌고, 축사보다도 한층 나 자신이 마리코의 남편이라는 실감을 느끼게 했다.

 결혼식 후의 조촐한 피로연이 끝나자, 모두들 우리를 둘러싸고 만세 삼창을 했다. 가장 큰 소리를 내며 양손을 흔들어댔던 것은 나가시마였다. 학창시절의 친구라서 역시 달랐다. 다른 친구-회사 동료들은 양손을 들기는 했지만, 그들의 눈에는 사장의 조카와 결혼한 나를 질투하는 빛이 감춰져 있었다.
 "흠. 처세술이 대단해."
 "대학 출신이라 처신이 달라."
 예식을 끝내고 돌아오는 길에 그들이 주고받는 이런 이야기가 들려오는 듯했다. 분명히 나는 잘 해냈다. 하지만 마리코와 결혼한 것은 '잘 처신해서' 때문만은 아니었다. 물론 그런 이해타산도 섞여 있었지만, 마리코를 사랑하지 않았던 것은 아니다. 그러나 오늘날의 애정에서 에고이즘을 빼고 생각하는 것은 불가능하다. 에고이즘이 나쁜 말이라고 한다면 행복하고자 하는 욕망이라고 해도 괜찮다. 내가 '잘 처신한' 것은, 바꿔 말하면 마리코의 미래의 행복을 위한 것이기도 하다. 그렇게 생각한다고 해서 안 될 이유가 어디 있겠는가?
 우리 두 사람은 차를 타고 식장을 떠나 도쿄 역으로 향했다.
 신혼 여행지는 야마나카코였다. 하코네나 아타미로 하자는 이야기도 있었지만, 예식을 일주일 앞둔 어느 날 데이트 때, 다방에서 그녀가 갑자기 말을 꺼냈다.

"회사에서 야마나카코에 갔을 때의 일, 기억해요?"

"그래. 내가 말을 탔을 때 말이지?"

"말을 탔다고 할 수는 없지요."

마리코는 깍지 낀 양손에 얼굴을 대고 웃었다.

"당신, 아직 쇼를 하고 있군요."

"쇼를 하는 남자에게 시집오는 건 누구지?"

"어이없어요. 하지만 그 말 덕분에 당신이 좋아졌던 거니까요."

그 말에게 감사해야 한다는 말을 결론으로, 우리 두 사람의 신혼여행은 후지산 쪽으로 갑자기 정해졌다.

도쿄 역에서 기차로 고텐바까지 가서 고텐바에서 큰 마음 먹고 택시를 전세 내어 야마나카코까지 올라갔다. 차가 호수 가까이 도착함에 따라 산도 숲도 누런빛을 띠고 있었다. 금빛의 숲 사이로 새파란 호수가 보였고, 도려낸 듯 새파란 하늘에 새털구름 한 줄기가 천천히 흘러갔다.

"난 좋은 아내가 될 거에요."

차에서 내려 팔짱을 끼고 호수로 이어지는 길을 걸어 내려가면서 마리코는 살짝 내게 속삭였다.

"어, 그래? 그럼 앞으로 잘 부탁드립니다."

나는 멋쩍어 그렇게 익살을 떨지 않을 수 없었다. 그녀가 행복에 도취해 있는 것을 보면서 나는 등에 두드러기가 생기는 듯한 기분이 들었다.

"여기였어. 말이 오줌을 깔긴 데가."

"그런 상스러운 말…… 하지 말아요."

"상관없잖아? 인연을 맺어준 말님이야. 말님."

이틀을 묵으면서 가와구치코도 돌아다녔다. 3일째는 하늘이 흐려지기 시작했다. 그날 저녁, 우리는 고텐바로 내려가기 위해 버스를 탔다.

이곳도 이미 숲은 단풍이 들기 시작했다. 호수 근처만큼 선명하지는 않지만, 노란 나뭇잎들이 고텐바로 향하는 버스 위에도 도로 위에도 흩날렸다.

"그때도 이곳을 지나갔어요."

마리코는 핸드백에서 캐러멜을 꺼내 내게 권했다. 그런 행동에도 어느 사이엔지 아내다운 분위기가 배어 있었다. 그런 그녀의 행동이 남자인 내게는 굉장히 신선하게 느껴졌다.

"그때라니?"

"회사 야유회 때요."

"그랬었나?"

그러고 보니 구불거리는 길도 그 길 주위의 농가도 어디선가 본 듯한 느낌이 들었다.

"그래요. 여기서."

마리코는 자신의 말을 증명하기 위해 애를 쓴다.

"오노 씨가 저기 작게 보이는 건물이 뭐냐고 물었잖아요."

"어느 건물?"

"안 보여요? 저 숲 속의 군인 막사처럼 생긴 건물 말예요. 오노 씨 질문에 안내양이 한센씨병 병원이라고 하니까……."

"……."

"모두들 당황하며 창을 닫았잖아요. 나 그때 굉장히 화가 났었어요."

나는 묵묵히 있었다. 묵묵히 하얗게 더럽혀진 버스 창에 얼굴을 대고 있었다. 갑자기 가슴 밑바닥에서 뭔가가―오랫동안 기억 속에 묻혀 있던 것이 솟구쳐 올라왔다. 그것은 그 비 오는 날, 가와사키의 다방에서 만난 미츠의 얼굴이었다. 빗방울에 젖은 머리카락 아래로 작고 둥근 얼굴이 울상을 지으며 거의 알아들을 수 없는 목소리로 고텐바에 간다고 말했다.

그때 나는 어떻게 했는가? 반사적으로 내 눈에는 미츠 팔에 있는 검붉은 반점의 이미지가 떠올랐다. 나는 놀라움과 공포에 휩싸여 계산서를 손에 꽉 쥐며 말했다.

"설마?"

"하지만 의사 선생님이 그렇게 말한 걸요."

"그렇다면 이런데 오면 안 되지. 집으로 돌아가 누워 있어. 병을 앓고 있잖아."

나는 되는 대로 말을 늘어놓고, 의자에서 일어섰다.

"불러내서 미안해. 그러리라고는 생각지도 못했어. ……하지만 낙심하지 마. 나을 거야. 좋은 약이 있을 거야."

입으로는 임시방편으로 위로의 말을 하면서, 몸은 가능한 미츠에게서 멀어지려 하고 있었다.

다방 바깥으로 나오자, 아직 비가 내리고 있었다. 미츠의 젖은 머리칼이 얼굴에 달라붙어 있었다. 나는 작은 소리로 잘 가라고 말하고, 빠른 걸음으로 역을 향해 걸었다. 한 차례 뒤를 돌아보았을 때, 미츠의 모습은 붐비는 보도의 인파 속에 묻혀 이미 보이지 않았다.

'미츠는…… 저 잡목 숲 속에 있겠구나.'

나는 버스 창에 얼굴을 대고 그렇게 생각했다. 창은 나의 입김으로 하얗게 흐려졌다. 그러나 버스가 달림에 따라 갈색의 숲과 어스름한 군인 막사처럼 생긴 목조의 병동은 이내 시야에서 사라졌다.

"무슨 일 있어요?"

마리코는 내 어깨에 기대면서 말했다.

"무슨 생각해요? 당신 행복하지 않은 것 같아요."

"아니야, 행복해."

그렇다. 행복하다고 나는 생각했다. 그리고 그 작은 행복과 거리가 먼 것, 거기에 어두운 그림자를 드리우려고 하는 것은 일체 관계하지 않겠다고 생각했다.

그럼에도 불구하고 그 해가 저물어갈 무렵, 나는 미츠에게 연하장을 보냈다.

결혼 전에는 연하장 같은 것을 다른 사람에게 보낸 적이 없었지만 이번에는 사정이 달랐다. 신세를 진 사람에게 인사를 해야 한다고 마리코가 말한 것이다. 대수롭지 않은 그런 일을 게을리 해서 상대방으로부터 예의 없는 부부라는 말을 듣고 싶지 않다고 했다.

12월의 어느 날 밤, 둘이서 엽서를 썼다. 우리는 메구로의 아파트에서 살고 있었는데, 학생시절의 하숙집과는 달리 옷장도 경대도 있었고, 인형도 있었다. 내 옆에서 기모노 차림의 마리코가 하얀 팔을 드러내어 먹을 갈았다.

엽서가 10장 정도 남아서, 나는 나가시마에게도 엽서를 썼다. 아르바이트로 신세졌던 가네다 씨에게도 한 번 놀러오라고 썼다.

그리고 다음으로 미츠의 이름이 머리에 떠올랐을 때, 나는 살그머니 아내의 얼굴을 살폈다. 마리코는 자신의 몫을 쓰느라 정신이 없었다. 그녀는 아무것도 몰랐다. 나는 붓을 잡고 짧막하게 썼다.

**근하신년. 회복을 빈다.**

주소는 고텐바밖에 알지 못했지만, 한센씨병 병원은 하나밖에 없을 것이다. 그 엽서를 나는 아무렇지도 않은 듯 양복 주머니에 넣었다.

왜 그때 연하장을 보낼 생각이 들었는가? 나 자신이 지금 쥐고 있는 행복에 비해 가와사키에서 만났던 미츠의 모습이 너무도 비참하고 불쌍했기 때문인지도 모른다. 분명히 그때의 기분으로는 그 여자에 대한 연민의 정이 내포되어 있었다. 그것은 일시적인 충동이긴 했지만 연민임에 틀림없었다.

답장은 오지 않았다. 아니, 답장을 받지 않는 편이 나았다. 그편이 나로서는 심리적으로 도움이 되었을 것이다.

하지만 새해가 되어 도쿄의 거리에서 정월맞이 장식물이 가까스로 철거된 1월 말, 나는 서리로 질퍽한 길을 밟으며 아침 출근길을 나서다가 아파트의 아주머니로부터 봉투 하나를 받았다.

고텐바의 부활병원이라는 글씨에 눈이 멈추자, 황급히 편지를 호주머니에 넣었다. 마리코에게는 들키고 싶지 않았다.

호주머니 속의 편지가 신경 쓰였지만, 그날은 회사일이 매우 바빠서 그것을 개봉한 것은 해질녘이었다. 회사가 사무실로 빌려 쓰고 있는 작은 빌딩의 옥상에서 나는 구겨진 봉투를 꺼냈다.

보낸 사람은 미츠가 아니었다. 야마가타 수녀라는 이상한 이름이 봉투 뒷면에 달필로 쓰여 있었는데, 편지를 훑어보는 동안 병원에서 봉사하고 있는 수녀라는 것을 알았다.

편지를 읽으면서 받은 놀라움이나 충격은 여기서 언급하지 않겠다. 단지 첫 장을 여러 번이나 되풀이해서 읽지 않으면 그 의미를 이해할 수 없을 정도로 머리가 복잡했다는 점은 말해두어야겠다.

일전에 미츠에게 보내주신 연하장을 받고, 답장이 이렇게 늦어진 것에 대해 진심으로 사과드립니다. 그리고 그 답장과 미츠에게 일어난 사건을 하루빨리 알려드리려 했지만, 바쁜 시간에 쫓겨 이렇게 늦어졌습니다.

보내주신 연하장을 보면 미츠의 그 후의 일은 전혀 모르시는 것 같은데, 실은 미츠는 본 병원의 정밀검사 결과 음성 반응으로 나와 한센씨병이 아니라고 판명되었습니다. 그러한 예는 천 명당 한 명 비율로 생기는 오진인데, 정말 그녀로서는 충격이 컸을 것입니다.

그러나 미츠는 그대로 병원에 남았습니다. 도쿄에 돌아가도 마찬가지이기 때문이라며 이제까지 그러했듯이 크게 웃으면서 병원을 떠나려 하지 않았습니다. 사람들이 싫어하는 이 세계에서 떠나려 하지 않고, 이곳에서 일하게 해달라는 것이 미츠의 소원이었습니다.

우리 수녀들은 솔직히 말해서 이러한 미츠의 마음을 일시적인 충동이나 감상과 같은 것으로 생각했습니다. 우리 수녀들이 쓰는 말에 애덕실천이라는 것이 있고, 수녀들은 그 애덕을 실천하며 살아가려고 노력하고 있습니다만, 애덕은 감상도 연민도 아닙니다. 우리는 비참한 사람과 불쌍한 분을 동정하지만, 동정은 본능과 감상에 불과하며, 고된 노력과 인내를 필요로 하는 사랑과는 다르다고 들어왔습니다. 때문에 미츠의 마음도 건강하고 행복한 사람이 으레 병으로 고통스러워하는 환자에게 느끼는 일시적인 감정에 지나지 않을 거라고 생각했습니다.

하지만 그럼에도 불구하고 환자를 위해서 일하고 싶다는 미츠의 요청을 우리가 받아들인 것은, 솔직히 말하면 인건비를 절약해야 하는 (병원은 얼마 안 되는 국가 보조금과 일반인의 기부로 그럭저럭 꾸려가고 있습니다.) 병원 입장에서는 그녀가 잡일을 해주는 것이 도움이 되기 때문이었습니다. 병원 청소는 경증 환자가 하지만, 식사 분배나 주방일은 우리 수녀들의 몫입니다. 또한 환자들이 가꾼 농작물과 자수 등을 고텐바의 상점에 배달하는 일은 환자들에게는 허락되어 있지 않습니다. 따라서 당연히 미츠가 손이 부족한 우리를 도와 이런 일을 하게 되었습니다.

저는 지금도 미츠의 일하던 모습이 눈에 선합니다.

분명 당신은 잘 알고 계시겠지요. 유행가를 좋아한 미츠는 머리에 하얀 보자기를 쓰고, 식사 쟁반을 식당에 늘어놓으며, 이런 저런 노래를 불렀습니다. 처음에는 이런 상스런 노래를 큰 소리로 부르는 것을 싫어하는 외국인 수녀님도 계셨지만, 이윽고 미츠의 천진난만함을 대하며 아무 말도 하지 않게 되었습니다. 저같이 속세를 모르는 사람도 그녀에게서 '이즈의 산들, 해가 지고' 같은 유행가를 배워 남몰래 불렀을 정도입니다.

유행가 다음으로 미츠가 좋아한 것은 영화였습니다. 병원에서는 월 1회 고텐바의 영화관에서 필름을 빌려와 환자들에게 보여주었는데, 그날이 되면 미츠는 들떠서 가만히 있지 못했습니다. 식당을 겸한 오락실에서 환자들 속에 섞여 영화가 시작되면 가장 큰 소리로 떠드는 것이 미츠였습니다.

그럼에도 불구하고, 그녀는 혼자서 병원 밖의 영화관에는 가지 않았습니다. 저는 한두 번 정도 그녀에게 권한 적이 있었습니다.

"미츠. 오늘은 일요일이니까 고텐바에 가서 영화라도 보고 와요."

"아니에요."

그녀는 고개를 흔들었습니다.

"왜? 재미있는 영화가 하고 있을 텐데요."

"수녀님은요?"

"나는 안 돼요. 수녀인 걸요. 마음대로 외출해선 안 돼요. 하지만 미츠는 자유로운 몸이니까 다녀와요."

"저도 안 갈래요."

"왜요?"

"왜냐면."

그녀는 당혹스러운 표정을 지었습니다.

"환자들은 다른 데 가서 영화를 볼 수 없잖아요. 저 혼자서 가면…… 못 가는 환자들에게 미안하잖아요."

"하지만 미츠는……."

"괜찮아요. 영화관에 혼자 간다 해도, 환자들이 신경 쓰여서 재미없을 거예요."

그녀의 경우, 이런 행동은 거의 자발적인 듯했습니다. 저는 조금 전에 애덕이란 비참한 사람에 대한 일시적인 감상이나 연민이 아니라 인내와 노력을 요하는 행위라고 주제넘게 이야기했습니다만, 미츠는 우리들이 하는 이런 노력과 인내가 필요 없을 정도로 고통스러워하는 사람들에게 즉시 자신을 맞출 수 있었습니다. 아니, 미츠의 애덕에 노력과 인내가 결여되었다고 말하는 것이 아닙니다. 그녀의 경우에는 애덕의 행위에 부자연스러운 데가 없었던 것입니다.

저는 때때로 저 자신과 미츠를 비교하여 반성한 적이 있었습니다. '어린이와 같이 되지 않으면'이라는 성서의 말씀이 어떤 의미인지는 나도 알고 있습니다. '이즈의 산들, 해가 지고'라는 유행가를 좋아하고, 이시하마 로의 사진을 자신의 작은 방 벽에 붙여놓은 평범한 여자, 그런 미츠이기에 하느님은 더욱 그녀를 사랑해 주시는 것이 아닐까 생각했습니다. 당신이 하느님을 믿는지 모르겠지만, 우리가 믿는 하느님은 어린이처럼 되라고 명하셨습니다. 어린이처럼 되라는 것은 단순하고 순진하게 행복을 기뻐하는 것, 단순하고 순진하게 슬퍼하며 우는 것과 단순하고 순진하게 사랑을 실천할 수 있는 사람을 말하는 것이겠지요.

하지만 미츠는 제가 믿고 있는 하느님에 대해서는 결코 받아들이지 않았습니다.

저 자신도 다른 환자에게처럼 미츠에게 신앙을 가지라고 권하지 않았습니다. 단지 두세 번 우리는 다음과 같은 이야기를 주고받은 적이 있습니다.

작년 12월 초였다고 생각합니다. 병원에는 4명 정도의 환자 어린이가 있었는데(어린아이도 한센씨병에 걸리느냐고 하시겠지만, 실은 저항력이 떨어지는 어린아이일수록 이 병의 진행이 빠릅니다.) 그들 가운데 소라고 하는 6살 되는 아이가 폐렴에 걸렸을 때, 미츠는 그 아이 곁을 떠나지 않고 간병했습니다. 미츠가 아이들을 좋아한다는 것은 병원에서도 유명했으며, 자신이 받은 얼마 안 되는 수당으로 그 아이들에게 늘 뭔가를 사주었는데, 소는 특히 그녀를 따랐던 듯합니다.

 소는 이미 균이 신경까지 침범하였고, 게다가 급성 폐렴으로 인하여 거의 절망적인 상태에 이르렀습니다. 페니실린 쇼크를 받기 쉬운 아이이기 때문에 특효약도 쓸 수 없었습니다.

 3일 동안 거의 눕지도 않고, 미츠는 이 아이 곁에 붙어 있었습니다. 3일째는 홀쭉해지고 눈도 충혈 된 상태여서, 제가 그녀에게 방으로 돌아가라고 야단쳐야 할 정도였습니다.

 "하지만 소에겐 제가 있어야 해요."

 얼음주머니에 넣을 얼음을 깨며, 그녀는 고개를 저었습니다. 동상에 걸린 미츠의 손은 퍼렇게 부어올랐습니다.

 "괜찮아요. 우리가 돌볼 테니까. 무엇보다도 미츠가 지쳤잖아요?"

 "저 말이죠. 어젯밤에는 소를 살려준다면 그 대신에 제가 병을 앓아도 좋다고 기도했어요. 정말이에요."

 미츠는 진지한 표정으로 그렇게 말했습니다.

 "만일 하느님이 계신다면…… 이 소원을 들어주시지 않을까요?"

 "미츠는 바보로군요."

 나는 엄한 표정으로 타일렀습니다.

 "자요. 너무 지쳤어요."

엄하게 타이르긴 했지만, 지난밤의 미츠의 모습이 눈에 선했습니다. 이 처녀라면 진심으로 손을 모은 채 차가운 목조 병동 바닥에 무릎 꿇고, 소가 살아날 수 있다면 자신은 어떤 고통이라도 달게 받겠다고 틀림없이 기도했을 것입니다. 만일 당신이 미츠를 잘 아신다면, 저의 이러한 상상이 결코 거짓이 아니라는 것을 아시겠지요.

　가엾게도 아이는 5일째 되는 날 숨을 거두었습니다. 미츠가 그때 얼마나 큰 고통을 받았는지는 여기에 쓰지는 않겠습니다. 단지 그녀는 화난 듯이 이렇게 내게 말했습니다.

　"전 하느님 따위는 있다고 생각지 않아요. 있긴 뭐가 있어요?"

　"왜 그래요? 소가 죽어서? 하느님이 미츠의 소원을 들어주지 않아서?"

　"그게 아니에요. 그런 거 이젠 어찌됐건 상관없어요. 단지 저로서는 하느님이 왜 소 같은 어린애마저 고통스럽게 하는지 모르겠는걸요. 어린애를 괴롭혀서는 안 되잖아요. 어린애를 괴롭히는 것을 믿고 싶지 않아요."

　순진한 어린애에게 한센씨병이라는 운명을, 그리고 죽음이라는 결말밖에 주지 않은 하느님에게 미츠는 작은 주먹을 들어 항거하는 듯했습니다.

　"왜 나쁜 짓을 하지 않은 사람에게 이런 고통이 따르는 거예요? 병원의 환자들도 모두 착한 사람들인데."

미츠가 하느님을 부정하는 것은, 이 고통의 의미라는 점 때문이었습니다. 미츠로서는 고통스러워하는 사람들을 대하는 것이 늘 견딜 수 없었던 것입니다. 하지만, 어떻게 설명해야 좋을까요? 인간이 고통스러워하고 있을 때, 주님 역시 그 고통을 함께 나누고 계신다는 것이 우리의 신앙입니다. 그 어떤 고통도 고독으로 인한 절망감을 능가하는 것은 없습니다. 자신 혼자만이 고통스러워하고 있다는 생각만큼 절망적인 것은 없습니다. 그러나 인간은, 설혹 사막에 홀로 있을지라도 혼자만이 고통스러운 것은 아닙니다. 우리의 고통은 반드시 다른 사람들의 고통과 연결되어 있습니다. 그러나 이 점을 어떻게 미츠에게 이해시킬 수 있겠습니까? 아니, 의식은 못하지만, 미츠는 그 고통의 연대를 자신의 삶을 통해서 실천하고 있었습니다.

이야기가 다른 방향으로 흘러 버렸습니다. 편지 내용도 일관성이 없네요. 일하다 틈이 날 때 조금씩 쓰고 있어서 상당히 시간이 걸립니다. 이해해 주세요.

이제 당신에게 고통스러운 사실을 알려드리겠습니다.

그 사건이 일어난 것은 12월 20일이었습니다. 매년 크리스마스 때가 되면 우리는 환자들을 위해서 뭔가를 해드리는 관례가 있습니다. 어차피 예산이 부족한 병원이기 때문에 큰 것을 할 수는 없지만, 적어도 이 크리스마스만큼은 환자들이 자신의 병을 잊을 수 있게 해드리기 위해서입니다.

20일 오후에 미츠는 나의 심부름으로 고텐바에 갔습니다. 우리는 이곳에서 생산한 계란과 자수를 고텐바의 아는 가게에 납품하고 받은 돈으로 환자분에게 용돈을 나누어주고 있습니다.

지금 생각해 보면 제가 갔었더라면 좋았으련만, 미츠는 늘 기꺼이 이 일을 도와주었고, 그날 저는 다른 일로 바빴습니다. 미츠가 병원 일을 도와주는 시마타 씨와 삼륜트럭에 동승하여 출발한 것은 3시 조금 넘어서였습니다. 그녀는 언제나처럼 '이즈의 산들'이라는 유행가를 흥얼거리고 있었습니다.

"미츠 씨. 수완을 발휘해서 비싸게 팔아줘."

"달걀 깨지지 않게 조심해."

환자들로부터 이런 부탁을 받고 출발했지요.

5시 반에 전화가 걸려 왔습니다. 고텐바의 경찰이었습니다. 전화를 받은 것은 저였습니다. 미츠가 교통사고를 당했다는 것이었습니다. 미츠의 이름과 옮겨진 응급실의 위치를 확인한 제 손은 수화기를 내려놓은 후에도 오랫동안 떨렸습니다.

그리고 어떻게 미츠가 있는 곳으로 달려갔는지 지금도 기억이 나지 않습니다.

어쨌든 달려갔을 때 미츠는 이미 혼수상태였습니다. 출혈이 심하고, 게다가 목뼈가 부러졌다는 것이었습니다. 다리와 팔에는 수혈바늘이, 코에는 산소호흡기의 고무관이 끼워져 있었고, 작은 가슴이 파도처럼 오르락내리락하고 있었습니다.

시마타 씨의 말로는 미츠가 계란상자를 소중히 가슴에 껴안고 고텐바 역 광장을 가로질러 걷고 있을 때, 옆에서 트럭이 후진을 하고 있었다고 합니다. 만일 아무것도 들고 있지 않았더라면 재빨리 몸을 피해 살아남았을지도 모릅니다. 그러나 미츠는 환자들이 생산한 계란상자를 양손으로 껴안은 채 그대로 트럭에 받혀, 옆으로 넘어졌던 것입니다.

"계란, 계란."

의식을 잃을 때까지 2분 정도, 미츠는 이 말만 했다고 합니다. 환자들이 부자유스런 몸과 마비된 손으로 주워 담은 계란은 깨지고 흩어져 광장 한가운데를 노랗게 물들이며 흘러내렸습니다. 미츠는 그 노른자 가운데 엎드린 자세로 쓰러져 있었습니다.

4시간 정도 혼수상태가 계속되었습니다. 병원 측에서는 심장이 튼튼하기 때문에 이 정도 유지하는 것이지, 일반적으로는 벌써 숨이 끊어졌을 거라고 이야기했습니다. 계속 주사를 놓았지만, 혼수상태에서 깨어나지 못했습니다. 그리고 저녁 10시 20분에 미츠는 숨을 거두었습니다. 숨을 거두기 전에 저는 자신의 판단 하에 고텐바의 성당에 전화를 걸었고, 신부님이 오셔서 아무도 모르게 미츠에게 세례를 주셨습니다.

혼수상태에서 미츠는 딱 한 번 소리쳤습니다. 그 말을 듣지 않았더라면, 저는 당신에게 이렇게 긴 편지를 드리지 않았을 것입니다. 저는 미츠와 당신이 어떤 관계였는지 잘 모릅니다. 미츠에게서도 그 점에 관해서는 아무 말도 듣지 못했습니다. 그런데 혼수상태에서 미츠는 단 한 번 눈을 멍하니 떴습니다. 그리고는 뭔가를 찾는 듯 팔을 움직였습니다.

"안녕. 요시오카 씨."

이것이 미츠가 그때 한 말입니다. 그녀가 한 말은 그것뿐이었습니다.

저는 방금 미츠의 유품을—유품이라고 해야 작고 낡은 트렁크 하나밖에 없지만—가와고에의 집으로 부쳤습니다. 그녀의 속옷과 스웨터를 꺼내면서 그녀가 죽은 후에 여러 번 생각했던 것을 다시 한 번 마음속에 되뇌었습니다. 만일 하느님이 제게 가장 좋아하는 사람이 누구냐고 물으신다면, 저는 서슴없이 이렇게 답할 것입니다. 미츠와 같은 사람이라고요. 만일 하느님이 제게 어떤 사람이 되고 싶으냐고 물으신다면 저는 서슴없이 답할 것입니다. 미츠와 같은 사람이 되고 싶다고요······.

오랫동안 그 편지를 쳐다보고 있었다. 읽는다기보다는 쳐다보고 있었다.

'별거 아니잖아?'

나는 자신을 타일렀다.

'누구든…… 남자라면 그렇게 하니까. 나만 그런게 아냐.'

나는 자신에게 확신을 주기 위해서 옥상 난간에 기대어 황혼의 거리를 바라보았다. 잿빛 구름 아래로 수많은 빌딩과 주택이 늘어서 있다. 빌딩과 주택 사이에 수많은 길이 나 있다. 버스가 달리고, 자동차가 물결을 이루고, 사람들이 걸어 다니고 있다. 거기에는 헤아릴 수 없는 수많은 생활과 인생이 있다. 그 수많은 인생 가운데 내가 미츠에게 한 그런 행동은 남자라면 누구든 한 번은 경험하는 것이다. 나만이 아닐 것이다. 그러나…… 그러나 왜 이렇게 허전할까? 지금의 내게는 작지만 견실한 행복이 있다. 나는 미츠에 대한 기억 때문에 그 행복을 버릴 생각은 없다. 그렇지만 왜 이렇게 허전할까? 만일 미츠가 내게 무언가를 가르쳐주었다고 한다면 그것은, 우리 인생에 단 한 번이라도 스쳐지나간 것이 있다면 거기엔 지울 수 없는 흔적이 남는다는 사실일까? 이 허전함은 그 흔적 때문에 생기는 것일까? 그리고 만일 이 수녀가 믿고 있는 신이란 존재가 정말로 있다면, 신은 그러한 흔적을 통해서 우리에게 말을 건네는 걸까? 그런데 이 허전함은 어디서 오는 걸까?

내 가슴속에는 다시 한 번 그 시부야의 여관이 되살아났다. 모기를 짓뭉갠 흔적이 남아 있는 벽. 습기 찬 이불. 그리고 창밖에는 비가 내리고 있었다. 뚱뚱한 중년 여자가 나른한 모습으로 빗속을 걷고 있었다. 그것이 인생이다. 그리고 그 인생에서 나는, 어쨌든 미츠라는 여자와 관계를 맺었다. 황혼의 구름 아래로 무수한 빌딩과 주택이 자리하고 있다. 버스가 달리고, 자동차가 물결을 이루고, 사람들이 걸어 다닌다. 나처럼, 우리들처럼…….

〈끝〉

# 역자후기

 엔도 슈사쿠의 문학은 다양한 장르의 작품들로 구성되어있다. 문학적 용어로 표현한다면 〈순수소설〉〈경소설〉〈유머소설〉〈역사소설〉〈희곡〉〈평론〉〈수필〉〈명상록〉〈투병일기〉 등 참으로 여러 장르의 표현능력을 갖춘 작가였다. 그러나 안타깝게도 지금까지 우리들에게 소개되어진 작품들은 대부분 〈순수소설〉군(群)에 속한 작품들이었다. 역자 역시도 지금까지 〈순수소설〉군에 속한 『바다와 독약』, 『예수의 생애』, 『그리스도의 탄생』 등을 번역하여 소개하여 왔다. 그러면서도 늘 다른 성향의 작품들에게도 한국의 독자를 만날 수 있는 기회를 마련해 주고 싶다는 강한 소망을 지니게 되었고, 그 소망의 일환으로 이 작품을 소개하게 되었다.

『내가·버린·여자』는 제목에서 암시되듯, 〈버린 남자〉와 〈버림 받은 여자〉의 이야기를 통해서 버린 〈나〉와 버려진 〈미츠〉가 삶이란 울타리 안에서 어떻게 관계 맺어지고, 서로의 인생에 어떤 흔적을 남기게 되는지를 그리고 있다. 이러한 두 사람의 이야기는 남자인 〈나의 수기〉와 버림받은 미츠의 〈손목의 반점〉으로 교차되고 있다.

전후(戰後) 대학생인 〈내〉가 그녀를 버린 이유는, 비누공장에서 일하는 그녀가 너무도 보잘 것 없고 가난하여 〈나〉의 인생에 아무런 도움이 될 것 같지 않아서였다. 내가 그녀를 만난 것은 단지 일회용 컵처럼, 내 일회성 욕망을 소모하고 싶어서였다. 그러나 그녀는 일회용으로 자신을 필요로 했던 남자를 통해 자신이 유리컵이 되었다고 인식하게 된다. 그래서 자신의 헌신적인 사랑을 그에게 바치고 싶어 한다. 그러나 〈나〉는 그러한 그녀가 거추장스러워 호주머니의 쓰레기처럼 시부야 역에서 버리고 만다.

〈손목의 반점〉은 〈미츠〉가 한센씨병이라는 선고를 받기까지와, 고텐바에 있는 병원에 입소하여 나병환자들과 함께 생활을 하게 되는 내용이다. 그러나 오진이었음이 밝혀져 병원을 떠나야했지만, 죽음과도 같았던 환자들의 삶을 경험한 그녀는 끝내 그들을 남겨두고 떠나지 못하고 그곳에 남아 봉사를 하던 중 교통사고로 죽음을 맞는다. 그렇게 미츠는 한 생

(生)을 이름 없는 들풀처럼, 잡초처럼 살다가 생을 마감한다.

이 소설 속에는「인간의 삶을 슬픈 듯 지켜보는 지친 얼굴」과 〈미츠〉에게 말을 건네는 〈목소리〉가 등장하는데, 이들에게는 훗날 엔도가 형상화시키고자 했던 예수 그리스도의 이미지가 내재되어 있다. 〈미츠〉는 그러한 생을 살다간 여인이었다. 가진 것 없고, 초라하고 무력하지만 사랑을 품고 있는 여인이었다. 자신보다 강한 자에게는 약하고, 약한 자에게는 강한 우리들의 세대와는 너무도 다른, 나보다 약한 자이기에 한없이 내어주는 여인이었다. 감히 사랑이란 말로 미화시키지도 않으며,「타인의 고통」과 무관할 수 없어「고통의 연대를 자신의 삶을 통해서 실천한」여인 이었다.

엔도 초기작품에 속하는 이 소설속의 〈미츠〉라는 인물상(人物像)은 점차적으로『바보선생님』의 〈가스통〉으로 이어지고,『침묵』에서 후미에를 발 앞에 둔 로드리고 신부에게 말을 건네는 〈목소리〉로 이어지면서「동반자 예수」에 노달한다. 따라서 엔도문학 전체의 틀에서 〈미츠〉는 결코 놓칠 수 없는 중요한 자리를 차지하고 있는 인물이다.

야마가타 수녀가 고백하듯 〈미츠〉는 수도자처럼 사랑과 헌신을 모토로 살지 않았다. 그러한 용어들의 삶을 살려고 노력하진 않았지만, 그 단어의 의미들과는 상관없이 사랑을 실천한 여인이었다. 인생의 낙오자 자리로 떨어지면서까지 자신보다 더 보잘 것 없는 이웃을 외면하지 않으며 자신을 내어주며 생을 마감했다. 따라서 그녀는 버린 남자에 의해 〈성녀〉로 기억되어질 수 있었다. 이러한 〈미츠〉는 실존인물을 소재로 하여 쓰여졌다고 한다.

이 작품의 배경을 잠깐 엿본다면, 엔도는 37세부터 3년 동안 결핵 재발로 인한 투병생활을 하게 된다. 『내가·버린·여자』는 죽음 직전까지 이른 큰 수술을 받고 퇴원한 후인, 40세 1963년 1월부터 12월까지 「주부의 벗」에 연재되었으며, 다음 해인 1964년 3월에 분계슌쥬샤(文芸春秋社)에서 단행본으로 출간되었고, 1972년 12월 고단샤(講談社)에서 문고판으로 출간되었다. 투병생활을 겪고 난 후의 첫 작품이어서인지 소설 속의 무대인 한센씨병 환자들의 아픔과 마음의 동요가 구체적으로 표현되어 있다.

이 작품은 몇 번에 걸쳐 연극으로 상연되었고 영화로도 제작되었다. 또한 고단샤의 문고판이 2000년 현재로 78쇄에 이를 만큼 많은 사랑을 받고 있는 작품이다. 지금까지 한국에서 엔도의 〈순수소설〉군(群)만이 주로 번역되어진 점을 감안한다면, 이 작품을 시발점으로 엔도문학을 사랑하는 한국의 많은 독자들에게 보다 다양한 작품을 소개할 수 있는 길이 열릴 것이라고 믿는다. 따라서 엔도문학을 연구하는 역자의 입장에서는 이번 작업이 작은 주춧돌 하나를 세우는 의미있는 작업이 되었다고 생각한다.

역자 이 평춘

2007년 봄에

**내가 · 버린 · 여자**

초판1쇄 발행일●2007년 4월27일
초판2쇄 발행일●2011년 7월29일

지은이●엔도 슈사쿠
옮긴이●이평춘
펴낸이●박영희
표　지●최은영
편　집●정지영·허선주
펴낸곳●도서출판 어문학사
132-891 서울특별시 도봉구 쌍문동 525-13
전화: 02-998-0094 / 팩스: 02-998-2268
홈페이지: www.amhbook.com
e-mail: am@amhbook.com
등록: 2004년 4월 6일 제7-276호

ISBN 978-89-91956-38-4  03830
정　가●9,000원

*잘못 만들어진 책은 교환해 드립니다.